Hitomi Kanehara
Obsession

HITOMI KANEHARA

obsession

Roman

Aus dem Japanischen
von Sabine Mangold

Ullstein

Die Originalausgabe erschien 2006
unter dem Titel »Autofiction«
bei Shueisha, Tokio

ISBN 978-3-550-08717-2

Gesetzt aus der Adobe Garamond
Satz: Pinkuin Satz und Datentechnik, Berlin
Druck und Bindearbeiten: Bercker Graphischer Betrieb, Kevelaer
Printed in Germany

WINTER
22

»Da! Schau mal, da! Wahnsinn!«

»Hm. Toll …«

»He, schau gefälligst hin. Komm schon, es ist wirklich irre!«

»Hm.«

»Waaahnsinn!«

Ich nahm die Hand meines bleichen Bräutigams und blickte weiter aus dem Fenster unserer aufsteigenden Maschine. Beim Anblick des orangefarbenen Lichtermeers der Stadt unter uns fing ich an zu beten: Hoffentlich nimmt er mich auch nächstes Jahr mit auf die Reise, wenn wir unseren ersten Hochzeitstag feiern!

Ich wollte nicht nach Japan zurück. Unsere Flitterwochen auf Tahiti waren so schön gewesen! Mit Shin zusammen machte einfach alles Spaß. Ich schloss die Augen, um die Erinnerungen an die glückliche Zeit am Strand heraufzubeschwören. Ich wollte sie nie wieder vergessen.

Meine Hand wurde feucht. Aber es war nicht meine eigene, die schwitzte, sondern seine. Er hatte schreckliche Angst vorm Fliegen und wurde jedes Mal beim Starten und Landen kreidebleich. Er war so niedlich!

»Alles okay?«

»Hm.«

»Du bist ganz blass im Gesicht.«

»Ich weiß.«

Die Maschine wackelte immer heftiger, und der Druck seiner Hand verstärkte sich. Wie süß! Mein anbetungswürdiger Ehemann! Sein todernster Blick war starr auf den Monitor gerichtet, auf dem die steigende Flughöhe angezeigt wurde. Mit ebenso todernstem Blick beobachtete ich ihn dabei.

»Was ist denn?«, fragte er, zu mir gewandt.

»Ich liebe dich!«, sagte ich.

Das erzählte ich ihm andauernd. Aber ausgerechnet jetzt in diesem Moment, wo die Maschine abstürzen und uns in den Tod reißen konnte! Mit gequälter Miene wandte er sich wieder dem Monitor zu. Seine Hand war immer noch schweißfeucht.

Die einzige Gelegenheit, ihn mal ängstlich zu erleben, war beim Fliegen, also klebten meine Blicke förmlich an ihm, weil ich mir diesen Anblick unbedingt so tief wie möglich einprägen wollte. Ihn mir direkt in die Netzhaut brennen. Er bemerkte nichts und hätte mich in seiner augenblicklichen Verfassung sowieso nicht daran hindern können.

»Was darf es sein, Champagner oder Saft?«

Plötzlich war eine japanische Stewardess neben uns aufgetaucht.

»Champagner«, bestellte er. »Du auch, oder?«, fragte er mich dann.

Ich nickte.

»Zwei, bitte«, fügte er hinzu. Was für ein Schatz! Fürsorglich. Zuverlässig. Und ich hatte das Glück, mit ihm verheiratet zu sein. Es war kaum zu fassen.

Eng an ihn geschmiegt und ohne meinen Blick von ihm abzuwenden, lehnte ich mich nach vorn und nahm das Glas entgegen. Ein paar Tropfen Champagner schwappten auf meine Hand.

»Oh, das tut mir leid!«, entschuldigte sich die Stewardess hastig und fing sofort an, mit einem feuchten Tuch sein Knie abzutupfen.

»Schon gut.« Obwohl er die ganze Zeit über totenblass gewesen war, nahm er ihr jetzt mit einer ruhigen Geste das Tuch aus der Hand und wischte meine nasse Hand sauber. Vielleicht beruhigte ihn die Anwesenheit des Kabinenpersonals, oder aber er wollte Fremden gegenüber seine Panik nicht zeigen.

»Das tut mir wirklich furchtbar leid!«

»O nein, nein, es war meine Schuld«, versuchte ich die Stewardess zu trösten. Aber dann sah ich ihr Lächeln und erstarrte. Aha, so eine bist du also! Eine von diesen Schlampen, die es auf meinen Mann abgesehen haben. Ich durchschaute ihre Absicht sofort. Wetten, dass sie den Champagner absichtlich verschüttet hatte, als sie mir das Glas reichte? Nur damit sie sein Knie befummeln konnte! Normalerweise würde doch niemand wegen ein paar verschütteter Tropfen ein solches Theater veranstalten. Ich behielt die Stewardess im Auge, als sie sich entfernte, und entrollte dann unauffällig das Tuch. Ein Glück! Ich hatte schon gedacht, sie hätte ihre Handynummer darin versteckt. Trotzdem wuchs meine Unruhe. Unser Flug würde zwölf Stunden dauern, und an Schlaf war jetzt nicht mehr zu denken. Zweifellos würde sie einen neuen Versuch starten, ihn anzugraben, sobald ich nicht mehr auf der Hut war. Man kann nie wissen, wo in der Welt die Tücke lauert. Gerade jetzt, wo ich so glücklich war! Überall gab es Fallen, darauf ausgelegt, mich ins Verderben zu reißen. Ich musste wachsam sein.

Alle hassten mich. Und alle wollten ihn mir wegnehmen. Da konnte einem ganz schlecht werden vor Angst. Würde es so überhaupt möglich sein, in Zuversicht zu leben? An unser gemeinsames Glück zu glauben?

»Versprich mir, dass wir für immer zusammenbleiben, ja?«

»Was soll das denn jetzt?«

»Willst du mich etwa verlassen?«

»Natürlich nicht. Ich hab doch bloß gefragt …«

»Ich war mir plötzlich nicht mehr so sicher.«

»Rin, du machst dich in einer Tour verrückt.«

»Das stimmt nicht. Meine Sorgen sind immer begründet.«

»Schon gut, schon gut«, sagte er und drückte meine Hand fester. Diesmal bestimmt nicht aus Angst. Sondern weil er mich so schrecklich liebhatte!

»Ich würde gern Solitär spielen.«

»Meinetwegen.«

»Spielen wir zusammen?«

»Zusammen? Wie soll das denn gehen?«

»Im Team. Ich übernehme die Steuerung und du bedienst die Return-Taste.«

»Ich glaub, ich schau mir lieber einen Film an.«

Diese kalte Zurückweisung! Aber nachdem ich ihm schmollend gesagt hatte, wie gemein er doch sei, rückte er mir den Monitor zurecht und startete das Solitärspiel.

»Ich weiß nicht, wie das geht«, quengelte ich, und bereitwillig übersetzte er für mich die englische Spielanleitung. Ein toller Mann! Ich Solitär, er Film – wir gingen zwar getrennten Beschäftigungen nach, waren uns aber trotzdem ganz nahe und genossen gemeinsam diesen wundervollen Flug.

Etwa zehn Minuten später wurde das Bordessen serviert. Ich war schon ganz kribbelig, aus Angst, die Japanerin von eben könnte wieder auftauchen, aber diesmal wurden wir von einer ausländischen Stewardess mittleren Alters bedient.

»Niku? Sakana?«, fragte sie radebrechend auf Japanisch.

»Einmal Fleisch, einmal Fisch«, antwortete er, ohne mich zu fragen. Das musste er auch gar nicht, wir bestellten nämlich immer verschiedene Gerichte, die wir uns dann teilten. Jedes Mal, wenn wir essen gingen, bekam ich früher oder später Appetit auf das, was er auf seinem Teller hatte, und wollte unbedingt einen Bissen probieren. Wenn er unterschiedliche Speisen bestellte, dann machte er das also vor allem mir zuliebe. Wir passten eben ausgezeichnet zusammen. Ich hätte sterben können vor Glück.

»Weißt du, meinetwegen könnte die Maschine jetzt ruhig abstürzen. Dann wären wir beide bis zum allerletzten Moment zusammen. Das wäre doch wundervoll!«

»Spinnst du? Wenn wir jetzt wirklich abstürzen, dann ist es deine Schuld, weil du das Schicksal rausgefordert hast!«

»Was fällt dir ein, so mit mir zu reden? Wie oft hab ich dir schon gesagt, dass ich diesen widerlichen Tonfall nicht leiden mag? Nicht zu fassen, dass du deine Frau so behandelst! Wenn du das nicht sofort zurücknimmst, dann werde ich darum *beten*, dass die Maschine abstürzt. Jawohl, ich werde die Götter anflehen, einen Fluch auszustoßen. Hast du gehört, was ich gesagt habe?«

»Schon gut, tut mir leid«, entschuldigte er sich.

»Was bist du bloß für ein Ekel! Das ist wirklich das Letzte! Wie kannst du mit deiner eigenen Frau so umspringen!«, empörte ich mich aufs Neue.

Die ausländische Stewardess stand derweil mit den Tabletts in der Hand und einem betretenen Gesichtsausdruck neben uns.

»Na komm, rück mal ein Stück«, sagte er zu mir, weil ich immer noch zu ihm gebeugt dasaß. Ich lehnte mich in meinem Sitz zurück und er klappte meine Ablage runter, damit die Stewardess das Essen abstellen konnte. Danach entfernte sie sich mit einem höflichen Lächeln auf den Lippen.

Wie aufmerksam er doch war!

»Tut mir leid, was ich vorhin gesagt hab. Das Flugzeug

stürzt nicht ab. Glaub mir, ich werde schon dafür sorgen. Wir stürzen ganz bestimmt nicht ab.«

Eine andere ausländische Stewardess kam vorbei und fragte in gebrochenem Japanisch, ob wir etwas trinken wollten. Wieder bestellte er, ohne mich vorher zu fragen: einen Weiß- und einen Rotwein. Echt klasse, dieser Mann. Meine Sorgen waren im Nu verflogen. Und trotzdem: Einen Augenblick später, als die Stewardess gerade dabei war, ihm Weißwein einzuschenken, schnappte ich mir seinen Untersetzer und drehte ihn um. Wieder Glück gehabt! Meine Befürchtung, die japanische Stewardess könnte ihre Kollegin benutzt haben, um ihm ihre Handynummer zu übermitteln, erwies sich als unbegründet.

»Was ist denn?«, fragte er verwundert.

»Nichts«, wiegelte ich ab, prüfte aber vorsichtshalber auch noch den Untersetzer auf meinem eigenen Tablett. Mir war nämlich der Gedanke gekommen, sie könnte eventuell beobachtet haben, dass wir unsere Gerichte tauschten, und ihre Nummer deshalb auf meinen Untersetzer gekritzelt haben. Nichts. Vielleicht war sie ja auch gar nicht hinter ihm her. Vielleicht hatte sie einfach nur nett sein wollen, als sie ihm das Knie saubergewischt hatte …

Plötzlich fiel mein Blick auf die Serviette, in der das Besteck eingewickelt war, und sofort wallte wieder Panik in mir auf. Ich gab vor, ihm behilflich sein zu wollen, und wickelte sie vorsichtig auf. Als ich mich davon überzeugt hatte, dass nichts draufstand, legte ich sie ihm auf den Schoß. Puh! Ich stieß einen Seufzer der Erleichterung aus, bevor ich zu guter Letzt noch meine eigene Serviette untersuchte und sie auf meinen Knien ausbreitete.

Nachdem wir jeweils die Hälfte der beiden Bordgerichte verspeist hatten, wandten wir uns wieder unseren Beschäftigungen zu: er Film, ich Solitär. Da es mir nicht gelingen wollte, auch nur ein Spiel zu Ende zu bringen, begann ich mich schnell zu langweilen und vertrieb mir die Zeit, indem ich hin und wieder auf seinen Bildschirm schielte und seine Hand hielt.

Mist! Da war sie wieder, dieses verschlagene Weib. Sie kam von vorne an den Sitzreihen vorbei auf uns zu und sammelte die leeren Tabletts ein. Noch mal würde ich es mir nicht gefallen lassen, dass sie Champagner verschüttete. Ich umklammerte Shins Hand fester und sagte diese Worte im Stillen immer und immer wieder vor mich hin, um die Frau zu verfluchen. Schließlich blieb sie neben uns stehen. Mein Tablett räumte sie als Erstes ab. Aufmerksam beobachtete ich ihre Hand. Ich bring dich um, wenn du ihn auch nur streifst! Ich bring dich um, hast du verstanden? Ich konzentrierte mich so stark darauf, dass diesmal alles ohne Zwischenfälle über die Bühne ging.

Sie hatte ihn nicht angefasst. Mir fiel ein Stein vom Herzen, und vor lauter Erschöpfung wurde ich plötzlich ganz schläfrig. Vielleicht hatte ich auch zu viel gegessen. Eigentlich hatte ich sie die ganze Zeit über im Auge behalten wollen – nur für alle Fälle. Aber jetzt übermannte mich die Müdigkeit, und ich merkte, wie ich anfing wegzudämmern.

»Du?«

»Hm …« Da er Kopfhörer trug und nicht hören konnte, was ich gesagt hatte, machte er bloß ein fragendes Gesicht, sah mich dabei aber nicht an.

»Hörst du mich?«

»Was ist denn?«

»Ich glaub, ich schlafe jetzt ein bisschen.«

»Dann halt dich bloß warm. Willst du dir nicht ein zweites Paar Socken anziehen?«

»Die Decke ist groß genug.«

Als ich wie zum Beweis mit den Füßen unter der Decke

wackelte, nickte er bloß und wandte sich sofort wieder dem Bildschirm zu. He! Was fällt dir ein, mir die kalte Schulter zu zeigen?, wollte ich ihm spaßeshalber an den Kopf werfen, aber dann machte ich es mir stattdessen auf meinem zurückgelehnten Sitz gemütlich und schloss, seine Hand haltend, die Augen.

Als ich sie wieder einen Spalt öffnete, war es dunkel in der Kabine. Im ersten Moment wusste ich gar nicht, wo ich war. Ach ja! Hochzeitsreise. Tahiti. Zurück nach Japan. Asylgesuch. Gefälschtes Visum. Illegaler Organhandel ... Ich blinzelte ein paarmal, und mein Blick fiel auf seinen vornübergebeugten Rücken. Er zog sich gerade seine Schuhe an. Vermutlich musste er aufs Klo. Ich bemerkte, dass ich mein Kissen in meinem Schoß umklammert hielt, und schob es mir wieder in den Nacken. »He!«, wollte ich gerade sagen und die Hand nach ihm ausstrecken, als er aufstand und auf den Gang hinaustrat. Ich hatte ihn bitten wollen, mir etwas Süßes mitzubringen. Egal ... Schon fielen mir wieder die Augen zu, da begriff ich plötzlich: Ich war ausgetrickst worden.

Die Stewardess musste mir ein Schlafmittel in den Wein gemixt haben. Und nachdem sie sich vergewissert hatte, dass ich eingenickt war, hatte sie Shin dazu überredet, sich mit ihr auf der Bordtoilette zu treffen. Gerade jetzt in diesem Moment war er auf dem Weg zu ihr! Verzweiflung überkam mich. Ich wollte sterben. Das war mein Untergang. Mein Leben war zu Ende. Ein Dasein ohne ihn war unvorstellbar.

Wenn er mich nur ein einziges Mal betrog, würde ich nie wieder glücklich mit ihm sein können. Aber mich trennen? Ihn vor den Scheidungsrichter zerren? Ebenso unmöglich. Nein, mir blieb nichts anderes übrig, als ein Leben in der Hölle zu fristen. Dann irgendwann Selbstmord. Denn auch wenn ich diese Qualen ertrug, meinen ganzen Mut zusammennahm, um die Scheidung einzureichen, mir einen neuen Partner suchte und auf ein zweites Glück hoffte, würde ich als betrogene Ehefrau nie wieder Vertrauen zu Männern fassen können. Mein ganzes Leben lang würde ich unglücklich sein. Zumal er der Einzige war, dem ich wirklich vertrauen konnte.

Bevor ich ihn kennenlernte, hatte ich gar nicht gewusst, was wahre Liebe ist. Ich hatte bloß Affären gehabt, keine echten Liebesbeziehungen. Man traf sich, um zu vögeln. Bei ihm hatte ich dann zum ersten Mal das Gefühl, die wahre Liebe zu erleben. Und jetzt drohte unser Glück von einer Stewardess zerstört zu werden!

Ich betete, das Flugzeug möge abstürzen. Jetzt war er vermutlich gerade in der Toilette verschwunden. Vielleicht hatte sie dort schon auf ihn gewartet, griff jetzt nach ihm mit gierigen Klauen. Seine Hände berührten ihren Körper. Die Hände meines Liebsten. Dieses dreckige Weibsstück! Fummelten. Grabschten. Ich hätte krepieren können! Ich bekam eine Gänsehaut. Mein ganzer Körper bebte vor Zorn.

Wieso musste so was ausgerechnet mir passieren? Womit hatte ich diese Grausamkeit verdient? Ich liebte ihn doch so sehr! So sehr! Ich hatte mir so gewünscht, immer mit ihm zusammenzubleiben. Wieso ging er zu dieser Frau? Wie konnte er nur? So eine Frechheit! Widerlich! Du herzloser Kerl, eben hast du mir noch geschworen, dich niemals von mir zu trennen!

Ich wollte mit ihm für immer und ewig zusammen sein. Das war mein innigster Wunsch. Deshalb hatte ich mich, als ich Shin kennenlernte, auch von meinem damaligen Freund getrennt und den Kontakt zu allen meinen männlichen Bekannten abgebrochen. Um mich ganz auf ihn konzentrieren zu können.

Er war der einzig wahre Mensch in meinem Leben. Er allein verstand meine Sprache. Obwohl alle um mich herum – meine Freunde, meine Familie, meine Arbeitskollegen – Japaner waren und deswegen logischerweise auch Japanisch sprachen, konnte ich mich niemandem begreiflich machen. Mit wem ich auch redete, es gab nichts als Missverständnisse, Frust und Streit. Vielleicht lag es einfach daran, dass ich begriffsstutzig war und mich nicht klar ausdrücken konnte. Aber was auch immer die Ursache war – fest stand, dass jegliche Kommunikation zwischen mir und anderen unmöglich war. Das glaubte ich. *Wusste* ich.

Mit Shin hingegen war alles ganz anders. Er verstand immer sofort, was ich meinte. Je mehr wir redeten, umso stärker spürte ich, wie sehr wir miteinander im Einklang waren. Endlich jemand, der so war wie ich! Als hätte ich – die einzige Überlebende ihrer Gattung – auf überraschende, wundersame Weise einen Artgenossen getroffen. Ein Leben ohne ihn war fortan nicht mehr denkbar, also war es nur selbstverständlich, dass wir möglichst schnell heirateten. Ich war bereit, mich ihm mit Leib und Seele hinzugeben. Vielleicht nervte es ihn, dass ich wie eine Klette an ihm hing und es nicht aushielt, von ihm getrennt zu sein. Aber das war lediglich Beweis meiner großen Liebe. Beweis, dass ich niemanden außer ihn je lieben würde. Beweis, dass ich nur zu ihm eine echte, tiefe Bindung hatte. Ich, die ich niemals zuvor einem anderen Menschen nahegestanden hatte, war endlich jemandem begegnet, mit dem das möglich war. Insofern war es nur natürlich, dass ich für immer und ewig mit ihm zusammenbleiben wollte. Und was machte er? Gab sich heimlich mit diesem Flittchen ab! Vielleicht würde er hinterher zu mir zurückkehren. Aber er würde einen Teil von sich bei ihr gelassen haben. Einen Teil, der für unsere Liebe unerlässlich war …

Tränen schossen mir in die Augen, gleich würde ich losheulen. Alles aus und vorbei. Was, wenn ich ihn anflehte, mir die Wahrheit zu sagen? Ja. Er sollte mir einfach ohne Umschweife erklären, dass er mich betrogen hatte. Es mir ins Gesicht sagen. Aber wenn er mitbekam, dass ich weinte, würde er mir womöglich die Wahrheit verschweigen, um meine Gefühle nicht zu verletzen. Ich musste ihm unbedingt mit gefasster Miene begegnen. Wie eine erwachsene Frau. Ich würde ihn fragen, was er getan hatte, und er würde es mir sagen. Er wusste nur zu gut, dass ich Lügen nicht ausstehen konnte. Also schön. Wenn er mir gestand, dass er mich betrogen hatte, würde ich mich mit einem Lächeln von ihm trennen. Mir sollte es recht sein. Auf keinen Fall würde ich die Beherrschung verlieren. Alles halb so schlimm. Vielleicht würde ich ein bisschen heulen, wäre geknickt und so weiter. Aber mehr nicht. Kein Nervenzusammenbruch. Sein Geständnis würde mich nicht umbringen. Oder? Wenn ich es mir recht überlegte, wahrscheinlich doch. Ja, ich würde bestimmt daran zugrunde gehen.

Nein, nein – ich durfte mir keine Blöße geben. Ich musste milde lächeln und ihn dann verlassen. Das stand fest. Schon gut, würde ich sagen. Ich mache dir keine Vorwürfe. Ich bin dir nicht böse. Sag mir einfach nur die Wahrheit. Wir können uns scheiden lassen, wenn du möchtest. Ich werde sogar eigenhändig die Scheidung einreichen. Also, sei ganz ehrlich. Wenn du es mit der Stewardess getrieben hast, komm mir bitte nicht mit der Ausrede, die Toilette sei besetzt gewesen und du hättest die ganze Zeit in der Schlange gestanden. Keine Lügen. Ich? Mir geht es bestens. Du brauchst mich also nicht anzuschwindeln. Hast du verstanden? Wenn du es getan hast, wenn du etwas mit dieser Stewardess hattest, dann sag mir ruhig die Wahrheit. Sag mir geradeheraus, was ihr zwei getrieben habt.

Jetzt hatte sie ihn bestimmt schon geküsst. So wie wir uns damals zum ersten Mal geküsst hatten. Schwachsinn!

Ihre Küsse waren überhaupt nicht vergleichbar mit unseren Küssen! O Gott. In diesem Augenblick schob er ihr wahrscheinlich gerade den Rock hoch. Seine Finger gruben sich in ihr heißes Fleisch.

Ich kochte vor Wut. Es prickelte überall. Der bloße Gedanke daran, dass er bei einer anderen Frau vielleicht eine Latte bekam, ließ mich erneut den Absturz der Maschine herbeisehnen. Dann hätte der ganze Spuk wenigstens ein Ende. Los, stürz ab, stürz endlich ab!, flehte ich und stampfte wütend mit dem Fuß auf. Wieso? Wieso war die Welt nicht darauf programmiert, sich in dem Augenblick, in dem er fremdging, selbst auszulöschen? Dann musste ich wenigstens nicht als betrogene Ehefrau weiterleben. Ich wollte sterben, einfach nur sterben. Die Welt, in der er mich betrog, sollte zugrunde gehen!

Jetzt reiß dich zusammen und denk in Ruhe nach! Eine Welt, die so programmiert wäre, dass sie sich selbst zerstört, sobald er mich betrügt – vollkommen hirnrissig. Es wäre doch viel praktischer, wenn *ich* automatisch explodieren würde, falls er mich hintergeht. Dann würde ich niemandem mehr zur Last fallen. Das wäre ideal: Ich könnte in meinem Körper eine Bombe installieren – eine Bombe mit einer Zündsteuerung, die über einen Sensor direkt mit seinem Schwanz verbunden ist. Ach nein, dazu war es längst zu spät. Wahrscheinlich vögelte er sie bereits. Nein, es wäre nicht genug, mich selbst aus dem Weg zu räumen. Ich wollte den Weltuntergang.

Jetzt hat er ihn bestimmt schon reingesteckt. Wie viele Sekunden sind vergangen, seit er aufgestanden ist? Bestimmt sind die beiden sofort übereinander hergefallen. Ich wette, sein Schwanz reibt sich jetzt gerade wie wild in ihrer Möse. Verdammt, ich will sterben. Ich bin am Ende. Warum kratze ich nicht ab? Wo bleibt der Weltuntergang, wenn man ihn braucht? Oder wenigstens mein *eigener* Untergang, das würde ja schon reichen. Hätte ich doch nur Nitroglyzerin im Körper …

Sollte ich vielleicht eine Überdosis Schlaftabletten nehmen? Dann fiel mir ein, dass der Pillenvorrat, den ich bei mir hatte, nicht ausreichen würde. Das Allerschlimmste war eingetroffen. Im Flugzeug gab es keine Rasierklingen und keinen Platz, an dem man sich erhängen konnte. Es war aus und vorbei. Ich würde nicht sterben. Doch, ich starb. Ich konnte bereits spüren, wie meine Zellen Selbstmord begingen. Meine letzte Rettung: Zellen, die so beschaffen waren, dass sie sofort merkten, wenn er mich betrog. Die meine Verzweiflung und meinen Schmerz mitfühlen konnten und angesichts dieser schrecklichen Vorstellung von sich aus in den Tod gingen. Dann konnte ich Frieden finden.

Was die beiden wohl gerade trieben? Ob sie immer noch zugange waren? Er war schon ziemlich lange weg. Bestimmt war es bereits einige Minuten her, seit er seinen Platz verlassen hatte. Ich will sterben. Alle sollen sterben. Sterbensterbensterben. Ich sterbe.

»Na, bist du wieder wach?«

Als ich mich umdrehte, stand er vor mir. Ich war dem Weinen nahe und konnte kaum sprechen. »Hm …«, brachte ich stockend hervor.

»Ich hab mir schon gedacht, dass du nicht mehr lange schläfst. Hier, ich hab dir was zum Naschen mitgebracht.«

Er reichte mir einen großen Keks und einen Becher Orangensaft, setzte sich neben mich und ließ sofort seinen Sicherheitsgurt einrasten. Als ich in den Keks biss, schossen mir die Tränen in die Augen. Ich trank den Orangensaft, und schon kullerten mir die ersten über die Wangen.

»Was ist denn los?«, fragte er mit besorgter Miene. Ich drückte ihm mein Glas in die Hand, vergrub mein Gesicht an seiner Brust und durchnässte sein weißes Hemd mit meinen Tränen.

»Hast du schlecht geträumt?«

Ich nickte mehrmals und hielt ihn eng umschlungen. Etwas Warmes umhüllte meinen Kopf. Seine große Hand lag beschützend auf mir. Eben noch am Rande der Verzweiflung, ruhte ich jetzt fest an seine Brust geschmiegt.

Schließlich sagte er sanft: »Pass auf, der Orangensaft kleckert.«

»Ich bin so glücklich, dass ich sterben könnte.«

»Hör auf damit! Ich hab dir gesagt, wenn wir abstürzen, dann ist es deine Schuld!«

Ein unvergleichlicher Mann. Und so süß! Wenn er mich jemals verlässt, sterbe ich ganz bestimmt.

Den Inhalt des Gesprächs, das mir bevorstand, konnte ich zu achtzig Prozent voraussagen, auch wenn ich prinzipiell ein eher schwaches Erinnerungsvermögen besitze. Shin und ich hatten es bereits so oft geführt, dass ich es praktisch auswendig konnte. Seit unserer Heirat ging es stets um ein und dasselbe Thema. Eine endgültige Lösung schien nicht in Sicht. Es hing mir zum Hals raus. Schon während der Auseinandersetzung war mir vollkommen klar, dass ich nur meine Zeit verplemperte, aber trotzdem konnte ich mich einfach nicht bremsen. Ich musste ihn immer wieder drauf ansprechen.

»Shin! Wieso verkriechst du dich ständig in deinem Zimmer?«

»Das hab ich dir schon x-mal erklärt. Ich brauche Zeit für mich.«

»Wenn man sich liebt, sollte man dann nicht seine Zeit zusammen verbringen?«

»Das eine hat doch mit dem anderen rein gar nichts zu tun.«

»Wieso willst du überhaupt allein sein?«

»Ich brauche das. Für mein seelisches Gleichgewicht.«

»Aber was machst du denn die ganze Zeit? Spielst du Videospiele oder liest du, oder was?«

»Es geht nicht darum, was ich mache. Ich brauche einfach einen gewissen Freiraum. Erklär du mir lieber mal, weshalb du ständig was zu zweit machen willst.«

»Wenn man sich gernhat, sollte man so oft wie möglich zusammen sein. Was, wenn du morgen stirbst? Ich könnte den Gedanken nicht ertragen, die verbleibende Zeit nicht mit dir zu verbringen!«

»Red nicht so ein blödes Zeug. Wenn ich daran denken würde, dass ich morgen vielleicht tot bin, würde ich gar nichts mehr auf die Reihe kriegen. Wenn ich nie Zeit für mich allein hab, bin ich nicht mehr ich. Das macht meine Seele krank. So kann ich nicht leben.«

»Willst du damit sagen, du würdest dich lieber scheiden lassen, als auf deine blöden Auszeiten zu verzichten?«

»Ich will damit sagen, dass mir ein Miteinander unmöglich ist, wenn ich dazu gezwungen werde, permanent mit dir zusammenzuhocken.«

»Und ich habe mich gefälligst damit abzufinden, ja?«

»Ganz genau. Das sollte eigentlich selbstverständlich sein.«

»Was, wenn ich dir irgendwann mal sage, dass ich dich verlasse, weil du kein Verständnis dafür aufbringst, dass ich meine ganze Zeit mit dir verbringen möchte? Würdest du mich einfach so gehen lassen?«

»Ich denke schon.«

Der Trieb, von einem Mann begehrt zu werden. Der Trieb, einen Mann zu besitzen. Die meisten Frauen werden sofort hysterisch, wenn einer dieser beiden Triebe nicht befriedigt wird oder wenn die Befriedigung beider Triebe nicht im Gleichgewicht ist. Unruhe macht sich breit. Ihre Mösen werden nervös. Was ist Hysterie überhaupt? Nichts weiter als eine Krankheit der Möse.

»Meine Möse dreht durch.«

»Was? O nein, nicht das schon wieder. Du und deine komischen Anfälle.«

»Du Arschloch! Es ist doch deine Schuld, dass ich so frustriert bin! Zieh bloß nicht so eine Fresse! Was soll das? Diese Herablassung! Echt typisch! Du tust immer so, als wäre ich vollkommen plemplem. Was bildest du dir eigentlich ein? Ich sehne mich nach dir, und du stößt mich jedes Mal zurück. Eiskalt bist du! Verdammt, was soll das? Du denkst wohl, du bist eine richtig coole Sau, was? Leck mich doch am Arsch!«

»Ich geh dann mal wieder an meine Arbeit.«

»Genau! Verkriech dich doch in deinem Scheißzimmer!«

»Du bist hysterisch.«

»Na und? *Dein* Verhalten ist doch der Grund, weshalb wir uns streiten. Und was machst du? Du weichst mir aus!«

»Ich kann mit hysterischen Frauen nichts anfangen.« Damit verließ Shin das Wohnzimmer.

»Du blöder Wichser!«, brüllte ich ihm hinterher. »Willst du dich mit mir anlegen? Na, was ist? Soll ich mir eine Axt nehmen und deine Tür kurz und klein schlagen, wie in *Shining*?«

Er ignorierte mich einfach. Sobald seine Tür ins Schloss gefallen war, pfriemelte ich mir die Kopfhörer von meinem Discman in die Ohren und spielte *Nonstop Trance Adventure. Whoooosh! Zong!* Die Rhythmen peitschten mich auf. Beim Tanzen wurde mir so warm, dass ich die Heizung ausschalten musste.

Weshalb war ich bloß so schwierig? Ich blickte zum Lüftungsschlitz der Klimaanlage empor und dachte über mein trotziges Verhalten nach. Tränen liefen mir über die Wangen, aber ich tanzte weiter.

»Vielen Dank, dass Sie sich herbemüht haben. Bitte, nehmen Sie doch Platz. Darf ich Ihnen etwas zu trinken bestellen, Takahara-san? Ah, Sie möchten bestimmt rauchen. Ich hole einen Aschenbecher. Wenn Sie sich einen Moment gedulden wollen.« Das alles stieß Kobayashi in einem einzigen Atemzug aus, bevor er sich von seinem Platz erhob.

Das Hotel sah noch genauso aus wie letzte Woche, als ich für ein Interview hier gewesen war. Es ist ein riesiges, seelenloses Ding, das aus dem Häusermeer der City aufragt und irgendwie einen traurigen Eindruck macht. Als sei es von seiner eigenen Existenz enttäuscht. Wenn ich daran hochschaue, wird mir immer ganz schwindlig. Natürlich zwingt mich niemand, dran hochzuschauen, aber irgendwie kann ich es nicht lassen.

Kobayashi nahm den Aschenbecher vom Tisch gegenüber, stellte ihn vor mich hin und ließ sich dann wieder auf das Sofa fallen, auf dem er gesessen hatte. Hier in der Empfangshalle gab es keine Nichtraucherzonen, und auf allen Tischchen standen Aschenbecher mit Streichholzschachteln bereit. Nur auf unserem nicht.

Bei diesem Gedanken wanderte mein Blick zu Kobayashi. Bestimmt ging das auf sein Konto. Er hatte nämlich vor kurzem mit dem Rauchen aufgehört. Neuerdings fing er immer an, nervös rumzuzappeln, sobald ich mir eine Zigarette anzündete. Blöder Affe.

»Bitte, bitte. Nur zu. Das Interview beginnt erst um fünf, also entspannen Sie sich ruhig noch ein wenig. Was möchten Sie trinken?«

»Einen Latte macchiato mit einer Extraportion Milchschaum«, sagte ich. Dabei entging mir nicht das leise Zucken in Kobayashis Gesicht. Und auch nicht das verzerrte Lächeln, als er sich erhob und meinte, er würde dann mal gehen und die Bestellung aufgeben.

Ich beobachte ständig andere Leute. Wenn ich jemanden lange genug aufs Korn nehme, kann ich sogar seine Lebenserwartung vorhersagen. Nein, das ist gelogen. Oder ist es vielleicht doch wahr? Wenn man etwas bloß denkt, es aber niemandem sagt, ist es dann nicht streng genommen weder Lüge noch Wahrheit?

Mir gehen ständig die albernsten Sachen durch den Kopf. Mein Hirn ist voll vom Rauschen meiner Selbstgespräche. Ich verbringe gewissermaßen mein gesamtes Leben damit, langweilige Ereignisse in einem langweiligen inneren Monolog zu kommentieren, um meinen langweiligen Alltag damit noch langweiliger zu machen. Zuweilen habe ich das Gefühl, als würden mehrere Personen in mir hausen, aber das ist natürlich Blödsinn. Pure Einbildung. Alles, was in mir existiert, bin schließlich ich selbst. Es gibt zwar Millionen Wesen in mir, aber die bin alle ich. Und eben weil all diese Ichs in mir rumschwirren, produziere ich in meinem Reden und Denken nichts als Widersprüche. Vielleicht wäre das gar nicht so schlimm, aber am Ende bin immer *ich* diejenige, die für die Widersprüche, die meine multiplen Ichs erzeugen, den Kopf hinhalten muss. Manchmal würde ich gerne die Verantwortung auf ein anderes Ich abwälzen. Aber ausgerechnet in solchen Situationen rotten sie sich alle zusammen und spielen die Ahnungslosen, und ich steh ganz alleine da.

»Ha«, lachte ich leise auf, als ich mir eine Zigarette ansteckte.

»Was ist denn los?«

Kobayashi war wieder da und erkundigte sich mit verdattertem Gesicht nach dem Grund meiner Heiterkeit. Jetzt ganz ruhig bleiben! Das ist schließlich kein Verhör. Shin hat gesagt, es sei nicht gesund, sich immer zum Opfer zu stilisieren.

»Nichts weiter. Was soll ich heute eigentlich erzählen?«

»Sie belieben zu scherzen, Takahara-san. Haben Sie sich denn nicht die Notizen durchgelesen, die ich Ihnen gegeben habe?«

»Ich hab sie kurz überflogen, aber es waren so viele Blätter, dass ich gar nicht wusste, welches von denen ich mir zuerst anschauen sollte.«

»Das dachte ich mir bereits. Deshalb habe ich vorsichtshalber noch einen Ausdruck mitgebracht. Bitte sehr.«

Ich warf einen Blick auf die Seiten, die Kobayashi mir ausgehändigt hatte, aber es blieb kein einziger Satz in meinem Bewusstsein hängen. Vielleicht lag es an den fehlenden Leerzeilen, jedenfalls erschien mir der Text wie ein undurchdringlicher Block. Jeder Absatz ein Diagramm. Wortblindheit nennt man das wohl. Neuerdings hab ich ziemlich oft damit zu kämpfen. Sogar wenn ich mir etwas durchlese, das ich selbst geschrieben hab, kommt mir der Text plötzlich nur noch wie eine graue Masse vor, ohne erkennbaren Inhalt.

Wann mag dieses Phänomen wohl zum ersten Mal aufgetreten sein? Na ja, ist eigentlich schnuppe. Irgendwann eben. Vielleicht ist es sogar angeboren – wer schert sich drum? Ich löffelte etwas Milchschaum von meinem Latte macchiato, den man mir soeben aus dem Bistro neben der Empfangshalle gebracht hatte. Ich beschloss, mir wenigstens das Thema des bevorstehenden Interviews zu merken, und schaute erneut auf das Deckblatt. Die Worte *Dreamer's Dream* sprangen mir in die Augen. Kobayashi zuliebe hatte ich einer ganzen Flut von Interviews zugesagt, mit denen er für mein neuestes Buch, das im Monat zuvor erschienen war, werben wollte. Aber allmählich gingen mir diese Journalisten auf die Nerven, die bloß dumm rumschwätzten und nicht kapierten, dass es einen fundamentalen Unterschied gab zwischen dem Autor eines Romans und der Figur darin. Deshalb war ich auf den – ziemlich blöden – Einfall gekommen, zur Abwechslung ein etwas anders gelagertes Thema auszuprobieren. Totaler Reinfall. Eine Träumerin war ich nun wirklich nicht.

»Im Wesentlichen soll es um Träume gehen«, sagte Kobayashi hilfsbereit.

»Ja, das sehe ich.« Aber was für Träume? Zukunft … Wünsche … Visionen? Oder im Sinne von: »Mir träumte, dass ich, auf einem schmalen Pfad im hohen Norden wandelnd, plötzlich die Maske von Darth Vader fand«? Darth Vaders Maske? Ganz genau, von der hatte ich gestern Nacht geträumt. Aber das war wohl nicht der Stoff für ein Interview mit einem Modemagazin.

»Glauben Sie im Ernst, dass ich über meine Hoffnungen, Wünsche und so weiter auspacke?«, versuchte ich zu scherzen.

Kobayashi sah mich leicht irritiert an und spähte von seinem Platz aus auf die Unterlagen in meiner Hand.

»Aber nein! Gemeint sind Träume, die Sie haben, wenn Sie schlafen. Es steht doch ausdrücklich da, oder? ›Die Autorin fragen, was sie in der letzten Zeit geträumt hat.‹ So ist das gemeint.«

Alles klar … Ich überflog noch mal die Seiten, konnte aber die Textstelle, auf die er Bezug genommen hatte, nicht entdecken. Na ja. Irgendwo musste es ja geschrieben stehen. Also nickte ich einfach.

Und was jetzt? Sollte ich denen tatsächlich die Geschichte mit Darth Vader auftischen? Ein anderer Traum wollte mir beim besten Willen nicht einfallen. Aber war das nicht zu platt? Ein Traum, in dem ich auf einem schmalen Pfad Darth Vaders Maske fand? Bestimmt. Es musste etwas Originelleres her. Etwas Witziges, eine Geschichte mit Esprit. Während ich noch versuchte, etwas Gescheites zusammenzuspinnen, und derweil Kobayashis Geschwätz an mir vorbeirauschen ließ, rückte auch schon das Reporterteam an.

Also blieb mir nichts anderes übrig, als doch den dämlichen Darth-Vader-Traum zum Besten zu geben. Das hätte ich lieber bleiben lassen sollen, denn was er über meine augenblickliche psychische Verfassung aussagte, war nicht sehr schmeichelhaft: Ganz offensichtlich war ich total frustriert.

Grober Fehler! War ich von allen guten Geistern verlassen? Wie hatte ich nur so etwas über mich preisgeben können? Beknackt, beknackt, beknackt …

Gleich nachdem der Pulk wieder abgezogen war, drückte mir Kobayashi den nächsten Stoß Kopien in die Hand. Als hätte ich mich nicht schon genug blamiert! Ich suhlte mich in Selbstverachtung.

»Was ist das denn?«

»Die Gliederung für das zweite Interview.«

Ich nahm die Papiere entgegen, erstarrte dann aber augenblicklich. Moment mal! Ich sollte doch nur das *eine* Interview geben. Was läuft hier? Ist das eine Falle? Doch als ich die Seiten durchblätterte, kam mir der Inhalt irgendwie bekannt vor. Stimmt. Zwei Interviews. Ich musste wirklich mal runterkommen. Andauernd war ich der festen Überzeugung, im Recht zu sein, auch wenn es gar nicht so war. Damit machte ich anderen bloß das Leben zur Hölle. Ich musste mir vor Augen halten, dass auch ich mich irren konnte. Ich musste nachsichtiger werden. Mir selbst und anderen gegenüber. Bekam ich nicht genau das immer von Shin zu hören?

»Rin, offenbar sind alle anderen für dich überhaupt keine Menschen!«

Trotzdem, er war ein Schuft.

Zwei Jahre kannten wir uns nun schon, seit einem Jahr waren wir verheiratet, und trotzdem verstand er mich irgendwie immer noch falsch. Wahrscheinlich lag es daran, dass er in Wirklichkeit keinerlei Interesse an mir hatte. Er ignorierte mich praktisch völlig. Hätte er sich die Mühe gemacht, auf mich einzugehen, wäre er gar nicht auf die Idee gekommen, ich würde auf andere Menschen herabsehen. Ganz im Gegenteil: Ich neige vielmehr dazu, mich meinen Mitmenschen total zu offenbaren und alles und jeden vorbehaltlos zu akzeptieren.

Stopp! Sofort aufhören. Mösenkoller-Alarm!

Frauen, die, vom Dämon des Argwohns besessen, ständig daran zweifeln, dass sie wirklich geliebt werden, neigen zu hysterischen Anfällen. So wie ich. Allerdings zeigt die Tatsache, dass ich das weiß, wie viel Einsichtsfähigkeit ich besitze. Nach einer Frau wie mir, die ein dermaßen hohes Maß an Objektivität und sozialem Verhalten vorzuweisen hat, kann man lange suchen! Ich spürte die ersten Widersprüche in mir aufkeimen und gebot meinen Gedanken Einhalt. Mir entfuhr ein schnaubendes Lachen. Wieder verzog Kobayashi leicht irritiert das Gesicht. Höchstwahrscheinlich glaubte er, ich hätte über ihn gelacht.

»Verzeihen Sie bitte«, nuschelte ich.

»Was denn?«

»Das ist mir nur so rausgerutscht.«

»Wie? Was?«

»Schon gut.«

Was dachte man wohl von jemandem, der erst schnaubend gelacht und sich dann völlig unvermittelt dafür entschuldigt hatte?

»Es ist nicht so, wie Sie denken. Es ging um was ganz anderes … Es – ach, vergessen Sie es einfach.«

»Wie meinen? *Worum* geht es?«

Ach, gar nichts, wirklich!, wollte ich nochmals beteuern. Aber dann überlegte ich es mir anders. Wenn ich so weiterredete, würde er dann nicht erst recht misstrauisch werden? Sich wortreich entschuldigen und im nächsten Atemzug behaupten, es wäre gar nichts gewesen – das war doch ziemlich verdächtig. Besser, ich ließ mir irgendeine Ausrede einfallen.

»Ich musste bloß an den Kugelschreiber denken, den der Reporter vorhin bei sich hatte. Der sah so komisch aus.«

»Tatsächlich?«

Wie waren wir noch gleich darauf gekommen? Ach ja, mein schnaubender Lacher. Aber irgendwie hatte ich mich durch diese Begründung nur noch tiefer in den Dreck geritten. Wer lacht schon schnaubend, wenn er sich an einen Stift erinnert? Ich hätte allenfalls wie ein albernes Schulmädchen rumgekichert, den Kopf schief gelegt und gefragt, wo man so ein Ding wohl kaufen kann. Also schön. Neue Ausrede. Eine, mit der ich Kobayashi bewies, dass ich bei klarem Verstand war.

Mit anderen Menschen zu kommunizieren kann wirklich eine sehr lästige Angelegenheit sein.

»Nein, eigentlich ging es gar nicht um den Stift. Ich wollte nur sagen, dass der Reporter eben, hm … der hatte eine ganz schön abartige Visage.«

»Das fand ich auch! Bemerkenswert, dieses Gesicht.«

»Ich hätte fast laut losgelacht, als ich ihn gesehen hab. Es tut mir leid, es ist total unhöflich, sich über die Gesichter fremder Leute lustig zu machen, deshalb hab ich die Geschichte mit dem Stift erfunden.«

»Keine Ursache, Takahara-san! Ich dachte mir bereits etwas Ähnliches. Sie haben recht. Was für eine Visage!«

»Unglaublich, Sie sagen es!«

Puh. Glück gehabt. Ich hatte gerade noch die Kurve gekriegt. Alles war gut. Ich musste mir keine Sorgen mehr machen. Erleichtert nippte ich an meinem Latte macchiato und meditierte ein Weilchen vor mich hin. Das war eine überaus nützliche Fähigkeit, die ich vor kurzem erworben hatte: zu meditieren, während ich gleichzeitig mit meinem Gegenüber Konversation machte.

Während ich so in Gedanken versunken dasaß, rückte die Meute für das nächste Interview an. Und wieder hatte ich völlig vergessen, mir die Gliederung anzuschauen. Das fiel mir jetzt siedend heiß ein, während mir nacheinander die Reporterin, die Fotografin und die Redakteurin ihre Visitenkarten überreichten. Alle drei verkörperten denselben Frauentypus: auf der Dachterrasse am Kräutertee nippen – Aromakerzen beim Baden – Eintrag im Terminplaner: bis zum Sommer drei Kilo abnehmen.

Ich setzte mich gerade hin und warf einen flüchtigen Blick auf die Gliederung, wobei mir als Erstes der Titel in die Augen sprang: *Selbstständige Frauen*. Weg war meine gute Laune.

Wieso hatte ich so einem Interview zugestimmt? *Hatte* ich überhaupt zugestimmt? Das ging doch bestimmt wieder auf das Konto von Kobayashi, dem Verschwörer. Er bevorzugte Frauenzeitschriften, für die solcher Käse von Belang war. Selbstständige Frauen – tolle Publicity für das Buch!, hatte der Trottel sich wohl gedacht und zugesagt, ohne mich auch nur zu fragen.

»Ich möchte mich wirklich ganz herzlich bei Ihnen bedanken, dass Sie für ein Interview zur Verfügung stehen.«

»O nein, ich danke Ihnen.«

Ich musterte Kobayashi argwöhnisch und überflog dann noch mal die Gliederung, bis mir plötzlich alles wieder einfiel. Shin hatte die Kopien in der Ablage des Faxgeräts entdeckt und sich noch über mich lustig gemacht: »Mich wundert ja, dass sie gerade dich dafür ausgesucht haben, Rin. Es geht doch um *selbstständige* Frauen!« Wütend über seine gemeine Bemerkung, hatte ich dann aus lauter Trotz dem Interview zugesagt. Was war ich doch für ein Vollidiot. Wäre das Thema bloß *Blöde Weiber* gewesen! Da hätte ich was zu sagen gehabt!

Natürlich hätte ich die ganze Angelegenheit mit einem

Achselzucken und dem Gedanken daran abtun können, dass diese Tanten selbst schuld waren, wenn sie ausgerechnet jemanden wie mich zu dem Thema befragten. Aber da ich nun mal zugesagt hatte, fühlte ich mich in gewisser Weise verpflichtet. Während die Fotografin die Beleuchtung einrichtete, probierte ich also schon mal den einen oder anderen Gesichtsausdruck aus, der einer selbstständigen Frau angemessen sein konnte.

»Takahara-san, erzählen Sie uns doch zuerst, was Sie persönlich unter einer selbstständigen Frau verstehen.«

»Tja, mit Sicherheit kann ich sagen, dass sie ganz anders sein muss als ich.«

Wieso auf einmal diese unverfrorene Ehrlichkeit, wo ich mich doch eben noch krampfhaft bemüht hatte, den Eindruck zu erwecken, ich sei tatsächlich eine selbstbewusste Frau? Wenn die Redakteurin mich für ein Interview zum Thema *Selbstständige Frauen* ausgewählt hatte, schien sie mich doch offensichtlich für eine ebensolche zu halten. Und ich machte ihr gleich zu Beginn des Gesprächs einen dicken Strich durch die Rechnung. Bravo. Jetzt fragte sie sich wahrscheinlich, was ich überhaupt hier zu suchen hatte.

»Aber, Takahara-san, Sie führen eine Ehe und sind dennoch berufstätig. Außerdem kümmern Sie sich, wie ich einem anderen Interview, das Sie mir freundlicherweise vorab zur Verfügung gestellt haben, entnehmen konnte, auch noch um den Haushalt. Allein dass Sie es vermögen, Berufs- und Familienleben in Einklang zu bringen, suggeriert meiner Ansicht nach bereits, dass Sie eine *überaus* selbstständige Frau sind. Und trotzdem hegen Sie das Gefühl, Verehrteste, dass Sie nicht in diese Kategorie gehören?«

Was für ein gestelztes Gequatsche: *Ehe führen … zur Verfügung stellen … das Gefühl hegen … Verehrteste …* Die Frau nervte mich. Wirf bloß nicht deine Vorstellungen von

Ehe mit meiner tatsächlichen Ehe in einen Topf! Eigentlich hatte ich von Anfang an ein ungutes Gefühl gehabt. Typen wie diese Reporterin durchschaute ich sofort. Wäre ich keine Schriftstellerin, hätte sie mich garantiert von oben herab behandelt. Sich über dieses dumme, vulgäre Ding, das da vor ihr saß, lustig gemacht. Arrogantes Luder. Aber weil sie das nicht konnte, redete sie geschwollen daher und lächelte mich scheißfreundlich an. *Ehe führen* – so ein Schwachsinn. Kannst du nicht reden wie normale Menschen? Es heißt: *verheiratet sein.*

Ich hab eine ganz dämliche Angewohnheit: Wenn mir das Verhalten meines Gegenübers so richtig auf den Keks geht, fange ich früher oder später an, es zu imitieren. Das machte mich jetzt ganz unruhig. Ich musste mir später unbedingt die Druckfahnen geben lassen, um ein bisschen nachzuarbeiten.

»Ja, das stimmt schon. Natürlich kann ich Beruf und Familie unter einen Hut bringen. Aber in meinem Fall handelt es sich ja um eine Arbeit, die ich zu Hause erledigen kann. Ich betrachte sie eher als eine Art tägliche Verrichtung, eine Routine, nicht als Berufstätigkeit im engeren Sinne. Insofern kann man streng genommen nicht von einer Doppelbelastung sprechen.«

Glückwunsch. Jetzt redete ich genauso affektiert daher. Kobayashi sah von seinem Terminplaner auf und warf mir einen verdatterten Blick zu. Das musste später alles geändert werden. Literarisch klang es auch nicht gerade, und im gedruckten Text würden sich garantiert noch Fehler und Doppeldeutigkeiten einschleichen. Man würde sich über mich totlachen, weil ich als Schriftstellerin, die tagtäglich mit Sprache zu tun hatte, so einen Mist verzapfte.

Die Frau redete viel, und ich redete viel und lauschte dabei auf das Echo jedes einzelnen Wortes in meinem Kopf. Bevor ich wusste, wie mir geschah, war das Gespräch nach etwa einer halben Stunde auch schon zu Ende. Ich hasse es, mit anderen Leuten zu sprechen. Dabei gebe ich nur meine wunden Punkte preis. Meistens sind es gar nicht mal die anderen, die mich bloßstellen. Das erledige ich von ganz allein. Und das, obwohl es mir wahnsinnig unangenehm ist, über mich selbst Bescheid zu wissen. Mein millionenfach gespaltenes Ich in all seinen Facetten zu verstehen und zu akzeptieren grenzt an Folter. An Selbstverspottung. Nichts als Spiegelfechterei. Das reinste Solotheater.

»Danke, das lief doch ganz ausgezeichnet. So, und jetzt dies hier.«

Ich starrte auf die Blätter, die Kobayashi mir entgegenhielt, und schüttelte den Kopf. »Was ist das denn …?«, stöhnte ich, woraufhin Kobayashi mir leicht verwundert erklärte, es handle sich um die Notizen für ein weiteres Interview.

Das durfte doch nicht wahr sein! Dafür hatte ich doch ganz bestimmt nicht zugesagt! Diesmal musste Kobayashi mich wirklich reingelegt haben. Aber halt. Bevor ich jemand anderen verdächtigte, sollte ich erst mal meine multiplen Ichs ins Gebet nehmen.

»Ich gehe mal kurz auf die Toilette.«

»Aber bitte. Darf ich Ihnen inzwischen noch etwas zu trinken bestellen?«

»Milchschaum.«

»Nur Milchschaum?«

»Ja.«

Zum nunmehr dritten Mal zuckte Kobayashi leicht angewidert zusammen. Es störte mich kein bisschen. Sollte er ruhig seine Fratzen schneiden. Wenn es mir etwas ausmachen würde, dass ich ihn mit dem, was ich sage, vor den Kopf stoße, würde ich die Klappe halten. Ich benahm mich nur so gegenüber Leuten, die meine Wünsche entweder schweigend erfüllten oder bei denen es mir sowieso schnurzegal war, wie sie auf mich reagierten. Darin war ich ziemlich gut.

Ich betrat den grell erleuchteten Waschraum und rief Shin an.

»Hallo? Was gibt's?«

»Ich hab eine Frage: Erinnerst du dich noch, ob ich für ein Interview zum Thema *Glauben Sie an UFOs?* mit dem Magazin *UFO News* zugesagt hab?«

»Hast du. Ich hab dir übrigens davon abgeraten.«

»Und weshalb hab ich zugesagt?«

»Es war neulich in der Bar, als du so betrunken warst. Du hast den Interviewvorschlag gelesen und gemeint, das wäre super und würde bestimmt gut ankommen. Ich konnte dich nicht davon abbringen. Du hast sofort Kobayashi angerufen und ihm zugesagt. Eigentlich hast du dir dabei gar nichts gedacht, du fandest die ganze Sache bloß witzig. Kannst du dich wirklich nicht mehr daran erinnern?«

»Doch, jetzt erinnere ich mich. Danke.«

Ich legte auf und starrte in den Spiegel. Mir war zum Heulen zumute. Wieso passierte so was immer ausgerechnet mir? Mein Verhalten entbehrte jeder Logik. Immer ging alles schief. Ich hielt es nicht mehr aus und meldete mich noch mal bei Shin.

»Was ist denn?«, fragte er, unüberhörbar genervt.

»Ich kann nicht mehr, ich will nach Hause! Kannst du nicht kommen und mir helfen? Ich glaube nicht an UFOs. Ich *denke* nicht einmal an UFOs. Höchstens einmal in zwei Jahren. Ich kann denen doch überhaupt nichts erzählen. Bitte, Shin, komm her!«

»Das geht nicht.«

»Wieso denn nicht?«

»Ich kann jetzt nicht. Ich hab noch zwei Besprechungen.«

»Was ist dir wichtiger? Deine Termine oder deine Frau, die sich gleich irgendeinen Blödsinn über UFOs aus den Fingern saugen muss?«

»Meine Termine, was denn sonst? Selbst schuld, wenn du im Suff irgendwelche Zusagen machst.«

»Warum reibst du mir das jetzt unter die Nase? Das hilft mir kein bisschen weiter. Die Reporter kommen in zehn Minuten!«

»Sieh zu, wie du zurechtkommst.«

»Du bist herzlos!«

»Ich muss auflegen.«

»Warum bist du so distanziert?«

»Wenn du mich jetzt bitte entschuldigst.«

»He! Ich hab dich gefragt, warum du so distanziert bist!«

Er hatte aufgelegt. Ich musste mir wohl oder übel ganz alleine Gedanken über UFOs machen. Es gibt UFOs. Ganz sicher. Sie kommen aus der näheren Umgebung des Pluto. Ja, so ist es … Ich versuchte, mir konkrete Vorstellungen von UFOs und Außerirdischen zu machen. Sie existieren tatsächlich. Die Welt ist voller Phänomene, die wissenschaftlich nicht erklärbar sind. Ich glaube an die Geheimnisse des Universums. Moment mal. Ich hab doch sogar schon mal ein UFO gesehen! Wirklich! Als ich noch klein war. Es funkelte golden und hatte die Form eines Donuts. Genau! Ich hatte es bloß vergessen. Ein waschechtes UFO. Ich sah es jetzt wieder ganz deutlich vor mir. Wieso? Wieso war die Erinnerung derart lebendig? Ach ja, genau! Ich war damals in meiner Kindheit von einem UFO *entführt* worden. Ich konnte mich nur lange Zeit nicht mehr daran erinnern, weil die Außerirdischen mein Gedächtnis gelöscht hatten. Genau, ich war von einem UFO entführt worden …

»So ein Mist«, murmelte ich und ging in die Empfangshalle zurück. Ich ignorierte Kobayashi, der irgendwie verstimmt wirkte, und setzte mich aufs Sofa. Ah! Milchschaum.

»Mmmmh, sieht der aber lecker aus!«, rief ich und löffelte den weißen Schaum aus meinem Glas. Kobayashis Miene hellte sich ein wenig auf. Es liegt in der menschlichen Natur, sich zu freuen, wenn die eigene Mühe belohnt wird. Selbst wenn einem eine Aufgabe zunächst missfällt – sobald man Dankbarkeit erntet, ist alles wieder in Butter. Und ich hatte sogar riskiert, als ein selbstsüchtiges Weibsstück abgestempelt zu werden, nur um ihm dieses Glücksgefühl zu verschaffen. Du solltest mir dankbar sein, Kobayashi!

Während ich solchen Gedanken nachhing, rückte das nächste Interviewteam an. Ein Reporter war nicht dabei. Der machohafte Redakteur der *UFO News*, der sich mir gegenüber hinsetzte, schien das Interview selbst führen zu wollen. Wieso bin gerade *ich* für das Interview ausgesucht worden?, wollte ich ihn fragen, aber gerade als ich den Mund aufmachte, fing er an zu reden. Ich war gezwungen, erst mal die Klappe zu halten.

»Vielen Dank, dass Sie uns für das Interview zur Verfügung stehen. Zuerst hatte ich wenig Hoffnung, Sie für das Thema gewinnen zu können, daher bin ich umso erfreuter, dass Sie zugesagt haben.«

»Ja … Na ja. Äh … Ich habe zu danken.«

»Wissen Sie, Ihre Romane haben alle etwas sehr Mystisches an sich, und ich habe mich gefragt, wo das wohl herkommen mag. Deshalb würde ich gerne wissen, ob Sie an übersinnliche Phänomene, also an die Existenz von Geistern, UFOs und dergleichen, glauben.«

Meine Romane – mystisch? Ein nettes Kompliment. Aber er hatte recht. Dinge, die nicht in irgendeiner Weise rätselhaft sind, interessieren mich nicht. Aber daraus gleich zu schließen, dass ich etwas mit übernatürlichen Erscheinungen wie Spukgestalten oder UFOs am Hut hatte? Offenbar war der Mann ziemlich einfach gestrickt. Glaubte er etwa, dass ich, um *Mystisches* zu schaffen, auf seine blöden fliegenden Untertassen angewiesen war? Mann, das kotzte mich echt an. Was für eine Pfeife. Die Sache wurmte mich dermaßen, dass ich richtig wütend wurde. Aber ich durfte jetzt keinen hysterischen Anfall kriegen. Ich hatte Shin ausdrücklich versprochen, dass ich in der Öffentlichkeit nicht ausrasten würde.

»Takahara-san, zuerst einmal möchte ich wissen, wie Sie dazu kamen, an UFOs zu glauben.«

»Pah. Es gibt doch gar keine UFOs!«

Der Interviewer, der Kameramann und Kobayashi waren wie vom Donner gerührt. Ich musste sie beschwichtigen. Ihren Frust und die spürbare Nervosität angesichts ihres Verdachts, von mir veralbert worden zu sein, beseitigen. Eine Entschuldigung musste her, und zwar eine überzeugende. Ein gewaltiges Unterfangen, eine Tour de Force stand mir bevor. War ich der enormen Herausforderung gewachsen? Na klar. Hier und jetzt würde mein Heldinnenepos beginnen …

»Ich muss sagen, ich war einigermaßen überrascht. Wie kann man im Interview für einen Artikel mit dem Titel *Glauben Sie an UFOs?*, der in einem Magazin namens *UFO News* erscheinen soll, behaupten, man glaube nicht an UFOs? Andererseits hat mich diese Aufrichtigkeit sehr berührt.«

Kobayashis Worte beeindruckten mich kein bisschen. Berührt, von mir aus. Wen kümmerte das, wenn ich mir doch zur gleichen Zeit vor lauter Scham am liebsten meine Essstäbchen in die Kehle gerammt hätte? Der Kerl hatte wirklich keinen blassen Schimmer. Oder vielleicht ahnte er doch, wie peinlich mir die ganze Sache war, und hatte das nur gesagt, damit ich mich ein bisschen besser fühlte. In diesem Fall sollte ich Kobayashi für seine Gutmütigkeit dankbar sein, statt ihn voreilig zu verurteilen. So ahnungslos, wie ich immer dachte, war er wahrscheinlich gar nicht.

Augenblick! Was, wenn Kobayashi mitbekommen hatte, wie sehr mir die Blamage zusetzte, und seine Bemerkung einzig und allein darauf abzielte, meiner Beschämung noch eins *draufzusetzen*? Dann wäre in Wirklichkeit ich die Ahnungslose. Also was? Sollte ich Kobayashi hassen, weil er mich verspottete? Oder ihn lieben, weil er mich tröstete?

So ist das eben: Ich mag Menschen, die mich lieben. Und ich hasse Menschen, die mich verachten.

»Wie steht es eigentlich mit dem Manuskript?«

»Manuskript?«

»Ja, Ihr Manuskript. Kommen Sie voran?«

Mein Manuskript. Ob ich vorankam. Gute Frage …

»Ja, ich komme voran.«

Manchmal hilft einem nur noch die nackte Lüge weiter.

»Wirklich? Wie schön. Dann schaffen Sie es also bis zum Abgabetermin?«

Vorankommen und den Abgabetermin einhalten waren doch wohl zwei ganz unterschiedliche Paar Schuhe! Selbst wenn ich Fortschritte machte, hieß das noch lange nicht, dass ich rechtzeitig fertig werden würde. Außerdem *konnte* ich ja gar nicht vorankommen, weil ich hier mit Kobayashi im Restaurant saß statt zu Hause vor dem Computer, nicht wahr?

Na ja, vielleicht war das keine besonders gute Entschuldigung.

»Ja, ich schaffe es ganz bestimmt.«

Und manchmal muss man gleich mehrfach lügen.

»Sind Sie sicher? Falls doch noch etwas dazwischenkommen sollte oder ich Ihnen sonst irgendwie behilflich sein kann, wenden Sie sich jederzeit an mich. Ihr neues Buch ist ja gerade erst herausgekommen und ich habe fast ein schlechtes Gewissen, dass wir Sie sofort im Anschluss mit einer ganzen Reihe betraut haben. Aber ich sage Ihnen, unsere gesamte Redaktion ist schon total aus dem Häuschen. Alle sind furchtbar gespannt auf den ersten Band.«

Der machte aber mächtig Druck. Für wen hielt er sich eigentlich?

»Es ist lange her, dass ich etwas so Umfangreiches geschrieben hab. Ich freu mich drauf.«

»Sie freuen sich *darauf*?«

»Ich meine, ich genieße es zu schreiben.«

Kobayashi musterte mich voller Misstrauen, besann sich dann aber und widmete sich seinem Essgeschirr. Jedes Mal, wenn ich mit diesem Mann zum Essen verabredet war, schwand mir irgendwie der Geist. Es bedrückte mich einfach. Nein, das stimmte nicht ganz. Eigentlich war ich immer bedrückt, solange Shin nicht bei mir war. Genau das war der Grund, weshalb ich ständig mit ihm zusammen sein wollte. Deswegen war es so schwer für mich, wenn er sich in seinem Zimmer verkroch. Wenn er mir durch sein Verhalten signalisierte, dass er nichts mit mir zu tun haben wollte, wurde jede Sekunde für mich zur Qual. Nichts als schiere, nackte Verzweiflung. Das nagte täglich an meiner Seele.

Als ich nach Hause kam, begrüßte ich Smith-Smith mit einem »Hallo, ich bin wieder da!« Ich wusste, dass Shin noch nicht daheim war. Nach dem Essen war ich mit Kobayashi noch ein Gläschen trinken gegangen. Nachdem ich mich von ihm verabschiedet hatte, war ich sofort in ein Taxi gesprungen, um so schnell wie möglich nach Hause zu kommen. Ich hatte Shin von unterwegs aus angerufen, aber nur seine Mailbox erreicht. Bestimmt hatte es ihn nach seiner Besprechung noch in die Kneipe gezogen.

Ich rief ein zweites Mal nach Smith-Smith, der sich irgendwo in der Wohnung versteckt haben musste. Es kam keine Antwort. Ich dachte mir nichts dabei, fühlte mich aber trotzdem ein wenig geknickt, als ich ins Wohnzimmer ging und mich an den Schreibtisch in der Ecke setzte. Ich musste am Manuskript für Kobayashi weiterschreiben. Das Rauschen und Sirren des hochfahrenden Computers hallte durch den stillen Raum.

Mir war nicht so ganz klar, weshalb ich Kobayashi die Zusage für das neue Projekt gegeben hatte. Ein anderes Ich als mein schriftstellerisches – eins, das nur zum Vorschein kam, wenn ich betrunken war – musste seine Finger im Spiel gehabt haben. Ich selbst hatte jedenfalls nichts damit zu tun, und deswegen konnte streng genommen auch niemand von mir erwarten, die Verantwortung dafür zu übernehmen. Aber wenn ich mich mit der Begründung aus dem Projekt zurückzog, dass ein anderes Ich an meiner Stelle den Auftrag angenommen hatte, würden mich alle für verrückt erklären. Und ich bin nicht verrückt. Man könnte sogar behaupten, dass mein einziger Lebenszweck darin besteht, genau das unter Beweis zu stellen. Und dafür reicht es nicht aus, dass mir meine Mitmenschen hin und wieder bescheinigen, ich sei bei klarem Verstand. Nein, das allein überzeugt mich nicht. Vielmehr beweise ich mich selbst tagtäglich, indem ich literarische Texte verfasse, mit Leuten spreche und in der Öffentlichkeit auftrete. Was ich nicht leiden kann, ist, wenn man mir einfach so – völlig ungefragt – das Gütesiegel der Normalität aufdrückt. Ist das ein Widerspruch? Ich denke schon. Meine Worte und Gedanken sind voller Paradoxien. Na ja, wahrscheinlich ist das bei allen Menschen so. Das heißt aber nicht, dass es mir egal ist. Im Gegenteil: Ich hab große Angst vor diesen Widersprüchen und verspüre ihretwegen oft eine innere Unruhe. Deswegen mache ich mir ständig Gedanken über alles und jedes und führe ein grüblerisches Leben, das eigentlich nicht viel anders ist als der Tod.

Der Einzige, der Licht in mein nutzloses Dasein brachte, war Shin. Durch ihn war es mir allmählich gelungen, einen Sinn in meiner Existenz zu sehen. Doch seit wir zusammengezogen waren, verschwand er immer öfter in seinem Zimmer, was dazu führte, dass ich meinen Lebenssinn wieder aus den Augen verlor. Warum stieß er mich zurück? Warum schottete er sich ab vom Reich meines Ichs? Warum wollte er nicht in meiner Welt leben? Es war mir unbegreiflich.

Ein Schnalzen ertönte und ich hob den Kopf, aber im Zimmer regte sich nichts. Vermutlich war es bloß Smith-Smith, der mich willkommen hieß.

»Hallo?«, rief ich abermals. Wieder nichts. Was für ein launisches Geschöpf. Smith-Smith besaß nicht die Fähigkeit, meine Bemerkungen aufzugreifen und etwas Sinnvolles zu erwidern, wenn er angesprochen wurde. Es war genauso wie mit Shin: Ich konnte ihm Bälle zuwerfen, Bälle zuwerfen, Bälle zuwerfen, so viel ich wollte, er wich ihnen aus, wich ihnen aus, wich ihnen aus. Immer wieder. Bis er irgendwann genug hatte und seine Zimmertür hinter sich zuknallte. Warum nahm er meine Bälle nicht an? Das war die entscheidende Frage. Oder auch nicht. Ich tat nämlich bloß so, als würde ich die Antwort nicht sehen. In Wirklichkeit wusste ich genau, was los war: Shin besaß einfach nicht das Herz, den Ball aufzufangen. Beziehungsweise er hatte keine Lust dazu. Das war die ganze Wahrheit. Und ich wiederum war nicht stark genug, meine Traurigkeit angesichts dessen zu akzeptieren. Also tat ich jedes Mal so, als sei ich verwundert und könne mir nicht erklären, weshalb er meinen Ball nicht auffing. Erbärmlich! Na ja, war auch egal …

Hervorragend: Ich versuchte mir also einzureden, etwas sei egal, obwohl es mir gar nicht egal *war*. Und was hatte ich davon? Ich wurde langsam, aber sicher verrückt. Wieso eigentlich? Ich hatte einen schönen Körper, überschäumendes Talent und war mit einem hübschen Gesicht zur Welt gekommen, das wie dazu gemacht schien, von allen geliebt zu werden. Und trotz dieser tollen Grundausstattung versteckte ich meinen Körper in seltsamer Kleidung; meine Prosa, in der sich meine überdurchschnittliche Begabung entfalten konnte, wurde von niemandem verstanden; und mein Gesicht war permanent zugekleistert mit billigem Make-up. Ich gab nichts auf fremde Ratschläge, ich solle mir andere Klamotten anziehen oder das Schminken sein lassen. Meine Genialität würde sowieso niemandem auffallen, selbst wenn ich auf die Maskerade verzichtete. Und eine Genialität, die unbemerkt bleibt, ist im Endeffekt keine. Oje. Heißt das, ich *bin* gar kein Genie?

Nein, das steht auf einem anderen Blatt. Zusammen mit all den übrigen Dingen in meinem Leben, die ich nicht zur Kenntnis nehmen will.

Voller Inbrunst summte ich den *Bolero* mit. Ich saß am Schreibtisch vor dem Computer, und wie erwartet erstarrten meine Finger über der Tastatur. Es lag nicht daran, dass ich eine Schreibblockade hatte, ich konnte bloß meine Finger nicht bewegen. Wenn sie aus ihrer Starre erwachten, brachte ich großartige Prosa zustande. Aber sie regten sich nicht. Da war nichts zu machen. Vielleicht hatte ich Rheuma. Leider war ich so eingespannt, dass ich keine Zeit hatte, zum Arzt zu gehen. Mein tägliches Leben ist voll von solchen Pleiten.

Ich hörte ein Geräusch und hörte auf zu trällern. Die Wohnungstür wurde aufgeschlossen. Ich sprang auf und rannte hin. Shin, der sich am Eingang die Schuhe auszog, geriet ins Straucheln, als ich ihn stürmisch umarmte.

»Lass das!«, rief er. »Warte!«

»Ein Glück, dass du endlich da bist! Stell dir vor, ich musste eine geschlagene Stunde über UFOs reden!«

»Und, wie ist es gelaufen?«

»Es war ein Albtraum. Aber Kobayashi fand's toll.«

»Das nächste Mal lies dir vorher durch, worum es geht. Und mach keine Zusagen für Interviews, wenn du betrunken bist.«

Als ich ihm schilderte, wie schlimm der Tag für mich gewesen war, streichelte er mir über den Kopf. Als ich darum bettelte, in die Arme genommen zu werden, drückte er mich an sich. Ich war so ungeheuer glücklich. Wie schön es sich anfühlte, von jemandem gehalten zu werden. Jeden Tag, wenn Shin von der Arbeit kam und mich in die Arme nahm, machte mich seine Wärme ganz sentimental. Und zwischendurch, wenn er mich nicht berührte, vergaß ich, wie wundervoll er sich anfühlte.

»Und du, Shin? Wie war dein Tag?«

»Ich hatte drei wichtige Termine und war die ganze Zeit unterwegs.«

»Mein kleines Wauwauchen hat also auch einen schweren Tag gehabt ...«

»Nenn mich nicht so. Ich bin nicht dein Hund.«

»Schon klar. *Ich* bin *deiner*.«

»Ich hätte aber gern einen, der brav und folgsam ist.«

»Wie kannst du noch mehr verlangen als das, was ich dir gebe?«

»Nur brav und folgsam musst du sein. Das wäre schön.«

»Du hast überhaupt keinen Grund, Forderungen zu stellen. Ich kann dich nicht mehr lieben, als ich es bereits tue.«

»Ich will ja gar nicht mehr Liebe. Ich will, dass du brav und folgsam bist.«

»Wie kannst du so was sagen!«

»Wenn man jemanden liebt, versucht man, es ihm recht zu machen. Das ist ganz normal.«

»Aber du hast mich doch so gewollt, wie ich war!«

»Damals warst du ja auch brav und folgsam.«

»Was soll das heißen? Willst du damit sagen, ich bin egoistisch geworden?«

»Du warst brav, und wie brav du warst ...«

»Das bin ich immer noch!«

Hätte ich weiter gebohrt, wäre Shin im Nu in seinem Zimmer verschwunden. Er ergriff immer sofort die Flucht, wenn jemand ihm Vorwürfe machte oder er sich angegriffen fühlte. Er hatte eine Heidenangst vor der Wut anderer. Wie ein feiger Hund. Aber ich war genauso. Ich hatte Angst davor, dass Shin sich in seinem Zimmer einschloss. Also konnte ich nie wirklich sagen, was ich dachte. Eine feige Hündin. Wir beide lebten wie zwei feige Hunde zusammen – nervös und überempfindlich und völlig ahnungslos. Es war ziemlich ermüdend, immer und immer vorsichtig sein zu müssen, weil jeden Moment etwas kaputtgehen konnte. Aber solange mir unsere Beziehung etwas bedeutete, nahm ich das in Kauf. Ich konnte mir ein Leben ohne Shin nicht vorstellen.

Der Ausdruck *Nervous Dogs* kam mir in den Sinn und ich schrieb ihn mir mit einem Filzschreiber auf den Handrücken. Das wäre doch ein guter Titel für die neue Reihe, überlegte ich, aber im nächsten Moment verwarf ich den Einfall wieder – zu abgedroschen! – und verwischte die Schrift.

»Was ist das?«

»Nichts.«

Shin musterte mich mit skeptischer Miene, da er jedoch

meinen Gesichtsausdruck nicht deuten konnte, verlor er das Interesse und schaltete den Fernseher ein. Dann, nachdem er etwa eine Stunde im Wohnzimmer gesessen und in die Glotze gestiert hatte, steckte er sich seine Schachtel Zigaretten in die Tasche und erhob sich.

»Ich geh rüber. Arbeiten.«

»Was musst du denn jetzt arbeiten?«, rief ich wütend und rannte Shin hinterher, der schweigend das Wohnzimmer verließ. Als ich ihn von hinten umschlang, sagte er: »Es dauert doch nicht lange.«

»Und wie lang ist nicht lange?«

»Nicht lange eben.«

Shins warme Hand ergriff flüchtig meine Finger und drückte sie, ließ sie aber gleich danach wieder los. Er verschwand in seinem Zimmer. Als ich die Tür ins Schloss fallen hörte, steckte ich mir hastig die Ohrstöpsel vom Discman in die Ohren. Während der paar Sekunden, die es dauerte, bis nach dem Drücken der Wiedergabetaste die Musik ertönte, jagte eine rasende Ungeduld durch meinen Körper. Als die CD *Nonstop Reggae Adventure* anfing, ließ die Spannung schlagartig nach.

Und ich begriff. Plötzlich war alles glasklar: Es war das Klappern des Koffers, das mich jedes Mal so in Panik versetzte. Das Geräusch brachte mich schier um den Verstand.

Wann war mir dieses Kofferklappern eigentlich zum ersten Mal aufgefallen? Es musste vor etwa einem halben Jahr gewesen sein. Genau konnte ich mich nicht erinnern, weil ich das Geräusch mit aller Macht aus meinem Bewusstsein – und meinem Unterbewusstsein – zu verdrängen versuchte. In dem Koffer war Shins Geheimnis versteckt. Shins Geheimnis lauerte in einem Koffer. Ich wusste zwar nicht mehr genau, wann ich das Klappern des Kofferschlosses zum ersten Mal gehört hatte, aber der Vorfall, durch den der Koffer für mich zum Schreckgespenst wurde, war mir in allen Einzelheiten in Erinnerung geblieben.

Zunächst hatte ich auf das Kofferklappern, das immer dann ertönte, sobald Shin in seinem Zimmer verschwunden war, nicht sonderlich geachtet. Was mag das wohl sein?, hatte ich mich vielleicht im hintersten Winkel meines Bewusstseins gefragt. Aber ernsthaft darüber nachgedacht hatte ich nicht. Bis eines Tages Folgendes passierte:

Ich hatte an Shins Tür geklopft, um ihm den Vorschlag zu machen, zusammen was essen zu gehen. Shin war gerade in ein Buch vertieft und sagte mir, ich solle noch ein bisschen warten, er habe es gleich durchgelesen. Also setzte ich mich neben seinen Stuhl auf den Boden, nahm eins von den schwierigen Büchern aus seinem Regal und blätterte darin rum. Da ich mich langweilte, unterbrach ich ihn hin und wieder beim Lesen, aber im Großen und Ganzen wartete ich geduldig ab.

Irgendwann überkam mich ganz plötzlich das Gefühl, dass etwas nicht stimmte. Es war der Koffer – er stand ein wenig abseits seiner normalen Position in der Zimmerecke, was mir ein gewisses Unbehagen bereitete. Ich konnte es nicht leiden, wenn die Dinge nicht an ihrem Platz standen. Das machte mich ganz kribbelig. Unwillkürlich versetzte ich dem Koffer einen kleinen Tritt, um ihn zurück an seinen angestammten Platz zu befördern.

In dem Augenblick geschah es. Shin sprang von seinem Stuhl auf, kauerte sich neben mich und schlang mir die Arme um den Hals.

»He … was machst du da?«, fragte ich verdattert. Er zog mich hoch und sagte, er sei jetzt fertig mit seinem Buch, wir könnten losgehen.

»Was ist denn? Hast du in dem Koffer irgendwas Schlimmes versteckt, was ich nicht sehen darf?«, fragte ich. Shin wurde sofort ganz blass. Ich hatte noch nie erlebt, dass er so aus der Fassung geriet. Prompt machte sich ein ängstliches Gefühl in mir breit.

»Was ist los? Sag schon, wieso bist du so komisch? Was hast du? Was ist in dem Koffer?«, fragte ich immer weiter, obwohl ich wusste, dass er mich so schnell wie möglich aus dem Zimmer haben wollte. Seine Arme eng um mich geschlungen, schob er mich rüber ins Wohnzimmer.

»Was soll das? Ich bin nicht dein Hund, du kannst mich nicht einfach rumschieben, wie es dir passt.«

»Ach, komm schon«, erwiderte Shin in einer süßlichen Stimme, die mir schon fast unheimlich war. »Lass uns endlich essen gehen. Ich hab einen Mordshunger.«

»Lenk bloß nicht ab. In letzter Zeit höre ich andauernd, wie du diesen Koffer auf- und zumachst. Versteckst du was vor mir? Wieso bist du so nervös? Los, sag schon. Was soll das alles?«

Shin blieb hartnäckig bei seiner Behauptung, es sei nichts, bis ich schließlich in Tränen ausbrach. Da ließ er mich einfach stehen und ging in sein Zimmer zurück. Kaum war er drinnen, hörte ich wieder das Öffnen und Schließen des Koffers und danach, wie er den Schrank zumachte. Offenbar war das streng gehütete Geheimnis aus dem Koffer in den Schrank verfrachtet worden.

Mir war ganz elend zumute, und ich sackte in mich zusammen. Shin hatte Geheimnisse vor mir. Das erschütterte mich. Ganz gleich, um was für ein Geheimnis es sich handelte. Die Tatsache, dass er vor mir überhaupt irgendwas zu verbergen hatte, war so niederschmetternd, so dermaßen unvorstellbar, dass ich auf der Stelle vor Verzweiflung hätte sterben können.

Seit diesem Vorfall hatte ich Shins Zimmer nie wieder betreten. Von der vorbildlichen Hausfrau erwartet man zwar, dass sie das Zimmer ihres Mannes saubermacht, aber das hatte ich sowieso nie getan und würde es auch nie tun.

Wenige Tage später hörte ich wieder das vertraute Klappern des Koffers. Das Geheimnis war zurück in sein altes Versteck gewandert. Das war nicht verwunderlich, denn im Gegensatz zum Schrank besaß der Koffer ein Schloss.

An dem Tag, an dem ich erfahren hatte, dass Shin etwas vor mir verbarg, begann ich ihn zu hassen. Menschen, die Geheimnisse vor mir haben, kann ich nicht vertrauen. Das ist das Allerschlimmste: wenn man einem Menschen vertrauen möchte, der das aber nicht zulässt. Trotzdem hatte ich nicht die Absicht, mich von Shin zu trennen. Allmählich gewöhnte ich mich sogar an dieses Leben um ein Geheimnis herum, auch wenn der bloße Gedanke daran mich jedes Mal erschauern ließ und ich vor lauter Nervosität immer unberechenbarer wurde.

Zuerst musste ich mich gegen das Geräusch des Kofferschließens abschotten. Ich vermied es, Shins Zimmer zu betreten. Sobald er sich zurückgezogen hatte, steckte ich mir sofort die Kopfhörer meines tragbaren CD-Players in die Ohren, um sicherzustellen, dass kein Laut mehr von außen zu mir drang. Mein allerletzter Notbehelf schließlich war Smith-Smith.

Wann hatte ich die Anwesenheit von Smith-Smith zum ersten Mal bemerkt? Streng genommen war er ja ein Fantasiegeschöpf. Es gab keinen Smith-Smith in dieser Wohnung. Ich lebte mit einer Illusion.

Es passierte eines Nachts, kurz nachdem wir, frisch verheiratet, in unsere neue Wohnung gezogen waren: Wir hatten uns bereits schlafen gelegt, aber ich gruselte mich wegen einer Schauergeschichte, die Shin mir im Bett erzählt hatte, und bekam kein Auge zu. Als ich um vier Uhr morgens aufs Klo musste, hörte ich, als ich die Spülung betätigte, ein ächzendes Knarren. Ich zuckte vor Schreck zusammen, sprang von der Kloschüssel auf und stürzte ins Schlafzimmer, um Shin aufzuwecken.

»Ich hab ein Geräusch gehört. Ein ganz unheimliches Geräusch!«, rief ich und rüttelte ihn. Schlaftrunken blinzelte er mich an. Natürlich spielte er die Sache runter: »Wahrscheinlich nur irgendein Vieh.«

»Wie – *ein Vieh*? Was für ein Vieh? Ich kann meine Wohnung nicht mit irgendeiner merkwürdigen Kreatur teilen!«

»Vermutlich bloß ein Gespenst.«

»Ein Gespenst?«

»Ja, aber ein ganz kleines. Ein kleiner Junge.«

»Was für ein Junge?«

»Smith.«

»Mister Smith?«

»Ein kleiner weißer Junge mit einem Glatzkopf.«

»Smith junior?«

»Du kannst dir einen Vornamen für ihn ausdenken, wenn du willst.«

»Wie wäre es mit Smith?«

»Smith-Smith?«

»Ist doch cool, oder?«

»Auf jeden Fall. Wir müssen einfach versuchen, friedlich zusammenzuleben, wir drei.«

So ungefähr verlief die Unterhaltung mit einem schläfrigen Shin, die den Auftakt für mein künftiges Zusammenleben mit Smith-Smith bildete. Zunächst geriet das Gespräch völlig in Vergessenheit, aber als dann die Sache mit dem Koffer passierte, erinnerte ich mich wieder an ihn. Jedes Mal, wenn jetzt das Koffergeräusch zu hören war, schob ich es auf Smith-Smith, der mir einen Streich spielen wollte.

Genauso machte ich es, wenn ich das Haus unter seinem Gewicht ächzen hörte oder wenn die altersschwache Klimaanlage ein scharfes Pfeifen von sich gab. Natürlich war mir bewusst, dass das ziemlich albern war. In Wirklichkeit gab es keinen Smith-Smith in unserer Wohnung. Aber ich wusste auch, dass ich an der Illusion festhalten musste. Sie war lebensnotwendig. Ohne sie hätte ich das alles nicht ausgehalten. Mit Leib und Seele musste ich daran glauben, dass Smith-Smith existierte.

Da ich mein Dasein inmitten eines derart komplizierten Regelsystems fristete, lebte ich ständig in Todesnähe. So dicht am Rande des Todes, dass ich manchmal fast wirklich sterben wollte.

Der laute Beat von *Nonstop Reggae Adventure* aus meinem tragbaren CD-Player putschte mich auf. Ich hörte ausschließlich *Nonstop*-Musik, denn wenn es einzelne Tracks gewesen wären, hätte ich in den Pausen zwischen den Liedern vielleicht das Kofferklappern gehört. Ich passte höllisch auf, dass so etwas nicht passieren konnte. Ich hing an meinem Leben. Aus lauter Angst hatte ich mir sämtliche *Nonstop*-CDs besorgt, die es zu kaufen gab. Mit einem Lächeln schaltete ich auch noch die Stereoanlage an und ließ die CD *Nonstop Techno Adventure* laufen. Falls nämlich die CD auf meinem Discman zu Ende oder der Akku leer war, musste ich sicher sein können, dass ich trotzdem vom Geräusch des Kofferklapperns verschont blieb. Es ging um Leben und Tod. Das mag vielleicht übertrieben klingen, aber ich hatte mich sogar schon gebessert. Eine Zeitlang hatte ich immer den Fernseher, das Radio, die Stereoanlage und den tragbaren CD-Player gleichzeitig eingeschaltet gehabt.

Solange Shin in seinem Zimmer hockte, war es mir unmöglich, Musik ausschließlich auf der Stereoanlage oder ausschließlich auf meinem CD-Player zu hören. Ganz ohne Geräuschkulisse hielt ich es natürlich erst recht nicht aus. Je weniger Lärm, desto schneller drohte ich verrückt zu werden. Ich war ziemlich stolz auf mich, weil ich inzwischen in der Lage war, mir auf diese Weise einigermaßen selbst zu helfen. Aber auch das war letztlich nichts als eine naive Illusion. Naive Illusionen sind meine Spezialität. Denn selbst wenn sämtliche CDs irgendwann mal durch einen dummen Zufall gleichzeitig kaputtgegangen wären, so dass ich in der plötzlich eingetretenen Totenstille das Kofferklappern hätte hören *müssen*, hätte ich Smith-Smith dafür verantwortlich gemacht, nur um weiterhin die Augen vor Shins Geheimnistuerei verschließen zu können.

Denn eins war klar: Ich wäre krepiert, wenn ich die Tatsache hätte akzeptieren müssen, dass Shin etwas vor mir verbarg. So schwach war ich. Schwächer als ein Häschen oder eine Schildkröte. Als ein Eichhörnchen oder ein Hamster. Sogar schwächer als ein Goldfisch.

Während *Nonstop Reggae Adventure* lief, kam ich mit dem Schreiben noch langsamer voran als sonst. Die Musik lenkte mich ab. Den Abgabetermin einzuhalten schien aussichtslos. Wenn das so weiterging, hatte ich das Buch wahrscheinlich nicht mal bis zum Erscheinungstermin fertig! Ich konnte nur hoffen, dass Kobayashi mir ein Datum genannt hatte, das ein paar Tage vor dem tatsächlichen Termin lag. Immer öfter spielte ich ernsthaft mit dem Gedanken, dem Verlag vorzuschlagen, sich einen anderen Autor zu suchen, aber wenn ich mir dann vorstellte, dass ich im nächsten Augenblick von der Muse geküsst werden und dreißig Manuskriptseiten auf einmal ausspucken könnte, besann ich mich sofort eines Besseren. Ich neige dazu, bis zum letzten Moment untätig zu bleiben, um dann in aller Eile etwas zusammenzuschustern und somit das schlechtestmögliche Ergebnis abzuliefern. So bin ich eben. Und obwohl mir das bewusst ist, schaffe ich es einfach nicht, mich zu ändern.

Ein spanisches Restaurant. Als ich diese Worte leise vor mich hinmurmelte, nahmen sie mit einem Mal Gestalt an: Der Laden, vor dem ich stand, war tatsächlich ein spanisches Restaurant. Aber war es auch das Restaurant, das ich suchte? Oder war es das nebenan? Seit einer Minute stand ich schon hier und konnte mich nicht zwischen den beiden entscheiden. Der Name war mir entfallen, und da keine Speisekarten draußen hingen, konnte ich mich nur auf meine Intuition verlassen. Ich hätte Shinagawa vorher anrufen und mich vergewissern sollen. Aber dieser ziemlich kluge Gedanke kam mir erst, als ich längst reingegangen war und mich an der Theke erkundigte, ob auf seinen Namen ein Tisch reserviert worden sei.

»Bitte hier entlang. Ihr Begleiter ist bereits eingetroffen.«

Schwer erleichtert folgte ich dem Kellner zu meinem Platz. Zuerst war ich mir unsicher gewesen, ob Shinagawa eher ein versnobt-gediegenes oder aber ein modernes Ambiente bevorzugen würde. Letztendlich hatte ich mich dann für das moderne Lokal entschieden. Richtig geraten. Mir wurde ganz komisch von dem in Beige und Gold gehaltenen Interieur.

»Guten Abend«, sagte ich.

»Ah, wie schön! Wir haben uns lange nicht gesehen.« Shinagawa erhob sich mit einem einnehmenden Lächeln. Er blieb so lange stehen, bis ich mich gesetzt hatte. Wie ein Hund. Anders als ich strotzte er förmlich vor guten Manieren. Shinagawa trug einen maßgeschneiderten Anzug und dazu eine Krawatte, was bei Verlegern eher unüblich war. Ich dachte an die Jeanshosen zurück, die Kobayashi neulich getragen hatte, und der Unterschied zwischen den beiden verursachte mir regelrechten Schwindel. Ich weiß, das klingt affig, aber ich hab nun mal diese Angewohnheit, dass mir bei allem und jedem schwindlig wird. Macht mir selbst auch keinen Spaß.

Woher rührte mein Eindruck, dass Shinagawas Anzug maßgeschneidert war? Eigentlich fehlte mir für solche Feststellungen das nötige Fachwissen. In Wahrheit verstand ich überhaupt nichts vom Schneiderhandwerk und hatte keinerlei Übung darin, einzuschätzen, ob ein Kleidungsstück gut saß oder nicht. Immerhin fand ich die Farbe seiner Krawatte gut. Und gut bedeutete in diesem Fall nicht bloß nett oder interessant – sondern eben *gut*.

Er fragte mich, was ich trinken wolle.

»Irgendwas, das sprudelt«, lautete meine Antwort. »Champagner oder einen Champagnercocktail.«

Shinagawa schmunzelte amüsiert und bestellte einen Champagner, dessen Namen ich schon mal gehört hatte.

»Wir haben uns wirklich lange nicht gesehen. Auf der Party damals zum letzten Mal, glaube ich.«

»Es ist eine Ewigkeit her. Sie sehen viel … jünger aus.«

Ursprünglich hatte ich sagen wollen, er sei gealtert. Es wäre zwar ganz und gar nett gemeint gewesen, aber eine solche Bemerkung hätte ihn zweifellos verstimmt. Dann hatte ich in Gedanken umgeschwenkt auf: Sie sehen erschöpft aus. Aber auch das hätte er vermutlich als Kritik aufgefasst – als wollte ich damit zum Ausdruck bringen: Mach nicht so ein müdes Gesicht, wenn du dich mit mir triffst! Also hatte ich zu einer Notlüge gegriffen. Obwohl ich ihm eigentlich das Kompliment hatte machen wollen, er sei im positiven Sinne gealtert: Er wirke reifer und viel gelassener.

Ich kann meine Gedanken und Gefühle eben einfach nicht richtig vermitteln. Egal, wie gut ich es mit jemandem meine, es gibt immer irgendwelche Missverständnisse. Ich fragte mich flüchtig, ob ich mich in meinen Romanen ein bisschen besser verständlich machen konnte. Aber auch die wurden andauernd falsch interpretiert, also erübrigte sich diese Frage wohl.

»Ach, wirklich? Finden Sie? Und was ist mit Ihnen, Takahara-san? Ihr Gesicht wirkt viel sanfter und frischer als früher. Schminken Sie sich jetzt anders?«

»Ah, Sie haben es bemerkt!«, erwiderte ich mit einem höflichen Lächeln, obwohl ich meine Art, mich zu schminken, seit meinem letzten Treffen mit Shinagawa kein bisschen verändert hatte. Aber wenn ich ihm geantwortet hätte, es sei alles wie immer, wäre er sicherlich enttäuscht gewesen oder hätte sich den Kopf darüber zerbrochen, wie er seine Bemerkung nun begründen sollte. Ich wollte anderen Menschen nicht unnötig Mühe bereiten. Vielleicht hätte es ihm auch nichts ausgemacht, wenn ich ihm die Wahrheit gesagt hätte, wer weiß? Aber darauf kam es nicht an. Zumindest mir nicht.

Der Champagner wurde gebracht. Nachdem wir miteinander angestoßen hatten, zog Shinagawa sein Jackett aus und legte es über die Lehne des Nachbarstuhls. Ich entdeckte einen Kugelschreiber, der aus der Innentasche ragte. Falls die Spitze draußen war, würde sie vermutlich einen Fleck im Futter hinterlassen. Aber das war etwas, das ich wohl nie im Leben rausbekommen würde.

»Ihre Kurzgeschichte über den Flug ist ganz fantastisch. Ich frage mich allerdings, ob Ihr Mann nichts dagegen hat – ich meine gegen die Art, wie Sie schreiben.«

»Wieso denn? Es ist doch eine fiktive Geschichte.«

»Er ist ja selbst Verleger, deshalb hat er sicher Verständnis. Was für ein Glück für Sie.«

»Das ist doch keine große Sache.«

Heute war ich in Bestform. Ausnahmsweise hatte ich keine Schwierigkeiten, ein Gespräch in Gang zu halten, ohne mein Gegenüber dabei zu verwirren, zu verärgern oder sonst wie zu beunruhigen. Oder hatte ich das Shinagawa zu verdanken? Ich war guter Laune, die nach dem ersten Glas Champagner, das ich in einem Zug geleert hatte, noch besser wurde. Auch die inzwischen aufgetragene Vorspeise schmeckte köstlich, was meine Stimmung in ungeahnte Höhen klettern ließ.

»Übrigens, Takahara-san, um auf unser Gespräch von neulich zurückzukommen …«

»Sie meinen den Auftrag für eine neue Arbeit?«

»Genau. Diesmal dachte ich eher an einen Roman als an eine Kurzgeschichte.«

»Wovon soll er denn handeln?« Mir war etwas unbehaglich zumute. Sobald mich jemand bat, was zu schreiben, bekam ich es mit der Angst zu tun, und ich versuchte meine Nervosität in aller Regel dadurch zu vertreiben, dass ich mich betrank. Meistens endete das Gespräch dann damit, dass ich besoffen zusagte. So war es auch damals bei Kobayashi gewesen. Ich hatte zuerst überhaupt keine Lust auf das Projekt gehabt, dann aber, vom Rausch beflügelt und voller Begeisterung, doch noch eingewilligt.

»Takahara-san, ich möchte, dass Sie eine Autofiktion schreiben!«

»Eine Autofiktion.« Sobald ich das Wort aussprach, nahm es reale Züge an. »*Autofiktion* …«, murmelte ich erneut vor mich hin, und es wurde noch ein Stück wirklicher. Trotzdem hatte ich keine Ahnung, worum es ging. In einem solchen Fall wie diesem war es das Beste, aufrichtig zu sein. Also fragte ich ihn: »Was meinen Sie mit Autofiktion?«

»Um es kurz zu sagen: eine erfundene Geschichte im Stil einer Autobiographie. Ein Roman, bei dem die Leser sich fragen, ob es sich nicht eventuell um eine Geschichte aus dem Leben des Verfassers handelt. Nachdem ich Ihre Flugzeuggeschichte gelesen hatte, dachte ich mir, Sie könnten vielleicht Interesse daran haben.«

»Sie meinen, ich soll ein Buch schreiben, von dem die Leute glauben, es sei autobiographisch?«

»Genau. Ich möchte von Ihnen einen Roman, der sich so liest, als sei er Ihre Autobiographie.«

Ich kapierte immer noch nicht so richtig, worauf er

hinauswollte. Und sobald ich merke, dass ich etwas nicht verstehe, werde ich noch konfuser als ohnehin schon.

»Was denn? Ich soll über meine Kindheit im Sanatorium schreiben?«

Shinagawa sah mich verdattert an, lächelte dann breit und sagte: »Genau. So in der Art.«

Ich hatte noch nie ein Sanatorium von innen gesehen, und meine Kindheit in einem verbracht hatte ich schon gar nicht. Das war reine Erfindung gewesen. Sarkasmus. Eine bissige Bemerkung, um Shinagawa zu ärgern. Aber der wollte sich nicht ärgern lassen, sondern schien vielmehr ernsthaft daran interessiert, etwas über diese angebliche Kindheit im Sanatorium zu erfahren. Was wurde hier gespielt? Wieso war er kein bisschen irritiert, obwohl ich es doch darauf angelegt hatte, ihn zu provozieren? Langsam begriff ich gar nichts mehr. Verlor ich den Verstand? Hatte Shinagawa seinen verloren? Wer von uns beiden tickte nicht mehr richtig? Ich wusste es nicht! Verwirrung sickerte wie Salzsäure durch meine Schädeldecke und fraß an meinem Hirn. War das alles nur Einbildung? Falls nicht, würde mein Verhalten ernsthafte Konsequenzen haben.

»Ich war noch nie in einem Sanatorium.«

»Natürlich nicht.«

Shinagawas maskenhaftes Lächeln brannte sich in meine Netzhaut. Bei ihm fiel langsam, aber sicher das Getriebe auseinander. Und weil ich ihm gegenübersaß und die ganze Zeit direkt in sein Gesicht starren musste, lockerten sich auch bei mir die ersten Schrauben. Dabei hatte unsere Unterhaltung so gut angefangen! Ich hatte das Gespräch im Griff gehabt, und jetzt war alles im Eimer. Hätte Shinagawa sich nicht wundern müssen, dass ich aus heiterem Himmel meinen Sanatoriumsaufenthalt erwähnte, von dem ich nie zuvor erzählt hatte? Stattdessen hatte er mit einem ruhigen Lächeln darauf geantwortet. *Natürlich nicht*, hatte er gesagt. Es war nicht mal ein ironisches Lächeln gewesen, sondern ein ganz normales, nettes Lächeln.

Was jetzt? Was jetzt? Ich begriff diesen Menschen überhaupt nicht. Weil er zu normal war? Oder im Gegenteil: völlig durchgeknallt? Während ich ihn ratlos anstarrte, steigerte sich meine Konfusion immer mehr. War diese Verwirrtheit etwa Liebe? Aber nein, es war vollkommen absurd, ein Hirngespinst mit einem nächsten begründen zu wollen. Nein, mit Liebe hatte das alles nichts zu tun. Dieser Gedanke war dermaßen abwegig, dass er schon wieder interessant war. Aber jetzt war keine Zeit, sich in solche Spekulationen zu verstricken.

»Sagen Sie, Shinagawa-san, kennen Sie etwa meine Vergangenheit?«

»Nun, ich habe fast alle Interviews mit Ihnen gelesen. Ich weiß also das, was Sie dort über sich erzählt haben.«

»Aber ich hab nie davon gesprochen, in einem Sanatorium gewesen zu sein!«

»Das war doch nur ein Scherz von Ihnen, habe ich recht? Das mit dem Sanatorium.«

Na bitte. Jetzt war endgültig klar, dass Shinagawa nicht mehr alle Tassen im Schrank hatte. Er war vollkommen schräg. Hatte er nur deshalb sein maskenhaftes Lächeln aufgesetzt und mich gefragt, ob ich einen Scherz gemacht hätte, um mich in Sicherheit zu wiegen? Damit er mir dann blitzschnell den Todesstoß versetzen konnte? Hatte er etwa einen Speer dabei? Unter dem Tisch? Das war durchaus denkbar. Was jetzt? Ich wollte sofort nachschauen, aber wenn er merkte, dass ich unter dem Tisch eine Waffe vermutete, würde er sie wahrscheinlich an Ort und Stelle zücken und mich aufspießen. Ich saß in der Tinte. Es ging um Leben und Tod. Sollte ich das Risiko eingehen und unter dem Tisch nachsehen? Oder war es klüger, so zu tun, als sei ich vollkommen ahnungslos, und seine weitere Strategie abzuwarten? Meine Hände wurden ganz feucht. Ich griff nach meinem Glas. Ich setzte es an die Lippen, ohne ihn dabei aus den Augen zu lassen.

»Ich bin vor zweiundzwanzig Jahren in einem Dorf zur Welt gekommen.«

»Ich dachte, Sie stammen aus Tokio.«

»In Tokio gibt es auch ein Dorf. Kennen Sie das nicht?«

»Nein. Wo liegt es denn?«

»In der Nähe von Ôme. Da gibt es ein Dorf.«

»Vielleicht ist das nur Ihre eigene Interpretation der Gegend?«, fragte Shinagawa schmunzelnd.

Nein, war es nicht! Ein Dorf war ein Dorf. Es hatte sogar einen Namen. Dorf Soundso. So war es und nicht anders. Zumindest in meinem Kopf. Als Kind hatte ich oft aus dem Fenster unserer Wohnung im ersten Stock in Richtung Ôme geschaut und mir vorgestellt, wie es wäre, wenn ich in einem Dorf am Fuße der Berge zur Welt gekommen wäre und bei einem alten Holzfäller und seiner Frau leben würde, die im Fluss Wäsche wusch.

Dies war das erste Mal, dass ich jemandem meine Kindheitsfantasien als wahre Begebenheiten verkauft hatte, und ich war etwas aufgeregt. Aber dazu bestand streng genommen gar kein Grund, da der Umstand, dass ich solche Fantasien gehabt hatte, selber *auch* meiner Fantasie entsprungen war. Oje, wovon hatte ich überhaupt gesprochen? Ach ja, dass ich in einem Dorf zur Welt gekommen war:

»Genau. Ich bin in einem Dorf geboren worden. Die Leute da sind fast alle miteinander verwandt. Eine geschlossene Gemeinschaft.«

»Aha.«

»Ich war das einzige Kind, dem es gelang, von dort wegzukommen.«

»Verstehe.«

Shinagawa glaubte mir nicht. Aber zumindest war mir

jetzt klar, was er dachte. Ich war erleichtert und fühlte mich gleich viel sicherer, weil ich fortan seine Gefühle besser berücksichtigen konnte, wann immer ich etwas sagte.

»Das war natürlich alles gelogen.«

»Das dachte ich mir.«

Wir lächelten uns gegenseitig an und tranken den Champagner aus. Shinagawa musterte die leere Flasche und fragte, was ich nun trinken wolle. Wein, erwiderte ich, woraufhin er erwartungsgemäß nachfragte, ob ich lieber weißen oder roten wolle. Das sei mir gleich, gab ich zur Antwort.

Endlich hatte ich den Dreh raus! Nicht nur hatte ich vorausgesehen, dass er sich bei mir nach meinem Getränkewunsch erkundigen würde, *danach* hatte ich – ebenso korrekt – erahnt, dass er auf meine Antwort »Wein« hin nachfragen würde, ob ich weißen oder roten wolle.

Und ich wusste auch, was er als Nächstes sagen würde:

»Sie scheinen mir ziemlich trinkfest zu sein.«

Treffer! Am liebsten hätte ich jubelnd die Arme hochgerissen, beherrschte mich aber und ließ die Hände gefaltet auf dem Tisch liegen. Ich ermahnte mich, weiterhin vorsichtig zu sein. Ein klitzekleiner Moment der Unachtsamkeit, und der Speer unter dem Tisch konnte mich durchbohren.

Ich bilde mir oft ein, dass alle möglichen Leute mich umbringen wollen. Auf diese Weise verwandle ich meinen Alltag in einen Kampf ums nackte Überleben.

In Wirklichkeit ist niemand je vor dem Tod gefeit. Die meisten Menschen vergessen das bloß und leben in der Annahme, dass ihre Existenz auch für den nächsten Tag gesichert ist. Ich selbst kann mich nicht in dieser Gewissheit wiegen. Ein Flugzeug könnte auf meinem Kopf abstürzen. Ein Lkw könnte mich überrollen. Ich könnte einen Herzinfarkt oder einen Schlaganfall erleiden. In meinem Hirn könnte sich ein Blutgerinnsel bilden. Alles ist möglich. Jeder Augenblick birgt die Möglichkeit meines Todes. In diesem Glauben lebe ich. Ist das so abwegig?

Shin hatte gesagt, wenn er mit dem Gedanken leben müsste, am nächsten Tag zu sterben, würde er nicht mehr zur Arbeit gehen. Ich hingegen schrieb fleißig Bücher und tat das, was getan werden musste – trotz dieses Wissens. Ich ging sogar zu geschäftlichen Terminen, so wie heute. Ich lebte in dem Bewusstsein, jederzeit sterben zu können. Ich schrieb, gab Interviews, liebte Shin, wurde von ihm geliebt, glaubte an die Existenz von Smith-Smith, hörte CDs, um das Kofferklappen auszublenden, und hielt Verabredungen ein. Ich trank Champagner und hatte dabei meinen Tod vor Augen. Ich unterhielt mich mit Shinagawa und hatte dabei meinen Tod vor Augen. Ich wartete auf den Wein und hatte dabei meinen Tod vor Augen. So lebte ich: stets im Angesicht des Todes. Was machte es da, wenn mich jemand nicht leiden konnte? Wen scherte es, wenn jemand mich mochte? All das war irgendwie egal.

Es gab nur eine Person, deren Ablehnung ich fürchtete, und das war Shin.

»Eigentlich nicht. Ich hab schon länger nicht mehr getrunken, deshalb vertrage ich nicht viel.«

»Ach was, Sie halten sich doch ganz wacker.«

»Was den Roman betrifft – könnte ich ein wenig Bedenkzeit haben?«

»Aber sicher doch. Falls Sie den Auftrag annehmen, werde ich alles tun, um Sie dabei zu unterstützen. Falls Sie glauben, dass Ihnen irgendetwas im Weg steht, wenden Sie sich getrost an mich.«

»Und welcher Lebensabschnitt schwebt Ihnen vor? Kindheit? Jugend? Oder Erwachsenenalter?«

»Ganz wie Sie wollen. Meinetwegen alle drei.«

Shinagawa lächelte selbstzufrieden. Der Typ war fake bis

auf die Knochen. Was er tat, was er sagte – alles künstlich. Aber wenn ich ihm meine Zusage verweigerte, würde er mich garantiert mit dem Speer durchbohren. Shinagawa, der Kunstmensch. Ich würde ihm nicht in die Falle gehen. Ich nicht! Ich war ja selbst künstlich: Ich ernährte mich von Künstlichkeit, war inmitten von Künstlichkeit erzogen worden, ich spielte mit der Künstlichkeit, ich kackte sogar künstlich. Ich lebte in einer durch und durch künstlichen Welt. Shinagawa tat besser daran, mich nicht zu unterschätzen.

»Es könnte ganz schön lang werden. Vielleicht über zweitausend Seiten.«

»Dann machen wir eben eine zweibändige Ausgabe daraus.«

»Wie viele Jahre ich wohl dafür brauchen werde?«

»Egal, wie lange es dauert, ich kann warten.«

Mit Erschrecken stellte ich fest, dass Shinagawas Hände nicht mehr auf der Tischplatte ruhten. Vielleicht legte er sich schon heimlich den Speer zurecht! Er tat so, als lägen seine Hände auf seinen Schenkeln oder Knien, aber in Wahrheit hielt er bereits den Schaft des Speers umklammert. Was jetzt? Ich musste unbedingt nachschauen, mich vergewissern, unter den Tisch gucken. Brennend vor Neugier versuchte ich, seitlich das Tischtuch ein wenig zu lüften. Dabei ließ ich Shinagawa keine Sekunde aus den Augen. Immer wieder stellte ich mir vor, wie er in dem Augenblick, in dem ich kurz den Blick abwandte und nach unten schaute, sofort zustach.

»Sagen Sie, Shinagawa-san, wenn *Sie* einen autobiographischen Roman schreiben würden, in welcher Zeit würde er spielen?«

»Nun ja, wenn Sie mich so fragen: Ich würde vermutlich mit meiner Heirat beginnen.«

»Wie lange sind Sie denn schon verheiratet?«

»Sieben Jahre. Etwa zur selben Zeit bin ich zur Literatur übergewechselt.«

Sieben Jahre. Du liebe Güte. Was hatte ich in dieser Zeit getrieben? Neuerdings ließ mich mein Gedächtnis immer öfter im Stich. Was für ein nutzloser Gedanke. Schlimm.

Ahnte Shinagawa, was ich gerade dachte? Es sah aus, als wolle er sich bücken. O Gott. Was sollte ich tun? Schnell das Weite suchen? War ein Fluchtversuch überhaupt möglich? Mist, wieso saß ich ausgerechnet ganz am hinteren Ende des Tisches? Um zum Ausgang zu gelangen, musste ich auf jeden Fall an Shinagawa vorbei. Er würde mich sofort aufspießen. Ich sagte doch: jeder Tag ein Kampf ums nackte Überleben. Immer saß mir der Tod im Nacken. Die Worte *Memento mori* kamen mir in den Kopf. Am liebsten hätte ich sie laut herausgesungen.

»… Me…me…n…«

»Memento mori?«

Entgeistert riss ich die Augen auf. Es lag etwas Triumphierendes in seinem Blick. Als wir uns so gegenseitig anstarrten, spürte ich, wie ein Lachen in mir hochgluckste. Mein Mund verzog sich zu einem Grinsen, und schließlich fing ich an zu kichern. Shinagawa reagierte mit einem Schmunzeln. Dann musste er ebenfalls lachen.

»Also gut. Ich mach es. Eine Autofiktion!«

Wir besiegelten die Abmachung mit einem Handschlag und prosteten uns danach mit dem Rotwein zu. Er war schwer und dick wie Blut. Als ich etwas später beim Essen – ein iberischer Schweinebraten – ganz beiläufig unter das Tischtuch linste, schimmerten mir lediglich Shinagawas blankgeputzte Schuhe entgegen.

»Ich bin wieder da!«, rief ich.

Shin kam aus seinem Zimmer. Ich schmiegte mich an ihn, und er nahm mich in die Arme. »Hast du zu viel getrunken?«, fragte er besorgt, und in diesem Moment liebte ich ihn so sehr, dass ich mich nie mehr von ihm losreißen wollte. Also hob er mich hoch und schleppte mich zum Sofa im Wohnzimmer.

»Der Rotwein war so lecker! Und die Martinis erst, die wir danach noch an der Bar getrunken haben! He, was ist denn los?« Irgendwas an seinem Gesichtsausdruck kam mir komisch vor. »Du weißt doch, dass ich nur dich liebe.«

»Sicher. Danke. Willst du was trinken?«

»Wasser.«

Ich trank direkt aus der Plastikflasche, die Shin mir gebracht hatte, und spürte, wie das Wasser durch mich hindurchsickerte. Meine blau lackierten Fußnägel schimmerten im weißen Lichtschein, und einen Moment lang dachte ich, es sei das Wasser, das sich in meinen Zehen sammelte.

»Du bist total betrunken.«

Oh, ich war ganz vernarrt in Shin! Der Tonfall, in dem er sprach! Verärgert, aber gleichzeitig irgendwie besorgt. Ich küsste ihn und schlang die Arme um seinen Hals. Er war so warm. Selbst die angeregteste Unterhaltung kommt niemals an die Intimität einer Berührung ran. Ich bin ein Mensch, der ganz und gar seinem Tastempfinden vertraut. Auf Sehen, Hören oder Riechen verlasse ich mich dagegen weniger. Nur das, was meine Haut fühlt, ist wichtig. Ich würde sogar behaupten, dass ich zu Menschen, zu denen ich keinerlei Körperkontakt habe, keine richtige Beziehung aufbauen kann. Wirklich verbunden fühle ich mich nur Menschen, die ich berühren kann. Das klingt vielleicht übertrieben, aber für mich zählt allein das, was auf meiner Haut vorgeht. Wie sehr ich mich auch in jemanden verliebe – ohne Berührung ist diese Zuneigung leer und sinnlos. Liebe ohne Berührungen, ohne Zärtlichkeit, ohne Sex, hat für mich keinen Wert.

Wenn ich Shin umarmte und mich so fest es ging an

ihn presste, kam ich mir vor wie eine Amöbe. Solange ich mich an ihm festhielt, musste ich keine Angst haben, mich aufzulösen. Ja. Ich wünschte, ich wäre eine Amöbe. Dann könnte ich ihn vollständig einhüllen, eins mit ihm werden. An ihm kleben. Mich in ihm aalen. Alles an und in ihm lieben. Das alles muss jetzt passieren, jetzt gleich, denn schon morgen kann ich tot sein. Ich muss ihn jetzt festhalten, so fest ich nur kann. Ihm jetzt meine Liebe zeigen, jedes letzte bisschen Liebe, das in mir steckt. Alles aus mir rausquetschen bis auf den letzten Tropfen. So fest ich kann. Mach schon! Gib ihm deine Liebe. Gib ihm alles, was du hast. Morgen könntest du tot sein. Nein, nicht erst morgen, sondern gleich, im nächsten Augenblick.

»Ich liebe dich. Unendlich. Ich werde immer für dich da sein, ganz und gar. Lass uns für immer zusammenbleiben, ja?«

»Natürlich. Für immer«, sagte er, wie um mich zu beschwichtigen. Ich drückte seine Hand noch fester. Die Wärmeströme unserer Körper verschmolzen miteinander. Meine Hand, die etwas kälter war als seine, kühlte ihn. Shins Hand, die etwas wärmer war als meine, erhitzte mich. Wenn sich doch nur alles angleichen würde, sich gegenseitig neutralisieren, bis unsere Liebe zu einer wabernden Masse, zu einer großen Kugel verschmolz. Einer einzigen Kugel, rund und vollkommen. Ich war rot, Shin war blau. Zusammen waren wir purpur. Ich und Shin. Rin und Shin. Rinshin. Göttlich. Oder noch besser: Rishin. Es gäbe keine Unterschiede mehr zwischen uns. Wir wären die perfekte Legierung.

Tja. Mit solchen Gedanken spielte ich, obwohl ich nicht mal in der Lage war, die Millionen Ichs in mir selbst unter einen Hut zu kriegen.

»Wie war dein Tag?«

»Das Übliche.«

»Bist du mit deinem Manuskript gut vorangekommen?«

»Hm.«

»Wie viele Seiten hast du denn geschafft?«

»Etwa zwei.«

»Weißt du schon, wovon die Geschichte handeln wird?«

»Nee.«

»Was ist los? Du siehst aus, als müsstest du gleich kotzen.«

»Ich glaub, ich schaff das nicht.«

»Und wenn du einfach deine persönlichen Erfahrungen zum Ausgangspunkt nimmst? So wie in den Geschichten über deine Schulzeit, die du damals geschrieben hast. Die würden sich bestimmt zu einem guten Roman verarbeiten lassen.«

»Aber damals hatte ich überhaupt keine nennenswerten Gedanken!«

»Das ist ja gerade das Interessante.«

Als ich meinen Kopf, der an Shins Brust vergraben lag, ein wenig hob, wehte ein Lufthauch zwischen uns hindurch. Shin löste sich behutsam aus meinen Armen und steckte sich Zigaretten und ein Feuerzeug in die Brusttasche seines Hemds. Vielleicht lag es am Alkohol oder daran, dass ich zu viel geraucht hatte, jedenfalls fing mein Herz auf einmal ganz heftig zu pochen an. Beim bloßen Gedanken daran, allein im Zimmer zurückzubleiben, hatte ich das Gefühl, am ganzen Körper Ausschlag zu bekommen.

»Ich geh jetzt rüber. Arbeiten.«

»Nein!«, schrie ich. Shin blinzelte mich mit leicht verdutzter Miene an. »Nein, nein, nein!«, rief ich nochmals, aber er beachtete mich nicht weiter.

»Shin, ich will bei dir sein! Ich will jetzt unbedingt bei dir sein, verstehst du das nicht? Also – eigentlich will ich natürlich *immer* bei dir sein, aber jetzt ganz besonders.«

»Ich bin noch nicht mit der Arbeit fertig.«

»Was ist das überhaupt für Arbeit, die du andauernd mit nach Hause bringst?«

»Verschiedenes.«

Ein Geheimnis, stimmt's? Du klappst deinen Koffer auf, du hintergehst mich, du fabrizierst jeden Tag mehr Geheimnisse. Du fütterst deine Geheimnisse mit neuen Geheimnissen, damit sie wachsen und wachsen, hab ich recht? Jeden Tag türmst du deine Geheimnisse vor mir auf, baust einen dicken, fetten Schneemann aus Geheimnissen! All das wollte ich sagen, tat es aber nicht. Ich durfte keinem einzigen seiner Geheimnisse zu nahe kommen, wenn ich mein Gleichgewicht wahren wollte. Nur indem ich sie ignorierte, über sie hinwegsah, so tat, als gäbe es sie nicht, konnte ich weiterleben. Aber was bedeutete das? Gab ich damit einem Ich, das sein eigenes Leben höher schätzte, den Vorzug gegenüber einem anderen Ich, das Shin liebte?

Während ich noch so vor mich hingrübelte, verließ Shin mit einem »Also dann ...« das Zimmer.

In panischer Hast kramte ich meinen Discman raus. Sobald *Nonstop Euro Adventure* in meinen Ohren dröhnte, schaltete ich die Stereoanlage an, auf der *Nonstop House Adventure* lief.

Innerlich aufgewühlt setzte ich mich an den Schreibtisch, schaltete den Computer ein und öffnete die Datei meines angefangenen Manuskripts. O nein, jetzt ging das schon wieder los: Ich sah nur Textklumpen vor mir, die keinen Sinn ergaben. Es war zum Ausrasten! In meinem Zustand würde ich den Text nie zu Ende bringen. Und morgen war bereits der Abgabetermin.

Ich war völlig fertig mit den Nerven. Dann hörte ich plötzlich ein Surren aus meinem Discman, und die Musik brach mitten im Stück ab. Erschrocken fuhr ich hoch, aber dann fiel mir ein, dass Smith-Smith mir wahrscheinlich wieder mal einen Streich gespielt hatte, und ich setzte mich wieder hin. Als ich gegen meine Ohrstöpsel klopfte, um Smith-Smith ein Zeichen zu geben, dass ich ihn durchschaut hatte, hallte es donnernd auf meinem Trommelfell wider. Ich geriet langsam, aber sicher in Panik. Was, wenn Smith-Smith irgendwann die Stereoanlage und den Discman gleichzeitig lahmlegte? Und was, wenn genau in dem Moment das Kofferklappern hörbar wurde? Mir kam ein schrecklicher Gedanke: Wenn ich das Geräusch noch ein einziges Mal hören musste, würde ich mich aus dem Fenster stürzen. *Klatsch … Batsch!* Ich stellte mir vor, wie ich zerschmettert auf dem Pflaster lag. Hilfe. Was soll ich tun? Ich will nicht sterben, ich will ganz bestimmt *nicht* sterben! Ich liebe Shin, ich kann nicht anders, aber ich will nicht sterben. Lieben heißt sterben. Wenn ich lebe, kann ich nicht lieben. Lieben oder sterben? Lieben oder die Liebe aufgeben? Es war alles ein schreckliches Durcheinander. Schrecklich! Schrecklich!

Zusätzlich zum Discman und der Stereoanlage ließ ich nun auch noch die *Nonstop-Classical-Music-Adventure*-CD über das Audioprogramm des Computers laufen. Ich verwarf das angefangene Manuskript und öffnete ein leeres Dokument. Ich wollte etwas anderes schreiben, einen ganz neuen Text. Ich ließ die Finger auf die Tasten sinken. Ob mein Rheuma sich bemerkbar machen würde? Aber dann flogen und tanzten meine Finger plötzlich über die Tasten, wie ich es schon lange nicht mehr erlebt hatte. Und ich verstand sogar, was ich schrieb. Wörter. Zeichen. *Nonstop Text Adventure*. Ich war nicht mehr zu bremsen. Es hörte nicht auf. Hörtenichtaufhörtenichtaufhörtenichtauf …

Shin kam und kam nicht aus seinem Zimmer. Irgendwann warf ich einen flüchtigen Blick auf die Uhr meines Computers. Es waren fast vier Stunden vergangen. Wieso musste ich ständig an Shin denken? Wieso war ich dermaßen auf Shin, auf den Koffer, auf Smith-Smith fixiert? Wieso machte ich mein Lebensglück von einem klappernden Koffer abhängig? Schon morgen konnte ich tot sein. Einen Unfall haben oder einer Krankheit erliegen. Und was machte ich? Ich brachte mein Leben damit zu, darüber nachzudenken, ob ich mich wegen eines Koffers umbringen sollte. Grotesk. Es gab so viele Möglichkeiten: ein Flugzeugabsturz, ein Zusammenstoß mit einem Lkw, ein Erdbeben, eine Feuersbrunst, ein Hirnschlag … Und ich fürchtete mich vor einem Kofferklappern! Sosehr ich mich auch bemühte, mich mit Musik abzulenken, auf Smith-Smith zu vertrauen, mich auf alle Eventualitäten vorzubereiten – die Angst blieb. Ich konnte nichts dagegen tun. Im Gegenteil, ich hatte das Gefühl, dass sie mich jeden Augenblick umbringen würde.

Klack! machte es plötzlich. Was war das? Wieso hörte ich das Kofferklappern *durch* meine Kopfhörer? Wie war das möglich? Das konnte, das durfte doch gar nicht sein! Wieso … wieso … wieso … wieso hatte ich es gehört? Musste ich jetzt sterben? Nein, auf keinen Fall. Ich wusste es ganz genau. Ich würde definitiv nicht sterben.

Ich nahm die Finger von der Tastatur und zog die Ohrstöpsel raus. Mir taten die Ohren weh. Dann hielt ich *Nonstop Classical Music Adventure* auf dem Computer an. Jetzt lief nur noch *Nonstop House Adventure* auf der Stereoanlage. Sollte ich es wagen? Ja, tu es. Mach dir keine Sorgen, alles wird gut. Ich griff nach der Fernbedienung und drückte die Stopp-Taste. Eine herrliche Stille erfüllte den Raum. Stille. Einfach nur Stille.

Ich klopfte an die Tür zu Shins Zimmer. Nach einer Weile hörte ich schlurfende Schritte. Er öffnete.

»Was ist los?«, wollte er wissen.

Ich sah ihn an und stellte fest, dass meine Liebe für ihn

erloschen war. »Ich lass mich scheiden.« Die Worte schlüpften wie von selbst aus meinem Mund. Durch den Türspalt sah ich den Koffer.

Die Stille im Zimmer. Nur das Klackern meiner Fingernägel auf der Tastatur. Keine *Nonstop*-Musik mehr. Auf dem Sofa liegt ruhig ein Hund.

SOMMER

18

Er stank, stank, stank. Wahrscheinlich stank er gar nicht, aber sobald ich mir vorstellte, dass er stank, stank er tatsächlich. Ließ mich meine Nase im Stich? Oder stank er wirklich? Keine Ahnung. Es ist schon merkwürdig, dass sich die Wahrheit manchmal einfach nicht feststellen lässt. Stank er? Ja. Offenbar stank er tatsächlich. Beim Anblick des geilen alten Knackers mit seiner blankpolierten Glatze stellte ich mir vor, wie ich ihn anfauche: Mann, du stinkst!

»Rin-chan, was hast du heute noch vor?«

»Weiß nicht. Vielleicht geh ich noch irgendwo anders hin. Oder nach Hause. Mal sehen.«

»Wir könnten zusammen essen gehen.«

»Nee, nee. Ich treffe mich noch mit Freunden. Oder ich geh nach Hause. Wie gesagt.«

»Komm schon. Ich lade dich ein.«

»Ich bin pappsatt von dem Knabberzeug hier.«

»Dann gehen wir etwas trinken.«

»Ich bin echt voll. Da passt nichts mehr rein. Nicht das klitzekleinste Käferchen. Außerdem wartet mein Freund auf mich.«

Als ich aufstand, packte der alte Sack mein Handgelenk und zog mich zu sich: »Warte doch mal!«

Ich schlug mit der freien Hand nach ihm, und dabei fiel die Asche von meiner Zigarette, die ich zwischen den Fingern hielt, in einem glühenden Regen auf den Boden. Erschrocken wich er zurück, und ich sah zu, dass ich Land gewann. Nachdem ich mich zwischen den eng beieinanderstehenden Tischen und Stühlen durchgequetscht und mich wieder neben Kana gesetzt hatte, wischte ich mir erst mal das Handgelenk, an dem der alte Knacker mich angefasst hatte, an meinen Klamotten ab.

»Widerling!«

Der Alte warf uns einen wütenden Blick zu, wahrscheinlich hatte er Kanas Gegacker gehört.

In einem Hostessen-Club mochte so ein Verhalten ja angehen, aber in einem Matchmaking-Club wie diesem hier einfach ein unschuldiges Mädchen anzubaggern war eine ganz billige Nummer, echt zum Kotzen. Na ja, andererseits bewahrte mich der Laden vor dem Verhungern.

Seit einem Jahr pendelte ich zwischen dem *Casa Noble*, wo ich freien Eintritt hatte, der Karaoke-Bar *Byokko*, die mir einen Platz zum Schlafen bot, der Wohnung einer Freundin in Shinjuku und diesem Lokal namens *Cindy* hin und her. Hier war ich am häufigsten, weil Essen, Trinken und Karaoke umsonst waren. Gott sei Dank waren die Sitzzonen nach Frauen und Männern getrennt. Hin und wieder musste man die Annäherungsversuche der alten Kerle abwehren, aber ansonsten hatte man seine Ruhe. Eigentlich war es fast wie in einem Café, in dem man sich mit Freundinnen zum Quatschen traf. Heute allerdings war es sehr voll, und ich hatte dem Drängen des Kellners wohl oder übel nachgeben und zumindest eine der zahlreichen Einladungen annehmen müssen.

Meistens wurde ich von Typen wie dem Glatzkopf irgendwann gefragt, ob wir was trinken gehen wollen, wie viel ein Date kostet, wie viel ein Fick kostet, wie viel mein Slip kostet. Ich ging nicht weiter darauf ein, sondern erwiderte einfach immer nur »Hm?« und »Hä?« und ließ das ganze Geseire an mir vorbeirauschen. In der Regel endete es damit, dass wir beide, also der Typ, der die Vermittlungsgebühr bezahlt hatte, und ich, die sich niemals prostituieren würde, mies gelaunt zu unseren jeweiligen Plätzen zurückkehrten.

Die Türglocke ertönte und kurz darauf der herzliche Willkommensgruß: »Irasshaimase!«

»Mann, heute ist der Laden aber voll«, hörte ich Kana murren. Zwei Geschäftsmänner waren gerade reingekommen. Ich stellte meinen extragroßen Kosmetikspiegel auf den Tisch. Damit kann ich überall problemlos meine Schminke auffrischen, war mein erster Gedanke beim Kauf gewesen, aber im Nachhinein hatte ich feststellen müssen, dass Größe allein nicht alles war. Während ich nun hinter dem Spiegel abtauchte, um mein Make-up zu korrigieren, kommentierte Kana die neuen Kunden:

»Igitt, echt gruselig! Der eine hat garantiert einen Lolita-Komplex. Und der andere ist ein Narzisst. Lolly und Naru.«

Kanas gebräunter Teint wirkte im Licht der Strobolampen fast schwarz. Selber gruselig, dachte ich, hielt aber hübsch den Mund. Vielleicht sah ich in dem Licht genauso rabenschwarz aus wie sie.

»Sieh bloß nicht hin. Sonst schicken die noch eine Einladung.«

Doch Kana ignorierte meine Warnung lachend und fing an, die beiden Kerle mit verstellter Stimme nachzuäffen:

»Schau dir diese Riesentitten an!«

»Ich bin doch nicht hier, um Weiber aufzureißen!«

»Ich sage dir, die eine da drüben ist ganz scharf auf mich!«

Und siehe da: Innerhalb von fünf Minuten hatte der Kellner uns zwei Einladungskarten gebracht. Auf diesen Karten konnte man durch Ankreuzen eine von zwei möglichen Antworten wählen: *Mit Vergnügen* oder *Nächstes Mal.* Natürlich machten wir unser Kreuzchen bei *Nächstes Mal* und gaben die Karten zurück. Damit wollte sich der Kellner allerdings nicht zufriedengeben, also griffen wir schleunigst unsere Sachen und machten uns aus dem Staub.

»Puh, was für eine Affenhitze!«, rief Kana, als wir draußen waren, und lüftete ihren Rock. Wirklich wahr. Schon letztes Jahr war es brütend heiß gewesen, und dieses Jahr war es genau dasselbe. Der Sommer wurde mit jedem Jahr unerträglicher, was entweder mit der Klimaerwärmung zusammenhing oder damit, dass ich älter wurde. Älterwerden. Was für ein unangenehmer Gedanke. Tag für Tag zehrte ich ein Stück meines restlichen Lebens auf. Ich hasste meinen Körper dafür, dass er so simpel, so unflexibel war: ein System, dem nichts anderes übrigblieb, als zu sterben, wenn er den Verfallsprozess des Lebens stoppen wollte. Neuerdings nahm ich eine gewisse Trägheit an mir wahr, die ich während meiner ganzen Schulzeit nicht gekannt hatte. Ich hatte Angst, von ihr zerfressen zu werden. Früher hatten mir zwei Stunden Schlaf pro Nacht ausgereicht. Nach drei Stunden und einem Krapfen mit süßer Sojabohnenpaste platzte ich schier vor Kraft. Schatten unter den Augen? Fahler Teint? Keine Spur. Aber die Zeiten waren vorbei. Letzte Woche war ich achtzehn geworden. Und Kana, die gerade mit ihrem Rock wedelte, würde in einigen Monaten ebenfalls achtzehn werden.

»Gehen wir ins *Casa Noble*?«

Wir liefen los, ohne dass eine von uns auf die Frage geantwortet hätte.

Die Hitze schlug uns auf die Stimmung. Unterwegs rief uns ein Scout, der nach Mädchen mit dicken Brüsten Ausschau hielt, die in Pornos mitspielen wollten, einen Gruß zu. Ich kannte ihn vom Sehen, aber wir beachteten ihn nicht weiter. Manchmal unterhielt ich mich mit ihm, nur um die Zeit totzuschlagen, wenn ich gerade auf Freundinnen wartete und ihm zufällig über den Weg lief. Bis vor kurzem hatte er in Shinjuku gewohnt, war dann eine Zeitlang untergetaucht, bis er vor einem Monat wieder auf der Bildfläche erschienen war. Er habe als Begleiter in Kichijôji gearbeitet, hatte er mir erzählt. Das war typisch für die Kerle, die sich in den Vergnügungsvierteln rumtrieben. Irgendwann hatten sie genug, packten ihre Sachen und verschwanden, nur um nach einer Weile wieder zurückzukommen und genau da weiterzumachen, wo sie aufgehört hatten. Nachdem sie als Begleiter gescheitert waren, versuchten sie sich als Anwerber für die Sexindustrie, um dann irgendwann ihren Lebensunterhalt als Straßenarbeiter zu verdienen, bis sie schließlich als Handlanger für Kredithaie endeten. So lief das in den meisten Fällen. Dann kamen sie irgendwann auf die Idee, es noch mal als Begleiter zu versuchen, und schon ging der ganze Zirkus von vorne los. Wenn nichts mehr ging, kehrten sie aufs Land zurück. Aber da holte sie bald die Langeweile ein, so dass sie erneut in die Stadt flüchteten. Bei den Männern war so was gang und gäbe.

Wie lange dauert das denn hier noch, bis es grün wird? Ich werd mich beim Bezirksamt Shinjuku beschweren! Während ich ungeduldig an der Fußgängerampel wartete, musste ich eine ziemlich vulgäre Unterhaltung mit anhören:

»Ich sag dir, danach lief mir bei jeder noch so kleinen Anstrengung gleich das Sperma aus der Möse.«

Ich drehte mich um. Hatte ich es mir doch gedacht: Es war Ran-chan, und neben ihr stand Momo-chan, die dieses widerliche Gelaber über sich ergehen lassen musste.

Würde Ran-chan jemals in einem Film mitspielen, dann würde man ihre Figur mit dem Satz *Fickt alles, was ihr über den Weg läuft* charakterisieren. Ich muss nicht extra erwähnen, dass sie bei all den Sackgesichtern, die nichts als Sex im Kopf hatten, große Popularität genoss. Es war ihr völlig egal, ob der Kerl hässlich oder scharf aussah. Wahrscheinlich hätte es ihr nicht einmal was ausgemacht, wenn es gar kein Kerl gewesen wäre, sondern ein Hund oder ein Pferd – Hauptsache, es hatte einen Schwanz. Sie war eine selbsternannte Sexgöttin, dafür bekannt, dass sie die Männer zur höchsten Ekstase aufpeitschen oder sie in den tiefsten Abgrund der Selbstverachtung stoßen konnte. Sie liebte Schmutz. Je schmutziger, desto besser. Sobald sie den Mund aufmachte, kam ein Schwall von Obszönitäten raus. Womit ich nicht behaupten will, dass ich immer nur hochtrabendes Zeug rede.

»He, Rin-chan, Kana-chan, was treibt ihr denn hier?«, rief Ran-chan hocherfreut und kam zu uns, worauf Kana, der vor Hitze fast die Zunge aus dem Hals hing, sichtlich genervt entgegnete: »Wir gehen ins *Casa Noble*.«

»Echt? Sagt mal, habt ihr vielleicht Lust, mit auf eine Party zu kommen? Los, kommt doch mit!«

Von Ran-chans sonderbarer Erregtheit ging etwas Bedrohliches aus. Sich auf ein Luder wie sie einzulassen konnte eigentlich nur im Desaster enden.

»Was für eine Art Party ist es denn?«, wandte ich mich an Momo-chan.

»Haufenweise scharfe Typen, das sag ich euch«, erwiderte Ran-chan an ihrer Stelle. Das war irgendwie keine richtige Auskunft. Momo-chan blieb stumm. Sie sagte überhaupt selten was und hielt sich meistens im Hintergrund, als ob sie dadurch ihren Körper – den man wohlmeinend als pummelig und weniger wohlmeinend als fett bezeichnen konnte – zierlicher erscheinen lassen wollte. Wenn man sie mit Ran-chan zusammen sah, war der Kontrast zwischen ihnen so groß, dass es wehtat.

»Scharfe Typen, hm?«, meinte Kana skeptisch. »Was auch immer das heißen soll.«

Ran-chan ließ sich nicht beirren: »Ich schwöre, es wird

der absolute Hammer. Muskelprotze, richtige Maschinen. Auf die stehst du doch, Kana.«

»Los, lass uns mitgehen«, sagte Kana eifrig, während ich noch hin und her überlegte. Aber weil es so wahnsinnig heiß war und die Ampel endlich laut tickend auf Grün umsprang, folgte ich ihr schließlich.

Wir hatten einen weiten Weg vor uns, deshalb hielt Ran-chan ein Taxi an und wir vier kletterten hinein. Ich sah aus dem Fenster und versuchte, mir die Strecke zu merken, aber Ran-chans Gequassel lenkte mich immer wieder ab.

»Sag mal, Rin-chan, du hattest doch bis vor kurzem einen Freund, oder? Mit einem richtig dicken, langen Pimmel, stimmt's? Was? Der war nach rechts gekrümmt? Konnte er damit überhaupt geradeaus pissen? Wieso legst du dir keinen neuen zu? Zu anspruchsvoll, hm? Du willst den Megaschwanz: extralang und extradick. Einen, der die ganze Nacht hart bleibt.«

Während ich dieses hohle Gelaber über mich ergehen ließ, prägte ich mir die Straßen ein, die wir entlangfuhren. Zu den Anweisungen, die Ran-chan hin und wieder dem Fahrer gab, gesellten sich die Stimmen aus dem Radio: »Mein Mann liebt seinen roten Zylinderhut, was kann das bedeuten …?« Es schien sich um eine Ratgeber-Sendung zu handeln, aber ich hatte keine Ahnung, worum es ging.

Als das Taxi schließlich nach etwa zehnminütiger Fahrt hielt, stiegen wir aus. Mein Blick schweifte unruhig durch die Gegend, bis Ran-chan ebenfalls ausgestiegen war und mit dem Finger auf ein Gebäude zeigte.

»Das da!«, rief sie.

»Du meinst das Mietshaus?«

»Genau.«

Als ich an dem Hochhaus emporsah, wurde mir prompt schwindlig. Die Vorhänge, die an den Fenstern hingen, hatten alle dieselbe Farbe. Vermutlich waren es Wohnungen, die man pro Woche oder monatsweise mieten konnte.

Ich fragte mich, ob es nicht besser wäre, einfach umzukehren, aber Kana war ganz aus dem Häuschen bei der Aussicht auf ihre Muskelprotze, so dass sie gar nicht mitbekam, wie ich sie vielsagend anschielte. O nein, vermutlich hatte Ran-chan uns zu einer Orgie geschleppt! Ich hatte mir trotz meines ausschweifenden Lebenswandels gewisse moralische Prinzipien bewahrt. Auch wenn ich eine Rumtreiberin war, wollte ich nicht in der Gosse landen. Und das alles nur wegen Ran-chan. Ich hatte ein sehr ungutes Gefühl bei der Sache, folgte aber trotzdem unserer Anführerin, die es offenbar kaum erwarten konnte: »Los, nun macht schon!«

Während wir auf den Fahrstuhl warteten, sah ich mich nach der Treppe zum Notausgang um. Im fünften Stock angekommen, öffnete Ran-chan eine Wohnungstür, ohne vorher zu klingeln, und wir traten ein. Keine von uns zog die Schuhe aus. Wir gelangten durch einen Flur in ein Zimmer, wo uns ein ohrenbetäubender Lärm – laute Trancemusik und wildes Stimmengewirr – entgegenschlug. Ein Dutzend Männer und vier Frauen hatten sich hier versammelt. Einige lümmelten auf Sofas, während die anderen tanzten. Stroboskoplichter flackerten zum Rhythmus der Musik.

»Das hier sind Rin-chan, Kana-chan und Momo-chan!«, krakeelte Ran-chan durch den Raum, um uns drei vorzustellen. Als Antwort kam aus allen Richtungen ein lautes Johlen zurück.

Das Alter der anwesenden Männer lag zwischen sechzehn und Mitte zwanzig. Die meisten waren sonnengebräunt, und viele trugen langes Haar, so dass man sie kaum voneinander unterscheiden konnte.

Als ich zwischen zwei Männern eingeklemmt saß, wurde mir ungefragt ein Whisky eingeschenkt.

»Habt ihr keinen Gin?«, wollte ich wissen.

»Nee, sorry, der ist alle.«

Hoffentlich hat da niemand was reingemixt, dachte ich bei mir und hielt das Glas prüfend ins Flackerlicht, bevor ich daraus trank. Auch von der kalten Pizza, die auf dem Couchtisch vor mir stand, biss ich erst ab, nachdem ich ausführlich dran gerochen hatte. Pizza und Whisky – eine ganz üble Kombination. Der bittere Alkohol und das Pizzafett vermischten sich in meinem Mund zu einer ekelhaften Masse.

Ich ließ meinen Blick durch das Zimmer schweifen und bekam einen Schreck. In der Ecke saß vollkommen regungslos ein Typ. Starr wie eine Puppe oder ein Geist. Ich beobachtete ihn unverwandt, aber er rührte sich nicht vom Fleck. War der überhaupt echt? Das Zimmer war dunkel, das Licht pulsierte wie verrückt, aber ich glaube, auch ohne das Drumherum wäre er eine gespenstische Erscheinung gewesen. Wieso saß der da so völlig still? Ganz allein, ohne sich zu rühren? Entschieden merkwürdig.

Der Typ neben mir, der nach jedem Schluck mein Glas wieder auffüllte, hatte wohl bemerkt, dass ich angestrengt in die Ecke starrte.

»Was ist los?«

»Der da drüben – wer ist das?«

»Ach der. Ein Partymuffel. Wurde gegen seinen Willen hergeschleppt.«

»Und was ist das für einer?«

»Ein Freak halt, siehst du doch.«

Als ich nachdenklich den Kopf zur Seite neigte, konnte sich mein Sitznachbar ein Grinsen nicht verkneifen:

»Willst du ihn anquatschen, oder was?«

Ein Freak. Ein Freak? Der da? Ich erinnerte mich an das,

was Kana gesagt hatte, als sie in einem Nobelrestaurant einmal einer ganzen Horde solcher Typen über den Weg gelaufen war: »Ihr Trottel könnt mich mal. Widerliches Pack. Oberpeinlich! Na los, verpisst euch!« Aber mit dem da hätte sie bestimmt gerne rumgemacht. Na ja, vielleicht auch nicht. Schließlich stand sie eher auf Muskelprotze.

Kurzerhand nahm ich meine Tasche und mein Glas und stand auf. Eigentlich wollte ich ganz unauffällig an ihm vorbeischlendern, aber dann merkte ich, dass ich in einer schnurgeraden Linie, also ziemlich offensichtlich, auf ihn zusteuerte und ihn dabei die ganze Zeit mit den Augen fixierte. Vielleicht lag es daran, dass ich höllisch aufpassen musste, um meinen Whisky nicht zu verschütten. Egal. Herausfordernd baute ich mich vor ihm auf und setzte mich schließlich sogar neben ihn, aber er würdigte mich keines Blickes. Als ich ihn von der Seite musterte, drehte er sich zu mir um. Er schien mich erst jetzt bemerkt zu haben. Sein Blick wirkte nervös, fast schon paranoid.

»Uuuh …«

Ich hatte ihn ansprechen wollen, eine Unterhaltung in Gang bringen. Aber vor lauter Verlegenheit war mir nur dieser komische Laut rausgerutscht, auf den natürlich keine Reaktion folgte. Dann sah ich das leere Glas neben ihm.

»Trinkst du?«

»Nee, eigentlich nicht.«

»Eigentlich?«

»Was?«

»Wie, was?«

»Was meinst du?«

»O Mann. Ich hab mich noch nie mit jemandem so schlecht unterhalten wie mit dir.«

»Meinst du mich?«

»Ah! Scheinbar verstehst du doch, was ich sage.«

»Und?«

»Wie, und?«

»Willst du was von mir?«

»Eigentlich nicht.«

»Okay.«

Auf einmal überkam mich ein komisches Gefühl. Als hätte ich gar keinen Widerstand. Alles war irgendwie so luftig. Oder glitschig. Was war das nur? Als würde ich mich mit einem Alien unterhalten. Als wäre ich in eine andere Welt entführt worden, in der die ohrenbetäubende Trancemusik, das aufgeregte Stimmengewirr und der Whiskygeruch verschwunden waren. Ich fühlte nicht mal mehr das Glas in meiner Hand, die Empfindung war einfach weg.

»Bist du ein Freak?«

»Nee, überhaupt nicht.«

»Was bist du denn dann?«

»Hm?«

»Was bist du denn dann?«

»Jedenfalls kein Freak.«

»Ach so.«

Dann wollte ich es aber doch genauer wissen. »Bist du *wirklich* kein Freak? Hand aufs Herz? Ich wette, du bist ein Freak. Wenn du nämlich keiner wärst, dann hättest du dich doch gewundert, dass ich dich einfach so gefragt hab, ob du einer bist. Der Typ da drüben hat auch gemeint, du bist einer. Eigentlich ist es doch so: Wenn andere einen als Freak bezeichnen, *ist* man auch ein Freak. Man weiß es vielleicht bloß nicht. Also, bist du jetzt ein Freak oder nicht? Früher oder später musst du dich entscheiden.«

Vielleicht hätte ich ihn noch weiter in die Mangel genommen, aber irgendwie hatte ich die Lust verloren. Im Grunde genommen war es mir sowieso scheißegal. Kommentarlos klaute ich ihm eine Zigarette und steckte sie an. Ich sah zu, wie die Aschespitze von seiner eigenen Zigarette zu Boden fiel, und hielt nach einem Aschenbecher Ausschau, konnte jedoch keinen entdecken. Stattdessen sah ich jede Menge Kippen auf dem Fußboden liegen. Also schön, dachte ich bei mir und schnippte ebenfalls meine Asche auf die Erde.

»Mensch, diese Trancemusik nervt.« Die Bemerkung war mir einfach so rausgerutscht. Er drehte sich zu mir um.

»Du hörst Musik?«

»Machen doch alle.«

»Und was hörst du so?«

»Trance. House.«

»Welche Trancemusik?«

»Wie meinst du das?«

»Na, welche DJs? Welche Labels?«

»Keine Ahnung. Hauptsache, man kann dazu tanzen.«

»Ah.«

»Ach so! Jetzt kapier ich!«

»Was kapierst du?«

»Du bist ein *Musik*freak.«

»Hör endlich auf damit. Das ist ordinär.«

»Den Ausdruck *Freak* findest du ordinär?«

»Allerdings.«

»Freak, Freak, Freak! Fr…frr…frrrrrreak!«

Eigentlich hatte ich nur Spaß machen wollen, aber sein Gesicht verfinsterte sich merklich. Ich fühlte mich plötzlich so beschwingt, und das führte meistens dazu, dass ich albern wurde. Aber ich wollte nicht, dass er wegen mir schlechte Laune bekam. Keine Ahnung, wieso. Jedenfalls hatte ich das Gefühl, es wiedergutmachen zu müssen.

»'tschuldige. Bist du sauer?«

»Schon gut. Ich tu einfach so, als wären deine Worte Noten. Nichts als Musik.«

»Hat das was mit dem absoluten Gehör zu tun? Kannst du dir das, was ich gesagt hab, in deinem Kopf noch mal vorspielen, nur als Melodie, ohne Bedeutung?«

»Respekt. Absolutes Gehör – du kennst dich ja gut aus. Für ein Barbiegirl …«

»Ich hab auch das absolute Gehör!«

»Echt?«

»Klar. Ich hatte schon mit drei Jahren Klavierunterricht. Hab aber vor langer Zeit aufgehört.«

»Und wieso?«

»Na, weil …«

»*Weil?*«

»Weil ich mir eingebildet hab, mein Leichnam würde im Klavier liegen.«

»Ach …«

»Verrückt, oder?«

»Wieso verrückt?«

»Findest du es nicht verrückt, dass ein kleines Kind auf solche Ideen kommt?«

»Das kann doch jedem passieren. Du orientierst dich viel zu stark an gesellschaftlichen Normen, wenn du jemanden als verrückt oder als Freak bezeichnest.«

»Meinst du? Du bist doch auch ein Teil der Gesellschaft, oder?«

»Ich wette, du wirst oft missverstanden.«

»Ja, ja, ja, ja, ja, ja …«

Wieder setzte er sein deprimiertes Gesicht auf, und ich bereute sofort, was ich gesagt hatte. Warum musste ich andere Menschen ständig vor den Kopf stoßen? Was für eine saublöde Bemerkung! Aber ich hatte sie mir einfach nicht verkneifen können.

»Tut mir leid«, sagte ich.

»Schon gut. Es sind ja bloß Noten in meinem Kopf. Wie lange hast du denn Klavier gespielt?«

»Kennst du die Etüden von Burgmüller? So weit bin ich ungefähr gekommen. Aber ich war total schlecht. Null Talent.«

»Wieso bist du eigentlich ein Barbiegirl? Mit deinem absoluten Gehör?«

»Ich lege ja keinen besonderen *Wert* darauf, eins zu haben. Außerdem hat das eine mit dem anderen überhaupt nichts zu tun.«

»Vielleicht hast du recht.«

»He! Findest du nicht, dass wir uns inzwischen wie ganz normale Leute unterhalten? Wir kommunizieren richtiggehend miteinander.«

»Stimmt.«

»Komm schon! Freu dich doch ein bisschen darüber!«

»Okay.«

Weshalb er wohl hier war? Eine grundlegende Frage, die plötzlich in mir aufkeimte. Mit welchem der Gäste mochte er befreundet sein? Ich ließ meinen Blick durchs Zimmer schweifen, konnte aber niemanden entdecken, der so aussah, als würde er sich gut mit ihm verstehen. Ich bemerkte, dass Kana-chan gerade genötigt wurde, ihr Glas in einem Zug zu leeren. Momo-chan schien sich mit den Mädels, die bereits vor uns gekommen waren, ganz gut zu unterhalten, jedenfalls war sie die Lauteste unter ihnen. Von Ran-chan keine Spur. Vermutlich war sie gerade mit dem Typen zugange, mit dem sie vorhin rumgeknutscht hatte.

»Machst du dir nichts aus Mädchen?«

»Wie? Willst du vögeln? Mit mir?«

»Nee, um Gottes willen. Ich steh nicht auf Freaks.«

»Und ich nicht auf Barbiegirls.«

»Barbiegirls haben aber kein absolutes Gehör, oder?«

»Hast recht.«

Ich fühlte mich richtig wohl mit ihm. Endlich jemand, mit dem man locker und offen reden konnte. Vielleicht war er doch ein Außerirdischer. Trotz der bedrohlichen Umgebung fühlte ich mich nämlich so, als wäre ich in einer anderen Welt. Ganz leicht und fröhlich.

Plötzlich hörte ich ein Mädchen laut kreischen und drehte mich um. Ich beobachtete, wie es von zwei Männern aus dem Sessel gezerrt und aus dem Zimmer geschleppt wurde. Sie wehrte sich heftig, aber ich blieb ganz gelassen. Kana schaute ein wenig ängstlich aus der Wäsche, als sie die Szene mitbekam, aber inzwischen war sie so betrunken, dass sie ihren Körper nicht mehr unter Kontrolle hatte. Auch das ließ mich kalt.

»Werden sie das Mädchen jetzt vögeln?«

»Sieht ganz danach aus.«

»Oh.«

»Weiß doch jeder, was das hier für eine Versammlung ist.«

»Ich nicht! Wieso nennst du das überhaupt Versammlung? Hört sich irgendwie schräg an.«

»Du hattest keine Ahnung?«

»Nein, ich wusste nichts davon. Und das Mädchen, das sie da gerade klarmachen, wohl auch nicht. Die wehrt sich doch.«

»Selbst schuld. Wer dumm ist, ist eben am Ende der Dumme.«

»Wieso am Ende? Wenn er doch schon *vorher* dumm ist?«

»... Hm.«

Natürlich hatte ich ganz genau verstanden, was er meinte. Ich wollte ihn nur ein bisschen ärgern. Ob ihm das wohl klar war? Doch, wahrscheinlich konnte er sich denken, dass ich nur so begriffsstutzig getan hatte. Deshalb hatte er auch keine weitere Erklärung abgeliefert.

Ich war Ran-chan auf den Leim gegangen und hatte mich von ihr hierherschleifen lassen, aber aus seiner Sicht war ich wohl selbst schuld dran. Schön blöd von mir, dass ich nicht in dem Moment umgekehrt war, als ich beim Anblick des Mietshauses instinktiv eine Orgie vermutet hatte.

Selbst wenn ich hier vergewaltigt werden sollte, konnte ich Ran-chan nicht die Schuld dafür geben. Schließlich war ich selbst für mich verantwortlich.

»Ob ich auch vergewaltigt werde?«

»Du?«

»Was soll das denn heißen? Willst du sagen, ich bin nicht hübsch genug, um vergewaltigt zu werden?«

»Nein, ganz im Gegenteil. Ich wollte sagen, du bist so süß, dass du auf alle Fälle vergewaltigt wirst.«

»Schönen Dank auch!«

Darauf sagte er nichts.

»Dass du als Freak ein Wort wie *süß* in den Mund nimmst …«

»Du klingst gerade so, als wäre ein Barbiegirl was Besseres als ein Freak.«

»Auweia, das sieht ja wirklich ganz nach einer Orgie aus …«

Mitten in unserer Unterhaltung fühlte ich mich plötzlich niedergeschlagen. Orgien. Vergewaltigungen. Das war einfach deprimierend. Aber trotzdem freute ich mich über sein Kompliment, ich sei süß. Hier und jetzt, zum ersten Mal in meinem achtzehnjährigen Leben, begriff ich, dass es möglich war, gleichzeitig Glück und Schwermut zu empfinden. Das hatte ich allein ihm zu verdanken. Allerdings vermutete ich, dass die Schwermut bald die Oberhand gewinnen würde.

»Willst du denn nicht gevögelt werden?«

»Auf keinen Fall!«

»Aha.«

»Na, hör mal!«

»Das wird schon gutgehen.«

Wie bitte? *Das wird schon gutgehen*? Warum mussten Männer immer solche völlig idiotischen Sprüche von sich geben? Das zog sich quer durch alle Epochen der Weltgeschichte. Wird schon gutgehen! Komischerweise störte mich seine Bemerkung aber gar nicht so sehr. Im Gegenteil. Sie hatte mir sogar das Gefühl vermittelt, dass *wirklich* alles gutgehen würde. Und wenn ich von sämtlichen Männern im Raum vergewaltigt werden würde – es würde schon gutgehen. Wie kam das nur? Das schien sein besonderes Talent zu sein: in anderen Menschen völlig grundlos Vertrauen zu wecken.

Inzwischen zerrte man Kana ihr Tanktop vom Leib. Darunter trug sie meinen BH! Wie war sie denn an den gekommen? Ah. Vermutlich hatte ich ihn bei Natsu liegenlassen und sie hatte ihn sich einfach gegriffen. Obwohl sie doch eigentlich eine ganz andere Körbchengröße brauchte …

Wehrte sich Kana überhaupt ernsthaft oder tat sie nur so? Vielleicht fand sie das Ganze sogar aufregend? Sie schien ihren Körper gar nicht mehr in der Gewalt zu haben und musste sich richtig bemühen, ein bisschen zu zappeln. Ein sonnengebräunter Typ mit braunem Haar zog ihr meinen BH aus und ließ ihn auf den Boden fallen. Einfach auf den Boden – als hätte er nicht mehr den geringsten Wert. Mein BH war wertlos. *Mein BH ist wertlos, mein BH ist wertlos*, trällerte ich im Geiste vor mich hin. Währenddessen kniffen die Männer Kanas Brustwarzen und drehten an ihnen, als wären sie Knöpfe an einer Stereoanlage.

»Auaaa!«, rief sie, aber es klang eigentlich nicht so, als hätte sie tatsächlich was gegen die Behandlung einzuwenden.

»Komm, wir gehen«, sagte mein Nachbar unvermittelt und erhob sich widerwillig, als wäre das alles eine einzige Zumutung. Seine Bewegungen hatten eine schwerfällige Erhabenheit an sich, als wolle er mit ihnen den Weltuntergang begrüßen. Wohin wollte er denn? Ich war schon im Begriff, aufzustehen und ihm schweigend zu folgen, als sich plötzlich ein Kerl breitbeinig vor mir aufbaute. Ich erschrak.

Die ganze Zeit über hatte ich alles Mögliche in dem Zimmer gesehen und gehört und hatte mir so meine Gedanken dazu gemacht, aber dadurch, dass ich mit Haut und Haaren diesem komischen Kauz verfallen war, hatte ich irgendwie den Sinn für die Realität verloren. Der Mann, der jetzt vor mir stand, war allerdings sehr real. So real, dass mir alle übrige Realität auf einmal vernachlässigbar klein vorkam. Außerdem hatte er ganz schön dicke Muskeln. Im Vergleich dazu wirkte mein Freak wie ein Strich in der Landschaft.

»Wo willst du hin? Doch nicht etwa schon nach Hause, Rin-chan?«

Ich wollte gerade mit einer witzigen Bemerkung kontern, da packte er mich am Handgelenk, riss mich an sich und fing an, meine Brust zu kneten. Völlig primitiv und ohne jedes Feingefühl. Aber noch mehr als der geile Affe empörten mich meine Brustwarzen, die sich durch seine Berührung steif aufgerichtet hatten. Plötzlich ergriff der Kerl von hinten mein anderes Handgelenk, so dass ich ziemlich unbequem zurückgebogen dastand. Der Große hatte seine andere Hand nach wie vor an meinen Titten, allerdings machte ich wohl einen so jämmerlichen Eindruck auf ihn, dass er plötzlich von mir abließ.

»Das ist meine«, sagte er.

Mein neuer Bekannter trat zwischen mich und den Kerl und brüllte ihn in einem Tonfall an, der nichts mehr von einem Freak an sich hatte. »Was denn? Eben wolltest du nach Hause gehen, und jetzt suchst du dir die beste Frau aus? Du kannst sie nach mir haben!«

Mein Freak griff meine Hand und zog mich aus dem Zimmer. Als ich mich ein letztes Mal umwandte, sah ich Kana, die unter einem Kerl begraben war und mit den typisch schlaffen Bewegungen einer Betrunkenen gegen den Tisch trat, auf dem sie lag. Im Flur ließ mein Begleiter meine Hand los und schloss die Wohnungstür auf. Aus dem Schlafzimmer drang Ran-chans lautes Stöhnen.

»Los, hau schon ab.«

»Bist du sicher?«

»Beeil dich, sonst kriegen sie dich noch.«

»Und du?«

»Mach dir keine Sorgen.«

»Wieso nicht?«

»Ich sag denen einfach, du bist abgehauen.«

»Ich heiße Rin.«

»Jetzt mach schon.«

»Wollen wir uns wiedersehen?«

»Alles wird gut.«

Was? Wie? Was soll das heißen, alles wird gut?, wollte ich ihn fragen, aber als ich hörte, wie die Tür zum Schlafzimmer aufging, winkte ich ihm hastig zu und rief »Tschüs!«, während ich mit der anderen Hand die Wohnungstür öffnete. Ich sah noch, wie er den Abschiedsgruß mit einer knappen, fast schüchternen Geste erwiderte, bevor ich mich umdrehte. Die Tür fiel hinter mir ins Schloss.

Der Fahrstuhl brauchte Ewigkeiten, also nahm ich die Feuertreppe. *Klacklacklack!* hallten meine Absätze durchs Treppenhaus. Ein tolles Geräusch! Ich rannte und rannte und stürmte schließlich aus dem Notausgang auf die Straße. Am liebsten hätte ich mich draußen niedergekniet und meine Augen zum Himmel erhoben. Das tat ich aber dann doch nicht.

Ich lief bis vor zur Hauptstraße und ging diese dann weiter entlang, wobei ich versuchte, mich an den Weg zu erinnern, den wir gekommen waren. Hin und wieder hielt ein Autofahrer an, um mich mitzunehmen, aber ich stieg bei niemandem ein.

Die Sandalen in der Hand, setzte ich meinen Weg barfuß fort. Es dauerte eine geschlagene halbe Stunde, bis ich die Umgebung um mich herum wiedererkannte. Mir fiel ein Stein vom Herzen. Ich zog die Sandalen wieder an und folgte der gewohnten Route.

Es war immer noch brutal heiß. Sofort fiel mir Ran-chan ein, bei der es wohl noch heißer zuging. In Gedanken versunken erreichte ich schließlich das *Casa Noble*.

Es war wie immer: Ich lief die Treppen ins Untergeschoss runter und stürmte sofort in Richtung Tanzfläche. Unterwegs warf ich wie üblich dem DJ Kazu eine Kusshand zu, umarmte den Geschäftsführer Roman, warf einigen Leuten, die ich vom Sehen kannte, weitere Küsschen zu, kam mit ein paar neuen Gästen ins Gespräch, die ich ebenfalls umarmte, und dann begann ich endlich, endlich zu tanzen.

Goldenes Licht flutete auf die kreisrunde Tanzfläche. Trancemusik wummerte durch die Luft. Meine Glieder schienen ein Eigenleben zu führen: Ein jedes bewegte sich frei und unabhängig von den anderen, als wären sie selbstständige Lebewesen. Ich fühlte mich so großartig, dass es mir fast die Sinne raubte. Ich schwitzte wie verrückt. Schweiß wusch meine Schminke weg, Schweiß wusch mein Parfüm weg, Schweiß wusch meinen Schweiß weg. Er sollte fließen und fließen – alles sollte raus aus mir. Ekstatisch zuckte und zappelte ich, bis mir vor lauter Lust die Tränen in die Augen schossen. Losgelöst von allem – einfach so, ohne Grund – pochten in mir die Worte *Alles wird gut*.

»Wieso hast du mich angelogen?«

Was treibt er da? Glaubt er, das ist ein Spiel? Ein kleiner Spaß? Ich fragte ihn gar nicht erst, was er machte. Ich warf nicht einmal einen Blick auf den Monitor. Ich wusste genau, was er da am Computer tat: Er mixte.

»Warum mixt du schon wieder deine blöde Musik! Merkst du nicht, wie sauer ich bin? Schau mich gefälligst an! Hier, sieh genau hin! Mein ganzer Körper zittert vor Wut. Ich raste gleich aus! Das ist mein voller Ernst!«

Ich war derart außer mir, dass ich ganz zappelig wurde, aber da Shâ sich nach wie vor nicht umdrehte, war ich gezwungen, meine Wut hinter seinem Rücken auszulassen. Bescheuert. Erniedrigend. Ich wusste, dass er es nicht mit Absicht tat oder um mich lächerlich zu machen. So raffiniert war er nicht. Es kratzte ihn einfach nicht, wenn ich mich aufregte.

»Weshalb du mich anlügst, will ich wissen! Los, sag es mir! Was fällt dir ein, mich zu ignorieren! Verreck doch, du Arschloch! Oder noch besser, bring mich um! Na, los doch, schmeiß mich aus dem Fenster! Bring mich um! Auf der Stelle!«

»Du nervst.«

Ohne sich nach mir umzudrehen, hob Shâ seine Hand, als wollte er *Stopp* sagen. Ich war so wütend, dass ich ihm am liebsten die Hand gebrochen hätte. Mit einer Zange abkneifen! Einfach abkneifen! Doch dann überließ ich mich stattdessen völlig willenlos dem monotonen Rhythmus der Trancemusik, die seit drei Tagen und Nächten ununterbrochen aus seinen Lautsprechern dröhnte.

Wenn Shâ mit seiner Musik beschäftigt war, vergaß er komplett, dass es mich gab. Oder vielleicht war ich ihm ohnehin egal, Musik hin oder her. Moment mal! Ich war seine Freundin, oder nicht? In mir keimte ein Gefühl wiedergewonnener Selbstachtung auf, und ich merkte, wie ich langsam meine Geduld verlor. War ich nun seine Freundin? War ich es wirklich? Ja doch, ich war es. Wir waren ein Paar, verdammt noch mal. Wir gingen zusammen aus.

»Wir gehen zusammen aus!«

»Klar.«

»Was soll das heißen, *klar*?«

»Miso?«, fragte er.

»… Suppe?«, fragte ich zurück.

»Klar.«

»*Misosuppe?*«

»Drei.«

»Dreimal Misosuppe. In Ordnung. Wieso drei?«

Er antwortete nicht.

»Sag schon. Wieso drei?«

»Für dich … für mich …«

»Und für wen ist die dritte?«

»Hm.«

»Was meinst du damit, hm?«

»Hm.«

»Was soll dieses ewige *hm*? Ich kapier nicht, für wen ist die dritte Portion?«

»Wir brauchen *drei Portionen*.«

»Und ich hab dich gerade gefragt, *wieso drei*? Was faselst du die ganze Zeit für einen Mist! Machst du dich über mich lustig? Willst du mich verarschen? O nein, jetzt ignorierst du mich schon wieder! Erst redest du die ganze Zeit über Misosuppe, und dann drehst du dich einfach weg. Du hast doch nicht mehr alle Tassen im Schrank! Du bist vollkommen übergeschnappt. Ach, fick dich doch ins Knie!«

»Ich muss jetzt los.«

»Was soll das heißen? Wo willst du hin?«

»Zu Roman, um das Stück zu mischen.«

»Wieso das denn? Du hast es doch gerade eben hier gemischt!«

»Wie oft soll ich es dir noch sagen? Ich hab nicht die richtige Ausrüstung hier.«

»Jetzt dreh bloß den Spieß nicht um! *Ich* war zuerst wütend, weil *du* mich angelogen hast!«

»Ich hab wirklich keine Zeit für so was.«

Shâ zog sich die Jacke an und strebte zur Wohnungstür. Verzweifelt hängte ich mich an ihn, um ihn aufzuhalten.

»Ich hab mich schlecht benommen, es tut mir leid! Ich mach dir nie wieder Vorwürfe, wenn du mich anlügst! Bitte, bitte, sei nicht mehr wütend auf mich, bitte!«

Aber Shâ schüttelte mich ab.

»Ist schon gut. Ich werd sowieso nicht wütend, da kannst du machen, was du willst.«

Vor lauter Panik hätte ich fast losgeheult.

»Also, bis dann«, sagte Shâ und wandte sich zum Gehen.

»Ich liebe dich doch, Shâ! Deshalb kann ich es nicht ertragen, wenn du lügst. Du darfst mich nicht anlügen!«

»Es tut mir leid. Wird nicht wieder vorkommen. Ich hatte keine Ahnung, dass du dich so aufregst.«

»Weil ich dich liebe!«

Als ich ihn daraufhin stürmisch umarmte, brummte er bloß ungehalten »Hm … hm« und machte sich los. Dann verließ er die Wohnung.

Während ich seinem Rücken hinterherwinkte und rief: »Ich liebe dich!«, überkam mich ein ganz trostloses Gefühl. Als ich ins Zimmer zurückkehrte und den verdammten Computer ansah, stiegen mir Tränen in die Augen. Wieso war all meine Mühe immer umsonst? Warum konnte ich zu Shâ keine richtige Beziehung aufbauen? Ich liebte ihn doch so sehr. Wieso brachte ihn nichts aus der Fassung, egal, was ich tat oder sagte? Bedeutete das nicht, dass seine Gefühle für mich erloschen waren? Ich hatte keine Ahnung, dass du dich so aufregst – das hatte er gesagt. War das nicht der Beweis dafür, dass er unfähig war, sich in die Gefühle anderer Menschen hineinzuversetzen? Konnte ich ihm überhaupt glauben, wenn er sagte, dass er mich nie mehr belügen würde?

Wieso liebte ich ihn überhaupt so über alle Maßen, obwohl er so gemein zu mir war? Ein richtiges Schwein! Ich konnte ihm wirklich nicht mehr vertrauen.

Am Anfang war unsere Beziehung so schön gewesen. Die Erinnerung an unsere erste Zeit machte mich noch trauriger. Unsere dramatische Begegnung damals in der Orgien-Wohnung. Dann das Wiedersehen in einem Restaurant. Diesmal ganz ohne Dramatik. Wie jeder Freak litt auch er an chronischer Entschlusslosigkeit, also hatte ich sowohl in der Phase unseres Kennenlernens als auch danach die meisten Entscheidungen im Alleingang getroffen. Eine Beziehung mit ihm anzufangen, schließlich bei ihm einzuziehen – all das hatte ich ohne ihn entschieden. Nur mit einer rosaroten Brille auf der Nase. Ich hatte gedacht, wenn ich mit ihm zusammen sein durfte, würde ich bis in alle Ewigkeit glücklich sein. Und daran zweifelte ich immer noch nicht.

Damals, in unserer ersten Zeit, hatte im *Casa Noble* gerade der DJ gekündigt. Eine gute Gelegenheit, Shâ, der bis dahin bloß in einer kleinen Kneipe Platten aufgelegt hatte, zu einem neuen Job zu verhelfen. Jetzt konnten wir immer zusammen sein, zu Hause und bei seiner Arbeit! Ich war so glücklich, dass ich vor lauter Seligkeit fast schon wieder melancholisch wurde.

Erst mit der Zeit begriff ich, wie es wirklich um ihn bestellt war. Er war ein Musikfanatiker, und zwar mit jeder Faser seines Wesens. Tagein, tagaus hockte er vor seinem blöden Computer und mixte – immer wieder das gleiche Stück. Selbst wenn wir gemeinsam ausgingen, was sowieso nur ein- oder zweimal pro Woche der Fall war, hingen wir die ganze Zeit in Plattenläden rum. Weil ich ihn so mochte, beschwerte ich mich nicht. Und trotzdem log er mich an! Nein. Ich konnte ihm wirklich und wahrhaftig nicht mehr vertrauen!

Erst vorgestern hatte sich folgende Szene abgespielt:

Ich sah fern, und sie zeigten gerade ein Strandresort.

»Sieh dir das mal an«, rief ich. »Da möchte ich auch hin. In die Sonne. Schau mal, wie wahnsinnig blau das Meer ist!«

Während ich ihm so von meinen Reiseträumen vorschwärmte, erhob sich Shâ von seinem Platz am Schreibtisch und sagte nur: »Ich muss los« – in genau demselben Tonfall wie heute.

»Wieso, wo willst du denn hin? Etwa in das Strandresort da?« Es hatte ein Witz sein sollen.

»Kazu hat gesagt, er will heute freinehmen, also springe ich für ihn als DJ ein.«

»Wie? Davon weiß ich ja gar nichts! Warte mal! Das hättest du mir doch gestern schon sagen können!« Aber Shâ behandelte mich wie Luft. Aalglatt wie immer entwand er sich mir und ließ mich ganz allein in der Wohnung sitzen.

Natürlich hatte er gelogen. Als nämlich gestern mein Handy klingelte und Kazu dran war, merkte ich sofort, dass Shâ sichtlich nervös wurde. Ich fragte Kazu dann ganz direkt: »Wieso bist du eigentlich gestern nicht im *Casa Noble* arbeiten gewesen, so dass Shâ für dich einspringen musste?«

Shâ, der mit dem Rücken zu mir am Schreibtisch saß, zuckte genau in diesem Moment zusammen. Wie nicht anders zu erwarten, reagierte Kazu erstaunt: Was ich da reden würde, er habe Shâ nicht gebeten, für ihn einzuspringen. Ich entschuldigte mich damit, dass ich im Augenblick etwas durch den Wind sei, und beließ es dabei. Kazu erzählte mir noch, dass nächste Woche ein Freund von ihm eine Party im Club veranstalten würde, und fragte, ob wir nicht Lust hätten mitzukommen. Ich sagte nur höflich »Ja, ja« und beendete das Gespräch so schnell wie möglich, um Shâ in die Mangel zu nehmen.

»Was fällt dir ein? Wieso belügst du mich? Wo hast du dich rumgetrieben? Raus mit der Sprache, hast du mich betrogen?«

Das stritt Shâ natürlich vehement ab, und nachdem er eine Weile schweigend mit sich gerungen hatte, gestand er mir alles: Er habe eine Platte gesucht, die er unbedingt haben musste.

»Wenn das alles ist, wieso lügst du mich dann an?«, wollte ich wissen.

»Weil du jedes Mal, wenn wir in den Plattenladen gehen, rumjammerst, ich soll mich beeilen«, beschwerte er sich.

Jetzt reichte es aber! Ich zitterte vor Wut und merkte, wie ich langsam, aber sicher komplett die Beherrschung verlor. Wieder und wieder fragte ich ihn, warum er mich angelogen habe, aber Shâ meinte wohl, mir den Grund seines Verhaltens hinreichend erklärt zu haben. Seelenruhig wandte er sich wieder seinem Computer zu und fuhr damit fort, sein unsägliches Musikstück zu mixen.

Klick … klick … klick … machte die Maus.

»Was machst du da? Glaubst du etwa, deine Maus kann mir Antworten geben?« Aber was ich auch sagte, ich biss auf Granit. Shâ drehte sich nicht um. Den ganzen Abend lang grollte, tobte und heulte ich und beschimpfte ihn ohne Unterlass. Shâ ließ das alles vollkommen kalt. Wieso? Warum zum Teufel tut er mir das an?

Gerne hätte ich mir dazu gratuliert, dass ich mit solch bewundernswerter Hartnäckigkeit und unermüdlichem Eifer meinen Zorn auf einen Menschen niederprasseln ließ, der darauf keinerlei Reaktion zeigte. Aber das hätte mir den verdorbenen Abend auch nicht zurückgebracht. Irgendwann brach ich vor Erschöpfung in Tränen aus und flehte ihn an, er möge mich nicht verlassen, ich hätte ihn doch so gern. Vielleicht sollte ich in Zukunft nicht ihm, sondern mir selbst Vorwürfe machen, weil ich ihn zu sehr liebte. Was? Mir Vorwürfe machen? Wieso eigentlich? *Ich* hatte schließlich nichts verbrochen. Also!

Gestern, bevor Kazu anrief, hatten wir noch in trauter Eintracht am Tisch gesessen und gebratene Teigtaschen gegessen. Jetzt, als ich das Geschirr abräumte, hatte ich richtig Lust, einen der Teller gegen seinen Computer zu schmettern. Natürlich tat ich nichts dergleichen. Stattdessen stand ich da und hielt schlotternd den Teller in der Hand. Es war zu lächerlich: Ich bebte vor lauter Angst, ich könnte ihn tatsächlich werfen. Als mir die Absurdität des Ganzen bewusst wurde, beruhigte ich mich ein wenig und ging in die Küche. Nachdem ich auch den Kaffeetisch im Wohnzimmer abgeräumt hatte, starrte ich in die Ecke, in der Shâs Computer und Plattenspieler standen. Am liebsten hätte ich die beiden Plastikflaschen auf dem Schreibtisch durch die Gegend gefeuert. Aber wann immer er merkte, dass ich seine Sachen angerührt hatte, starrte er mich so komisch an.

Na los! Ärgere dich doch! Raste endlich mal aus! Du bist doch wütend, oder? Aber Shâ blieb immer ruhig. Er sah mich einfach nur an, als glaubte er, die Macht seines Blicks allein wäre genug, um mich zur Räson zu bringen. Das schien ihm zu reichen, seinem Ärger Ausdruck zu verleihen. Oder auch nicht. Vielleicht empfand er in Wirklichkeit ja gar keine Gefühle wie Wut und dergleichen und wollte mir mit seinem Blick lediglich zu verstehen geben, was ich tun durfte und was nicht. Wie auch immer. Ich hasste diesen Blick. Ich hasste und fürchtete ihn.

Ob er vorhatte, mich zu verlassen? Wollte er mir den Laufpass geben? Unsicherheit und Angst verdichteten sich. Deshalb durfte ich Shâ keinesfalls provozieren, damit er mich nicht so ansah. Ich musste höllisch aufpassen. Obwohl ich einen ungeheuer starken Drang verspürte, durfte ich seine Plastikflaschen auf keinen Fall antasten. Um die

Versuchung abzuschütteln, ging ich ins Bad und fing an, mich für den Abend zurechtzumachen.

Beim Duschen ging das Gedankenkarussell wieder los. Wieso waren mir Lügen so zuwider? Diese Frage war mir schon die ganze Zeit über im Kopf rumgespukt, während ich ihn am vorigen Abend angeschrien hatte. Er hatte mich belogen. Er hatte mich belogen. Er hatte mich belogen! Die Kränkung! Wut kribbelte in mir wie Maden, die jeden Moment in mir hochgekrochen kommen konnten. Wieso eigentlich Maden? Ganz einfach: Weil Wut und Maden sich ähnlich sind. Beide vermehren sie sich rasend schnell, und ehe man es sich versieht, hat man jede Kontrolle über sie verloren. Maden konnte man immerhin töten. Der Wut allerdings wurde man leider nicht so schnell Herr. Deshalb hasste ich sie auch so.

Shâ hatte seine Lüge damit gerechtfertigt, dass ich ihn im Plattenladen immer zur Eile antreiben würde. Nun, wenn er so versessen auf Platten war, dann sollte er mir das gefälligst erklären. Und zwar so lange, bis ich es verstand. Es musste doch möglich sein, mir sein dringendes Bedürfnis, das ihn immer wieder in den Plattenladen trieb, begreiflich zu machen. Weshalb hatte er das nicht getan und mich stattdessen angelogen? Dachte er, ich würde ihn nicht verstehen? Hielt er mich für blöd? Oder intolerant? In seinen Augen musste ich eine totale Idiotin sein.

Ich riss die Augen auf. Shampoo lief hinein und brannte. Erst jetzt wurde mir bewusst, wie sehr Shâs Lüge mich erschüttert hatte. Je mehr ich versuchte, mich in Gelassenheit zu üben, desto heftiger quälte es mich, wenn ich schließlich feststellte, dass meine ganze Coolness nichts als Fassade war. Es war ein scheißverdammter Teufelskreis, in den ich da geraten war, und ich hatte nicht die geringste Ahnung, wie ich ihm entkommen sollte. Seit ich ihn gestern beim Lügen ertappt hatte, hatte ich die ganze Zeit über geschimpft und geschrien, bis meine Stimme ganz heiser war. Meine Augen waren verquollen vom Heulen. Ich war fix und fertig.

Diese Erkenntnis allein nützte mir wenig. Eine Idee, wie ich mich hätte aufmuntern können, hatte ich nämlich nicht. Vielleicht war es besser, daheimzubleiben. Ursprünglich hatten wir verabredet, am frühen Abend zu einer Party im *Club Media* zu gehen und danach ins *Casa Noble*, weil Shâs Schicht heute erst um Mitternacht begann. Ich hatte beschlossen, mich an den Plan zu halten, kam mir dabei aber kindisch und dumm vor.

Warum war ich nicht unabhängig genug, um für mich selbst zu entscheiden? Warum wollte ich mir nicht eingestehen, dass mir nach dem Theater mit Shâ die Energie zum Ausgehen fehlte und ich viel lieber zu Haus geblieben wäre? Das ärgerte mich maßlos.

»Rin, was ist los? Deine Augen sind ja ganz verquollen.«

Die Frage hörte ich seit meinem Eintreffen im *Club Media* nun schon zum wiederholten Mal. Diesmal kam sie von Kana, die mich in der Nähe der DJ-Box entdeckt hatte.

»Ich hab geheult.«

Alle anderen hatte ich aggressiv mit »Halt die Klappe und lass mich in Ruhe!« zum Schweigen gebracht, aber Kana gab ich eine ehrliche Antwort. Was aber wohl vor allem daran lag, dass sie sowieso nicht lockergelassen hätte, bis sie die Wahrheit aus mir rausgequetscht hätte.

»Warum denn? Hattest du Streit mit Shâ?«

»Er hat mich angelogen.«

»Wieso denn das?«

»Er hat gesagt, er würde zur Arbeit gehen, war aber in Wirklichkeit im Plattenladen.«

»Versteh ich nicht. Warum sollte er deswegen lügen?«

»Keine Ahnung.«

Keine Ahnung. Natürlich hatte ich eine Ahnung – bloß keine Lust, es der dümmlich vor sich hingrinsenden Kana lang und breit zu erklären. Außerdem war es hier neben der Tanzfläche viel zu laut. Sie war ja gar nicht mehr zurechnungsfähig. Und ein Club schien mir nicht die angemessene Umgebung für so ein Gespräch zu sein.

Ich nahm einen Schluck von meinem wässrigen Gin Tonic. Das Glas schwitzte winzige Bläschen. Diese dünne Plörre ist jetzt genau das Richtige für mich, dachte ich bitter. Ich legte meine Hand um das kalte Glas, und es durchzuckte mich wie ein elektrischer Schlag. Dann fiel mir etwas ein: Klaffte in meinem Verhalten nicht ein auffälliger Widerspruch? Ich hatte gerade gelogen! Nicht anders als Shâ. Genau wie er hatte ich gelogen.

Obwohl mir sein Motiv immer noch nicht ganz klar war, hatte er mir immerhin eine Art Erklärung geliefert. Ich kannte also sehr wohl den Grund für seine Lüge, hatte dies aber auf Kanas Frage hin ausdrücklich verneint. Zwar hatte ich *diese* Lüge vor mir selbst mit der Lautstärke der Musik gerechtfertigt, aber das änderte nichts an den Tatsachen. Denn wie man es auch drehte und wendete, ich hatte gelogen. Etwas anderes zu behaupten hieße bloß, eine Lüge mit einer Lüge zu bemänteln.

Am besten, ich gab es einfach zu. Ja, ich hab gelogen! Und warum? Weil es hier auf der Tanzfläche zu laut ist. Weil die Umgebung nicht die richtige ist, um über solche Themen zu sprechen. Aber was wäre denn die richtige Umgebung? Hatte Shâ bei seiner Lüge vielleicht auch geglaubt, die Situation erlaube ihm nicht, die Wahrheit zu sagen?

Wir waren in unserer Wohnung gewesen, als er mir die Ausrede mit der DJ-Vertretung aufgetischt hatte. Eine friedliche, ruhige Stimmung. Mag sein, dass ich ihn mit meinem Gerede über das Strandresort genervt hatte, aber das konnte er kaum ins Feld führen. Er hätte jederzeit sagen können: Ja, ist schön und gut, ein Strandresort, aha, aber jetzt halt mal kurz die Klappe. Ich brauche ein bisschen Zeit für mich, ich will in den Plattenladen. Und zwar allein. Wenn du mitkommst, dann drängelst du nämlich immer so.

Wo lag das Problem? Wieso hatte er sein Anliegen nicht in dieser Form vorgebracht? Ich akzeptierte doch sonst immer alles, was Shâ sagte, und respektierte seine Wünsche. Wozu mich belügen? Hielt Shâ mich für eigensüchtig? Für eine Frau, die sich einen Dreck darum scherte, was er wollte und was nicht? War ich wirklich so? Denkbar wäre es. Zumindest hatte Shâ ganz offensichtlich diese Meinung von mir. Tja, dann war es wohl so. Wirklich? Ja doch, ganz genau so war es. Das war der Kern des ganzen Problems. Eigentlich gar nicht so dramatisch. Ich war eine Frau, die kein Verständnis für die Wünsche ihres Partners aufbrachte. Mehr war an der Sache nicht dran. Ich war einfach nur dumm. Eine dumme Kuh. Das war alles. Wow!

Ich stellte den Gin Tonic ab, ergriff Kanas Hand und stürmte die Tanzfläche. Sobald mir klar geworden war, dass allein meine eigene Blödheit schuld war an meiner Misere, hatte sich mein Ärger in Luft aufgelöst. Eigentlich logisch: Wer wird schon gern für blöd gehalten?

Das *Casa Noble*. Shâ als DJ. Ich tanzte.

Ich war ein wachsender Bambussprössling. Ich wuchs nach oben, indem ich meine Arme mit zusammengelegten Händen ganz weit zur Decke streckte.

»Was machst du denn da? Sieht total beknackt aus«, lautete Kazus vernichtender Kommentar.

Ich konnte zu Shâs Musik nicht mehr richtig tanzen, seit er mich angelogen hatte. Das sagte ich Kazu aber nicht, weil er mich dann wahrscheinlich für vollends unzurechnungsfähig gehalten hätte. Also erfand ich eine Ausrede: »Ich hab gestern Bambussprossen gegessen.«

Und wieder mal gelogen!

Kazu nickte nur und zog ein komisches Gesicht. Er konnte sich wohl keinen Reim darauf machen. Aber warum sollte man überhaupt über Bambussprossen nachdenken? Das Leben ist ein Witz! Eine Aneinanderreihung von Witzen. Vielleicht war ich die Einzige, die davon überzeugt war, aber auch das konnte mir egal sein. Oder vielleicht besser so: *Mein* Leben war ein Witz. Leute, die keinen Sinn für Humor hatten, konnten meine Existenz natürlich nicht nachvollziehen. Von mir aus. Dann existierte ich für sie eben nicht. Denkt doch, was ihr wollt. Aber irgendwann – irgendwann werde ich euch meine Existenz schon noch beweisen!

Total lächerlich. Wie sollte ich es anstellen, anderen meine Existenz zu beweisen? Was war das überhaupt, *meine* Existenz? Gab es mich? Gab es *ich*? Selbst jetzt in diesem Moment wusste ich nicht, ob ich wirklich existierte. *Ich* – was auch immer das war. Jetzt, hier, in goldenes Licht getaucht, während ich mich zu Shâs Tranceklängen bewegte, einen Bambussprössling nachahmend. Das konnte doch niemand nachvollziehen. Selbst ich maß meiner Existenz keinen Wert bei. War ich demnach auch ein Mensch ohne Sinn für Humor? Ja, stimmt. So war es. Shâs Lüge hatte ich schließlich weiß Gott nicht mit Humor nehmen können.

Seit ich mit Shâ zusammen war, hatte ich mich irgendwie verändert. Je mehr ich ihn liebte, umso weniger konnte ich dem Leben mit der üblichen Lässigkeit begegnen. Davor hatte ich ein Nomadendasein geführt, weil ich von Männern und von diesem ganzen angepassten Leben die Nase voll gehabt hatte. Als ich dann Shâ kennenlernte, war ich irgendwie in diese stressige Welt zurückgekehrt.

Inzwischen war aus mir längst wieder ein todernster

Mensch geworden. Mag sein, dass ich gerade deshalb diesen grotesken Bambussprossentanz aufführte. Vielleicht würde ich ihn immer weiter tanzen. Ich wollte wachsen … wachsen … wachsen … Mein Ich räkelte und dehnte sich. Strebte zum Himmel. Jeden Tag zwanzig Zentimeter. Oder wenigstens zehn. Darf ich? Bitte!

Völlig erledigt von Tanz und Tequila klappte ich irgendwann zusammen. Shâ trug mich in die VIP-Lounge.

»Bist du noch sauer?«, hörte ich Shâs Stimme an meinem Ohr. Meint er die Lüge? Natürlich bin ich noch sauer. Ich hasse Lügen!

»Alles klar«, antwortete ich.

Schon wieder eine Stimme. »Na, ist Rin-chan auch umgekippt?«

Diesmal war es aber nicht Shâ, der sprach, sondern Ranchan. Oder? Na, wunderbar. Ich war sternhagelvoll. Zu viel Bambus, zu viel Tequila, und jetzt konnte ich nicht mal mehr auseinanderhalten, was real war und was nicht.

»Ran-chan, du hier?«

Shâ legte mich auf das Sofa ihr gegenüber.

»Warte hier auf mich. Ich hol dich ab, wenn meine Schicht vorbei ist«, sagte er, bevor er den Raum verließ.

»Schön, dass du hier bist. Dann fühl ich mich nicht mehr so allein.«

»Und wie steht's bei dir, Ran-chan? Was hat er dir für Lügen aufgetischt?«

»Lügen? Was für Lügen?«

Es hatte salopp und scherzhaft klingen sollen, war aber deutlich zu forsch rausgekommen. Dafür konnte ich schlecht ihr die Schuld geben und sagen: He, du dumme Kuh, das war bloß ein Witz! Nein, es lag allein an mir. Ich hatte es wieder mal versaut.

Immer noch auf der Seite liegend, öffnete ich die Augen einen Spaltbreit. Mein Blick fiel auf Ran-chans Füße. Es war das erste Mal, dass ich mit ihr sprach und dabei ihre Füße anschaute. Hatte Shâ mich absichtlich so hingelegt, um mir dieses einzigartige Gefühl zu vermitteln, das man nur dann verspürt, wenn man allein mit jemandem in einem Raum ist und seine Füße betrachtet? Er war echt clever. Oder pervers.

»Sag mal, Ran-chan. Du magst doch auch keine Lügen, oder?«

»Ich hasse Lügen. Und ich hasse Kerle, die lügen.«

Ran-chans Antwort gab mir wieder etwas Hoffnung. Ich begriff: Vielleicht suchte ich nichts anderes als Mitgefühl. Jemanden, der meine Sorgen verstand. Jemanden, dem ich mich anvertrauen konnte. Wahrscheinlich hatte ich mich die ganze Zeit danach gesehnt. Seit ich belogen worden war. Bestimmt war das auch der Grund gewesen, weshalb ich so verzweifelt versucht hatte, Shâ gegenüber meine seelischen Qualen mit dem ganzen Körper auszudrücken. Nur dass Shâ das leider nicht kapiert hatte.

»Neulich hatte ich so einen Aufreißer am Ärmel, der behauptete, er hätte einen Riesenschwanz. Als ich ihn dann ins Hotel abgeschleppt hatte, was glaubst du, als was sich dieser Riesenschwanz entpuppte? Ein klitzekleines Murkelchen! Ich war echt bedient. So ein Mist. Aber ich hab ihn trotzdem gefickt.«

So war meine Frage nicht gemeint gewesen. Ich blickte auf Ran-chans gigantische Füße. Der pinkfarbene Lack auf ihren Zehennägeln war stellenweise abgeplatzt.

»Und ein anderer Kerl, mit dem ich neulich zugange war, hat steif und fest behauptet, er würde ihn rausziehen, bevor er kommt. Ich hab ihn wie wild geritten, und plötzlich stöhnt er wild ›Aaahh!‹ und spritzt doch in mir ab! Das hat mich ganz schön genervt. Zum Glück nehme ich die Pille, aber trotzdem …«

Auch das wollte ich nicht wirklich hören. Ich bemerkte,

wie Ran-chans kleiner Zeh zuckte. Wieso machte er das? Was ging wohl gerade in ihr vor? Wollte sie etwa den richtigen Moment abpassen, um mir ins Gesicht zu treten? Konnte doch durchaus sein. Oder war ich bloß deshalb so nervös, weil ich ihre Füße direkt vor meiner Nase hatte? Falls Ran-chan tatsächlich vorhatte, mir einen Tritt zu verpassen, würde ihr Fuß mich doch gar nicht erreichen. Sie war ziemlich groß, ihre Beine waren also entsprechend lang. Aber ob sie mich über den Teetisch hinweg vom gegenüberliegenden Sofa aus wirklich erwischen konnte? Doch, es schien möglich ... Aber halt! Ich war stockbetrunken. Konnte ich meiner perspektivischen Wahrnehmung überhaupt trauen?

Um das zu prüfen, kniff ich das rechte Auge zu und versuchte, die Kuppen meiner beiden Zeigefinger zusammenzuführen. *Fusch!* Glatt verfehlt. Typisch für mich. War also nichts mit dem räumlichen Sehen. Ich überlegte, die Hand nach ihrem Fuß auszustrecken, um die Entfernung zu meinem Gesicht zu messen. Aber dann würde sie vermutlich fragen, was ich da mache, und nach meiner Hand treten.

»Neulich, da bin ich regelrecht verschleppt worden. Na ja, wenn ihr mit mir vögeln wollt, bitte schön, hab ich gesagt. Aber dann hat mich gleich die ganze Gang rangenommen. Eigentlich war es sogar ganz nett, aber danach haben sie mich irgendwo im Wald rausgeschmissen. Ich war echt sprachlos – mitten in der Wildnis ausgesetzt! Ich dachte, ich geh ein. Bin dann schließlich nach Hause getrampt. Dem Fahrer hab ich's auch noch besorgt. Aber der war echt in Ordnung, hat mich sogar bis nach Shinjuku gebracht. Das war meine Rettung.«

Mein ursprüngliches Anliegen, über Lügen zu sprechen, hatte sie offenbar völlig vergessen. Oder war es in Wirklichkeit ganz anders? Hatte sie einfach nur das dringende Bedürfnis, jemandem *ihre* Erlebnisse zu erzählen? Na bitte, ich respektierte also doch die Wünsche andere Leute! Angenommen, ich hätte auf Ran-chans Empfindungen keine Rücksicht genommen und nur über das geredet, was mir im Kopf rumging, dann hätte Ran-chan nicht die Gelegenheit bekommen, ihre eigenen Geschichten zum Besten zu geben. Sie hätte wahrscheinlich gezwungenermaßen geschwiegen und sich angehört, was ich zu sagen hatte. Nein. Das war auch irgendwie eine Art Lüge. Es gab wirklich Dinge, über die ich reden wollte, das ging aber nicht, weil sie mich ohne Punkt und Komma vollquatschte. Ich hatte also meine eigenen Bedürfnisse zugunsten von ihren zurückgestellt. Nein. Das war auch nicht richtig. Ich belog mich selbst. Shâ hatte sich nicht um meinetwillen zurückgehalten. Er war ehrlich zu sich selbst gewesen. Geht es also am Ende nur darum, dass wir tun müssen, was wir wollen, selbst wenn wir dabei andere anlügen? Weil wir nur so uns selbst gegenüber ehrlich sein können? Konnte das stimmen? Glaubte Shâ, dass es ein größerer Frevel war, sich selbst zu belügen anstatt mich? War das so? Das hieß dann aber doch, dass er sich selbst mehr liebte als mich. Tat er das wirklich? Es lag also nicht daran, dass Shâ mich als Mensch nicht achtete oder mich für dumm hielt. Er war bloß der Ansicht, dass er selbst wichtiger war als ich.

Wenn dem so war, dann konnte ich nichts von ihm erwarten. Ihn um nichts bitten, nicht mal darum, mit mir in ein Strandresort zu fahren. Was sollte ich also tun? Ich wollte doch nur, dass er ehrlich zu mir war. Aber wie stellte ich das an?

Ah, jetzt hatte ich es: Ich musste Shâs Wertvorstellungen vollständig übernehmen. Dann konnte Shâ die Ehrlichkeit, die er sich selbst gegenüber an den Tag legte, auch mir entgegenbringen. Das nächste Mal musste ich ihm also sagen: Wenn du in den Plattenladen gehen willst, dann musst du das tun, auch wenn das bedeutet, dass du ihm mir gegenüber den Vorzug gibst. Das war die einzig angemessene Reaktion. Wenn ich ihm nämlich deutlich zu verstehen gab, wie ich über die Sache dachte, dann stellte ich damit automatisch meine Gefühle über seinen Plattenkauf. Genau! Ich musste mir einfach seine Wertvorstellungen zu eigen machen. Dann hätten wir keinerlei Probleme mehr. Auf diese Weise würde er immer auf meine Gefühle Rücksicht nehmen. Das war die Lösung. Meinen eigenen Willen komplett unterdrücken und stattdessen seinen annehmen …

Was redete ich da eigentlich?

»Also. Was war denn los, Rin-chan? Shâ hat dich angelogen?«

»Hm.«

»Erzähl doch mal! Weswegen denn? Shâ lügt? Kaum zu glauben.«

Ihre Zehenspitzen spreizten sich. Was hatte sie vor? Da, sie hatte eindeutig gezuckt! Hieß das etwa, dass sie mich jetzt wirklich treten würde? Moment. Reichte ihr Fuß überhaupt bis zu mir? Nein, anders gefragt: Weshalb *wollte* Ran-chan mich überhaupt treten? Man schaue sich bloß mal ihre stinkenden Stiefel unter dem Sofa an. Igitt. Wollte sie mich allen Ernstes mit Füßen treten, die vorher in diesen Dingern gesteckt hatten? Und wieso? Was hatte ich ihr getan? War sie jetzt auch gegen mich?

Verdammt! Alle, alle, alle ließen mich im Stich. Keiner hatte einen Funken Respekt für mich übrig. Niemand mochte mich. Warum eigentlich? Weil ich *so eine* war? Und was hieß das, *so eine*? Eine doofe Tussi? Das war Ran-chan doch selber. Es gab niemanden, der so dumm war wie sie. Wieso wollte Ran-chan jemanden von ihrer Sorte treten? Gab es zwischen uns beiden irgendeinen Klassenunterschied? Wir waren doch Gefährtinnen, oder nicht? Zugegeben, ich mochte keinen Gruppensex und Orgien auch nicht. Und jetzt, wo ich mit Shâ zusammen war, gabelte ich auch keine fremden Männer mehr auf. Ich wollte niemandem einen blasen, ließ mich nicht gern lecken, und seine Finger durfte auch niemand in mich reinstecken. Ich hatte mich zu einer anständigen Frau gewandelt. Aber abgesehen davon war ich doch noch ganz die Alte, oder nicht? Ich mochte Sex. Genau wie du, Ran-chan! Wieso kannst du mich auf einmal nicht mehr leiden? Warum mag mich denn niemand?

Ran-chans Zehen spreizten sich. Wie Finger, so lang waren sie.

»Ran-chan, wie kannst du nur so deine Zehen spreizen?«

»Irre, was? Sieh mal – Schere, Stein, Papier!«

Ran-chan machte es mir vor, und meine Paranoia steigerte sich ins Unermessliche. Ich fühlte mich ausgeschlossen und verachtet – von Shâ und von der ganzen Welt. In Wirklichkeit mochten mich wahrscheinlich alle, und es war nur mein Verfolgungswahn, der mich daran hinderte, das zu erkennen.

Ja. Die Welt war voller Güte. Ein Teil von mir wollte das glauben. Aber es gab da noch einen anderen Teil, ein zweites Ich, das so etwas nicht für möglich hielt. Ein einziges kleines Ich, das nicht glauben wollte, dass in der großen weiten Welt Güte herrscht. Das reichte schon. Deswegen war die Welt, in der ich lebte, so, wie sie war. Eine Welt, in der die Normen anderer galten, war nicht meine Welt. Punkt. Es existierten zahllose Welten. Jeder Mensch hatte seine eigene, und meine Welt war eben besonders bösartig. Das war alles.

»Erzähl schon, was hat Shâ dir für eine Lüge aufgetischt?«

»Gar keine.«

Da hatten wir's. Ich schwindelte schon wieder! Genau

wie Shâ. Ich war eine notorische Lügnerin. Und saudumm dazu. Diesmal konnte ich mein Verhalten nämlich nicht mit den Umständen rechtfertigen. Abgesehen von den Bässen, die aus der Disco nebenan dumpf zu uns rüberdröhnten, war es ziemlich ruhig. Kein ohrenbetäubender Lärm, der das Reden unmöglich gemacht hätte. Ich wäre also durchaus in der Lage gewesen, über die Vorkommnisse um Shâ und seine Lügen zu berichten. Stattdessen hatte ich die ganze Sache schon wieder geleugnet.

Jetzt war aber mal Schluss damit! Langsam reichte es mir! Lügen über Lügen, ständig nur Lügen. Ich hatte es satt, noch weiter über Lügen nachzudenken. Ich wollte nicht mehr. Es nervte! Andererseits: Wenn man sich verbot, über etwas nachzudenken, machte das alles vielleicht nur noch schlimmer …

Mein momentanes Hauptproblem war doch folgendes: Ran-chan hatte möglicherweise vor, mich zu treten. Ach, verflixt! Ich kehrte immer wieder zum Ausgangspunkt zurück. So würde ich nie zu einem Ergebnis kommen! Meine Gedanken waren wie Schleifen. Wie ein Möbiusband. Bei dieser Vorstellung entfuhr mir ein Schnauben. Das war wirklich eine unheimlich dämliche Angewohnheit, dieses Rumgeschnaufe. Ich wusste das, konnte aber nichts dagegen machen. Beziehungsweise redete ich mir ein, dass ich nichts dagegen machen konnte. Ja. So war es.

»Rin-chan.«

Als ich meinen Namen hörte, schaute ich schräg an meinem Körper runter in Ran-chans Gesicht. Ran-chan schaute schräg an ihrem Körper runter zu mir. Zwei Personen – Kopf an Fuß, Fuß an Kopf –, die sich anstarrten. Hätte man die Richtung unserer Blicke nachgezeichnet, hätte sich aus uns ein »Z« ergeben. Ran-chan streckte ihre rechte Hand schräg nach unten aus und winkte. Ich tat es ihr nach. Unsere Finger berührten sich nicht. Die Arme waren nicht lang genug. Egal, wie sehr wir sie streckten und reckten, sie verfehlten sich knapp. Erschlafft ließen wir sie schließlich auf den Teetisch zwischen uns fallen. Es hatte keinen Sinn.

Eine Träne kullerte mir die Wange runter. Immer noch auf der Seite liegend, presste ich die Handflächen zusammen und streckte meine Arme von mir weg. Wie ein seitlich austreibender Bambussprössling. Ein Bambus, der zur Seite wächst. Ein Bambussprössling, der nicht nach oben streben kann, niemals. Ein Bambussprössling, der niemals die Sonne sehen wird. Ein trauriger Gedanke. Der Arme. Der arme kleine Bambus. Los, Bambussprössling! Wachse. Wachse! Ach. Ein quer austreibender Bambussprössling würde immer nur zur Seite wachsen.

Ran-chans Lachen hallte durch die VIP-Lounge. Ich fühlte mich erlöst und gleichzeitig gekränkt. Erlösung durch Beleidigung, sozusagen. Aber nein, das war nicht ganz richtig. Es war bloß ein Gefühl von Gleichzeitigkeit, mehr nicht. Verstellte ich mich jetzt schon wieder? Egal. So war der Lauf der Dinge. Ich für meinen Teil war bereit, mein ganzes Dasein als verkorkster Skeptiker zu fristen.

Bestimmt rennt er gleich wieder zu seinem Computer, um an seiner Musik rumzubasteln, dachte ich. Aber dann legte er sich wider Erwarten neben mich, nachdem er mich ins Bett gebracht hatte.

»Tut mir leid, dass ich so besoffen bin.«

»Schon gut. Ich war nicht nett zu dir.«

»Weil du gelogen hast?«

»Hm. Das war blöd. Ich hätte dir die Wahrheit sagen sollen.«

»Lügst du mich in Zukunft nicht mehr an?«

»Nein.«

»Ganz bestimmt nicht?«

»Ganz bestimmt nicht.«

»War das jetzt eine Lüge?«

»Nein, versprochen.«

»Ich hab dich lieb.«

»Wenn es um Musik geht, wird alles andere unwichtig. Ich kann dann an nichts anderes mehr denken, und alles, was mich davon abhält, nervt mich irgendwie. Das ist mein Schwachpunkt.«

»Du musst versuchen, ausgeglichener zu werden.«

»Ich bemühe mich. Aber du musst lernen, meine Eigenheiten zu akzeptieren.«

»Deine Eigenheiten oder die Tatsache, dass du ein Freak bist?«

»Ich hab dir schon tausendmal gesagt, dass jemand, der sich ernsthaft mit Musik beschäftigt, kein Freak sein muss. Hör auf damit!«

»Freak, Freak, Freak, Shâ ist ein Freak …«, zog ich ihn auf, woraufhin Shâ mir den Rücken zudrehte.

»He. Tut mir leid, ich hab es nicht so gemeint. Shâ! Du bist kein Freak. Und wenn du einer wärst, würde ich dich trotzdem lieben. Also kannst du ruhig ein Freak bleiben. Shâ. Hörst du, Shâ?«

Als ich ihn von hinten umschlang, brummte er knapp: »Ich schlafe.« Das Vibrieren seiner Stimme übertrug sich von seinem Rücken auf meine Brust. *Ich schlafe*, summte es in mir. Natürlich respektierte ich Shâs Willen. Deshalb ärgerte ich ihn auch nicht weiter. Aber als ich mein Bein zwischen seine Schenkel schob, schubste er es trotzdem weg.

Was für einen goldigen Typen ich mir da wieder geangelt hatte! Er war so lieb. Im Grunde genommen war er wie ein kleiner Junge, ganz unschuldig und rein in seiner Hingabe an die Musik. Es riss ihn einfach mit sich fort, und er nahm dann nichts mehr um sich herum wahr. Irgendwie rührend. Manchmal war er ganz zärtlich zu mir. Und fürsorglich. Ich konnte mich wirklich glücklich schätzen, von einem Menschen wie ihm geliebt zu werden.

War nicht sogar seine verzweifelte Ausrede, er müsse als DJ einspringen, irgendwie putzig? Nur damit er in seinen Plattenladen gehen konnte. Wo ich doch als Stammgast im *Casa Noble* die Wahrheit früher oder später ohnehin rausbekommen hätte. Er hatte den unwiderstehlichen Drang verspürt, in den Plattenladen gehen zu müssen, und weil er Angst gehabt hatte, ich würde ihn daran hindern, hatte er nicht mit der Wahrheit rausgerückt. Wie ein kleines Kind, das eine völlig durchschaubare Lüge erfand. Ich hätte verständnisvoll reagieren und ihn liebevoll ermahnen sollen. Großmütig wie eine Mutter, die Erde oder das Meer. Aber mir gingen solche mütterlichen Instinkte vollkommen ab. So zu sein wie die Erde, das Meer … Ja, ich musste großherziger werden. Also bitte, Herz, dehn dich aus. Zu einer riesigen Landschaft. Weite dich, weite mich!

»Das ist ja wohl das Letzte! Ich bin hier am Verhungern! Wo bleibst du denn so lange?«

»Du kannst ruhig schon ohne mich anfangen.«

»Wie bitte? Was soll denn das bedeuten? Ich warte extra auf dich, weil du gesagt hast: ›Lass uns zusammen essen.‹ Die ganze Zeit über hocke ich hier und warte und warte und warte! Mein Magen knurrt wie verrückt!«

»Ist ja schon gut. Ich mach mich gleich auf den Weg. Es dauert nicht mehr lange.«

»Wieso musst du immer zu spät kommen? Du gehst nie mit mir aus, sondern bist immer nur mit deiner Musik beschäftigt – jeden Tag! Und jetzt lässt du mich auch noch warten. Was bildest du dir eigentlich ein? Wenn du wenigstens mal ein bisschen Zeit mit mir verbringen oder mit mir in Urlaub fahren würdest – weißt du noch, das Strandresort? –, dann hättest du vielleicht das Recht, zu spät zu kommen. Aber so nicht!«

»Wieso redest du immer vom Zuspätkommen? Wir sind doch gar nicht verabredet. Du bist zu Hause. Du müsstest nicht auf mich warten, sondern könntest dich in der Zwischenzeit irgendwie beschäftigen. Wenn du die ganze Zeit nur dasitzt und Däumchen drehst, ist das nicht meine Schuld. Außerdem musste ich Überstunden machen.«

»Jetzt drehst du den Spieß natürlich wieder um. Das ist so typisch für dich, diese miesen Retourkutschen. Darin bist du wirklich ein Meister. Immer alles so hinzubiegen, dass ich schuld bin. Jetzt mach endlich und komm!«

Kleinlich. Zu kleinlich. Ich bin total kleinlich. Engherzig. Mein Herz ist zu klein. Natürlich ist mir das bewusst. Wenn ich mich nur ausdehnen könnte, dann wäre alles gut. Aber dazu bin ich nicht in der Lage. Ich hatte mitten in seinem Satz aufgelegt und schleuderte das Handy aufs Sofa. Er hatte gerade sagen wollen, dass er sich beeilen würde. »Um zwölf hab ich Feierabend. Lass uns dann zusammen essen gehen.« Das hatte er gesagt.

Mitternacht war vorüber. Er meldete sich nicht. Ich versuchte, ihn anzurufen, aber er ging nicht ans Telefon. Nach weiteren zwei Stunden, die er mich hatte schmoren lassen, rief er dann endlich an und kam mit der läppischen Ausrede daher, er habe noch mehr Überstunden machen müssen. Kein Wunder, dass ich wütend wurde. Wer hätte mir das verdenken können?

Zuerst hatte ich vorgehabt, ins *Casa Noble* zu gehen, um ihn abzuholen, aber dann hätten wir uns vielleicht unterwegs verfehlt, falls er schon auf dem Heimweg war. Jetzt war ich natürlich richtig geladen: Zwei Stunden hatte ich hier umsonst rumgehockt. Los, du Sau. Gib sie mir zurück, die Zeit, die ich wegen dir vergeudet hab! Ich hatte mir jedenfalls nichts vorzuwerfen. O nein, diesmal hatte ich ganz bestimmt alles richtig gemacht. Mein Ärger war also gerechtfertigt. Dieser gemeine Hund! Gemein, gemein, gemein! Na warte.

»Hallo!«

Ein einziges Wort reichte, und mein Zorn war verraucht. Ich rannte zu ihm und warf mich an seine Brust. Wie konnte ich meinen süßen, lieben Shâ auch nur eine einzige Sekunde lang hassen? Der Ärmste: Obwohl er mit seiner Freundin verabredet war, hatte man ihn gezwungen, Überstunden zu machen. Eigentlich war er derjenige, der Mitleid verdient hatte, nicht ich. Bestimmt hatte er die ganze Zeit an mich gedacht. Aber als DJ hatte er eben immer zu tun und keine Hand frei zum Telefonieren. Und kaum war er fertig gewesen, hatte er sich sofort gemeldet, um sich zu entschuldigen. Danke, du Armer, mein armes, kleines Schmusekätzchen.

»Ich liebe dich, mein Schmusekätzchen.«

»Könntest du mich bitte nicht Schmusekätzchen nennen?«

»Mein Schmusekätzchen hat heute sooo schwer gearbeitet.«

»Das stimmt allerdings. Es war die Hölle los. Tut mir leid, dass ich dich nicht anrufen konnte.«

»Das macht doch nichts. Wieso musstest du denn so plötzlich länger arbeiten? Hat jemand anders freigenommen?«

»Yasu hat sich wegen einer Erkältung krankgemeldet.«

»Kazu hätte doch seine Schicht übernehmen können.«

»Der war unterwegs, einen trinken.«

»Aha. Und warum hast du ihnen nicht gesagt, dass du mit deiner Freundin verabredet bist?«

»Der Chef persönlich hat mich darum gebeten einzuspringen. Ich konnte nichts machen.«

»Hätte er doch selbst die Schicht übernehmen sollen.«

»Er hatte an der Bar zu tun. Nach Mitternacht ist es immer knüppelvoll.«

Verstehe. Ich beschloss, das Gespräch so schnell wie möglich zu beenden, weil ich merkte, dass ich zunehmend gereizter wurde. Das war eine Macke von mir. Wenn ich einmal anfing rumzunörgeln, steigerten sich mein Ärger und meine Empörung immer weiter. Das hatte etwas Selbstzerstörerisches an sich.

»Was ist das?«

Shâ hatte eine Plastiktüte rausgeholt. »Ein kleiner Snack«, sagte er.

Neugierig versuchte ich, in die Tüte zu spähen.

»Um dich über Wasser zu halten, bis wir unser richtiges Abendessen haben.«

»Für mich?«

»Damit du nicht mit knurrendem Magen losgehen musst.«

Als er die Schokolade auspackte, brach ich in Tränen aus.

»Es tut mir so leid, Shâ, dass ich dich zusammengeschissen hab! Du denkst immer an mich, du kümmerst dich um mich, und ich werfe dir Gemeinheiten an den Kopf! Wieso mache ich das bloß? Sag mir, wieso ich das mache? Verzeih mir, Shâ. Ich liebe dich doch so, mein süßer Shâ, ich liebe dich über alle Maßen. Verstehst du das, Shâ, ich liebe dich …«

»Ich weiß. Iss ein bisschen und dann gehen wir los.«

Nachdem ich zwei Stückchen Schokolade geknabbert hatte, machten wir uns auf den Weg. Wir gingen in ein italienisches Restaurant. Nicht zur Arbeit, nicht in Shâs Plattenladen, sondern in ein Restaurant! Ich freute mich riesig. Sogar der süße Geschmack der Schokolade, die mir noch am Gaumen klebte, machte mich selig. Als ich Shâs

Hand ergriff, schüttelte er mich ab. Händchenhalten fand er albern. Ich war verletzt und einen Augenblick lang dachte ich, mir würde wieder der Kragen platzen, aber dann bot er mir an, stattdessen Arm in Arm zu gehen, und ich hakte mich bereitwillig bei ihm unter. Ich war glücklich. Geborgen in seiner Liebe und Zärtlichkeit. Ich spürte, wie Shâs Körperwärme durch meinen rechten Ellbogen flutete. Die Nacht war lau, und ich hatte kurz das Gefühl, in die Zukunft schauen zu können.

Pasta mit Tomatensauce. Käse. Salat mit Bacon. Und vor allem: Austern Meunière.

Ich war ganz aufgekratzt vor lauter Freude über das köstliche Essen, vor allem weil es schon so lange her war, seit wir das letzte Mal auswärts gegessen hatten.

»Du bist schon satt? Wirklich?« Während ich meine Portion gierig verschlang, stocherte Shâ lustlos im Salat rum. Er ekle sich vor dem Tintenfisch in der Pasta, und Austern seien ja wohl das Widerlichste überhaupt.

Stimmt. Wie hatte ich das bloß vergessen können? Unverzeihlich. Ich hatte gar nicht daran gedacht, dass er Meeresfrüchte hasste, und nur das bestellt, was mir schmeckte.

»Soll ich noch was anderes bestellen?«, fragte ich.

Er winkte ab. Nicht nötig, er habe sowieso keinen Appetit. Ich bot ihm an, später noch ein paar tiefgekühlte Gyôza für ihn in die Pfanne zu werfen, aber als wir zu Hause ankamen, war Shâ offenbar immer noch mies gelaunt, denn die Teigtaschen verschmähte er und Sex wollte er auch nicht. Stattdessen legte er sich ins Bett und schlief auf der Stelle ein.

Ich selbst war kein bisschen müde und blieb im Wohnzimmer sitzen, wo ich leicht benommen den Tag Revue passieren ließ. In meinem Fall heißt Nachdenken meistens Bereuen. So bereute ich es zum Beispiel, dass ich am Abend für kurze Zeit so kleinmütig gewesen war.

Erstens: Es ist nie gut, die Beherrschung zu verlieren.

Ich neige prinzipiell dazu, immer sofort auszurasten. Statt das zu tun, sollte ich mich viel lieber darauf besinnen, dass Shâ ein ganz anders geartetes Wesen ist als ich. Er verliert niemals die Beherrschung. Und ich sollte das auch nicht tun. Heißt das, ich muss meine Identität ablegen? Und seine annehmen? Werde ich zu Shâ? Nein, um Gottes willen, das wollte ich nicht. Niemals. Ich wollte ich bleiben, für immer und ewig. Aber wie?

Ja, genau, das war's: Ich musste ein neues Selbst kreieren. Ein Ich, das nie mehr die Kontrolle verlor. Das konnte doch nicht so schwer sein, oder? Klang eigentlich ganz simpel. Während ich so nachdachte, starrte ich unentwegt auf die Plastikflaschen, die auf Shâs Schreibtisch standen.

Als Erstes musste ich lernen, mich zu beherrschen. Wenigstens vor Shâ. Shâ war nicht klug genug, mit unbeherrschten Frauen umzugehen. Er fürchtete sich vor ihnen, weil er dachte, ihre Hysterie könne auf ihn abfärben. Also wandte er sich ab. Ja. Die Fassung verlieren, wütend werden, toben – all das gab es bei Shâ nicht. Also durfte es das bei mir in Zukunft auch nicht mehr geben.

Wieder fiel mein Blick auf seine Plastikflaschen. Wieso warf Shâ die Dinger nicht weg? Es hatten sich bereits vier Stück angesammelt. Die standen ihm beim Arbeiten doch sicherlich im Weg. Wieso bewahrte er sie auf? Störten sie ihn denn nicht? Oder bemerkte er sie einfach gar nicht?

Während ich die Plastikflaschen anstarrte, begann sich in mir das Gefühl zu regen, als bestünde zwischen mir und diesen Dingern eine elementare Verbindung. Hastig schaute ich weg. Blödsinn. Das war noch so eine Macke von mir: Ich glaubte, dass, wenn ich mich auf etwas ganz stark konzentrierte, sich automatisch eine tiefere Bedeutung offenbarte. Ich hatte absolut nichts mit den Plastikflaschen gemein. Sie waren mir rein zufällig aufgefallen und ich hatte sie eine Zeitlang angestarrt. Nichts weiter. Es gab keinerlei Berührungspunkte zwischen mir und ihnen. Was für eine Schnapsidee.

Und trotzdem waren sie mir aus irgendeinem Grund ins Auge gesprungen. Warum? Schließlich schauten wir uns ja nicht gegenseitig an. Ich schaute *sie* an, aber sie nicht *mich*. Es gab überhaupt kein *Wir*. Hier war ich – und da waren die Flaschen. So.

Lag es an dem Wein, den ich zum Essen getrunken hatte? Hatten mich die Plastikflaschen deshalb so in ihren Bann gezogen? Später, wenn ich wieder nüchtern und vernünftig über die Sache nachdachte, würde ich bestimmt zu dem Schluss kommen, dass ich gerade einen ziemlichen Mist zusammengesponnen hatte.

Mit dieser Überlegung ging ich ins Bett.

Auch heute mixte Shâ schon wieder seit den frühen Morgenstunden an seiner Musik rum. Um fünf musste er ins *Casa Noble*. Als ich ihn verabschiedete, fragte ich ihn mit süßlicher Stimme, ob ich nicht vielleicht mitkommen solle.

Er reagierte abweisend: »Triff dich zur Abwechslung mal mit deinen Freunden. Das wird uns beiden guttun.«

Was war denn jetzt los? Wieso Abwechslung? Weshalb sollte mir *Abwechslung* guttun? Hielt Shâ mich etwa für frustriert?

Heute war die Party von Kazus Freunden, von denen ich allerdings keinen kannte. Ohne große Lust hatte ich mich aufgerafft und Kana gefragt, ob sie mitkommen wolle. Wir hatten verabredet, gemeinsam hinzugehen. Wieso ging ich bloß auf eine Party von Leuten, die ich gar nicht kannte? Kazu selbst würde nicht mal da sein. War ich denn völlig plemplem? Musste wohl so sein. Das mit den Plastikflaschen war schon sehr merkwürdig gewesen …

Dingdong. Es klingelte.

Ich drehte mich um. Hatte Shâ was vergessen? Als ich mit klopfendem Herzen zur Wohnungstür ging, erkannte ich Kazus Gestalt durch den Spion. Als ich ihm öffnete, trat er unaufgefordert ein. Ich zog ein Gesicht, das meinen Widerwillen deutlich zum Ausdruck brachte.

»Hi.«

»Was ist?«

»Ich hab heute freigenommen, damit wir zusammen ins *Casa Noble* gehen können. Okay?«

»Ich bin noch nicht umgezogen. Du kannst ja schon vorgehen.«

»Ich warte, dann gehen wir zusammen.«

»Wenn ich dich in die Wohnung lasse, dann verstehst du das als Einladung, mich flachzulegen.«

»Du hast dich echt verändert, seit du mit Shâ zusammen bist. Vorher warst du viel netter.«

Kazu beäugte mich lüstern. Geiler Bock. Der glaubte wohl, ich würde ihn ranlassen. Ich hab einen Freund, du Vollidiot! Dass ich irgendwann früher mal mit dir gevögelt hab, war doch bloß, weil ich freien Eintritt ins *Casa Noble* haben wollte. Auf eine Wiederholung kann ich gerne verzichten. Alles klar? Botschaft angekommen? Ja, ja. Ich kann verstehen, dass du dir einbildest, ich würde dich auch wollen. Aber glaub das bloß nicht. Trottel!

»Übrigens, gestern waren Shâ und ich was trinken. Shâ hat dir bestimmt davon erzählt, oder?«

»Nee, hat er nicht.«

»Jedenfalls waren wir schon lange nicht mehr zusammen aus gewesen. Kennst du das *Sabu*? Da sind wir hingegangen. Yuna und ein paar andere Mädels waren auch da. Ich hatte ein richtig schlechtes Gewissen wegen Shâ. Er ist ziemlich mies drauf im Moment, das weißt du ja. Aber ich hab mich auch so ganz gut amüsiert.«

»Ich hab mich schon gewundert, warum er so spät von der Arbeit kommt.«

»Er war die ganze Zeit über richtig depressiv. Ist als Erster abgehauen.«

»Er verträgt nicht viel Alkohol. Er wird immer ganz tranig, wenn er trinkt«, sagte ich lachend. In meinem Innern krochen bereits die Maden hoch. Schlängelten und wuselten und krabbelten. Sie vermehrten sich so rasend schnell, dass ich jeden Augenblick explodieren würde.

Kazu erwiderte mein Lächeln. »Ups!«, rief er und langte in seine Jackentasche. »Oh, es ist Shâ!«

Mein Kopf zuckte unwillkürlich. Kazu hielt sich das Handy ans Ohr.

»Hi. Na? Ja, ich hab heute freigenommen. Yasu springt für mich ein, keine Sorge. Was? Noch nicht da? Kommt bestimmt gleich. Ich bin übrigens gerade bei euch, um Rin abzuholen. Wie? Na, hör mal. Ich bin doch nicht hergekommen, um sie zu vögeln. Ganz ruhig, Alter. Hä? Was?«

»Ist sie da?«

Shâs Stimme ertönte aus dem Telefon. *Ist sie da?* War ich damit gemeint? *Ist Rin da?* – war es das, was er wissen wollte? Ich beobachtete Kazus Mienenspiel. Worüber redeten sie? Shâs Stimme war zwar schwach vernehmbar, aber ich verstand nicht, was er sagte.

Plötzlich machte Kazu ein betretenes Gesicht und warf mir einen flüchtigen Blick zu. *Warte kurz*, bedeutete er mir mit einer Handbewegung. Dann ging er nach draußen, während ich wie angewurzelt stehen blieb. Entgeistert sah ich ihm nach und dachte: Es ist vorbei. Ganz bestimmt. Es ist aus. Mit mir.

»Ich hab's ihr schon gesagt«, hörte ich Kazu durch den Türspalt sagen. Ich war erledigt. Aus. Am Boden. Da konnte ich von jetzt an weiterexistieren. Ganz unten. Guten Tag, alle zusammen, ich strebe den Platz eins unter den Nieten an und brauche dafür Ihre Unterstützung. Bitte geben Sie Ihre Stimme für mich ab. Für mein nutzloses Ich. Für mein Ich, die Oberniete. Für die nutzlose Oberniete, die früher mal ich war …

Ja, ich war nutzlos. Von jetzt an würde ich mich nur noch mit Nutzlosem umgeben. Völlige Nutzlosigkeit. Vielleicht war das dumm. Aber diese Dummheit war bestimmt schön. Und wenn diese Schönheit bloß Einbildung war, was dann? Nein, ich hatte mich bereits entschieden. Bitte nicht stören!

Nutzlose Menschen sind kaputt. Kaputte Menschen sind Menschen, die sich Dinge einbilden. Weil sie sich diese Dinge einbilden, sind sie so kaputt. Je stärker ihre Einbildung wird, desto kaputter sind sie. Kaputt sein bedeutet, eine Kreatur zu sein, die von Einbildung lebt.

Während sich meine Augen mit Tränen füllten, griff ich mir an den Ausschnitt und rückte mein Dekolleté zurecht, damit das Tal zwischen meinen Brüsten genau mittig im V-Ausschnitt meines gerippten Oberteils lag.

Menschen, die nichts taugen, denken nur an ihren Ausschnitt. Sie sind geradezu besessen davon. Quetsch, knautsch – ich drückte sie noch mal zusammen. Mein Ausschnitt war schön. Ich schob mir sogar Fleisch von meinem Rücken nach vorn unter meinen BH. Dort ballte es sich zusammen, üppig, wunderbar. Eine perfekte Aussicht ins Tal.

Alle sollten im Anblick meines Ausschnitts versinken. Jeder sollte die Aussicht preisen. Vergesst die anderen Körperteile, ich brauche keine Bewunderung für mein Gesicht, mein Haar, meine Beine, meine Arme, meinen Geist, mein Herz, meine Seele. Einzig mein Dekolleté müsst ihr in Ehren halten. Dürft es nicht beschmutzen, niemals.

Ja, kaputte, nutzlose Menschen wie ich legten sehr großen Wert auf ihr Dekolleté. Über mein Dekolleté würde sich niemand lustig machen. Deshalb hatte ich es ja. Und falls doch jemand drüber lachte? Dann würde ich zurücklachen. Wenn mich eine junge Frau auslachte, würde ich zurücklachen. Sie war bloß eifersüchtig. Wenn mich eine alte Frau auslachte, würde ich zurücklachen. Sie war noch eifersüchtiger. Wenn mich ein junger Kerl auslachte, würde ich zurücklachen, weil ich wusste, dass er trotzdem einen Ständer gekriegt hatte. Wenn mich ein alter Knacker auslachte, würde ich zurücklachen, weil er in Wirklichkeit meine Brüste in den Mund stecken und an ihnen nuckeln wollte.

Wieso waren kaputte Menschen so fixiert auf ihr Dekolleté? Weil über ein Dekolleté niemand lachte. Und falls doch, dann konnte man ganz einfach zurücklachen. Man schafft sich ein Dekolleté, weil man die Macht will, die ihm innewohnt. Ich hab große Achtung vor dem Dekolleté an sich. Es ärgert mich, wenn jemand sagt, ich hätte ein hässliches Gesicht. Oder wenn mich jemand als kindisch und unreif bezeichnet, meine Frisur blöd findet oder meine Arme zu wabbelig. Da kann ich schon böse werden. Aber was mein Dekolleté betrifft, hab ich absolutes Selbstvertrauen. Auf mein Tal lasse ich nichts kommen.

Kazu kam nach seinem Telefonat wieder rein und machte ein ganz erschrockenes Gesicht, als er mich so völlig fassungslos an der Tür stehen sah.

»Shâ hat angerufen, weil er wissen wollte, wo ich bleibe. Er hatte gedacht, wir würden zur gleichen Zeit ins *Casa Noble* kommen wie er.«

Ich reckte meine Brüste vor. Ich wusste, dass Kazu sich niemals über mein schönes Tal beschweren würde. Das mochte ich an ihm. Ich weiß, ich bin ziemlich doof. Ein richtiger Vollidiot, weil ich mein Tal so wichtig nehme. Aber bitte, darf ich trotzdem?

»Was soll der Blick? Da kriege ich ja eine Latte.«

Ich reckte meine Brüste noch weiter vor. Er würde niemals etwas an meinem Tal auszusetzen haben. Er würde sich nie über sie lustig machen. Kazu war eben ein Trottel. Aber ich ein noch viel größerer.

»Im Ernst. Willst du, dass ich dich anfalle?«

Und noch ein Stückchen. Einen Moment später spürte ich etwas Kühles in meinem Ausschnitt. Kazus Hand. Ein einzigartiges Gefühl. Wie schön, dass ich meine Brüste hatte. Ich war nicht allein. Wie nutzlos und kaputt ich auch war, meine Brüste würden mich nie im Stich lassen.

Ich wurde von allen ausgegrenzt. Weggestoßen. Für blöd erklärt. Ausgelacht. Alle machten sich über mich lustig. Ich wusste es genau. Insgeheim zerrissen sie sich alle die Mäuler über mich. Niemand machte sich Gedanken, wie es mir dabei ging. So war es um mich bestellt. Sie schickten mich in die Verbannung. Setzten mich auf einer einsamen Insel aus und verhöhnten mich dann vom Festland aus. Zeigten mit dem Finger auf mich und lachten. Lachten, lachten, lachten. Pausenlos. Mutterseelenallein saß ich hier auf meiner Insel – nackt und schutzlos. Aber jetzt war es mir gelungen, Kazu hierherzulocken. Sollten sie nur alle über mich lachen. Beim Sex musste ich mir darüber nicht mehr den Kopf zerbrechen. Es reichte schon, wenn ich bloß an Sex dachte. Deshalb hatte ich die Macht meines Tals heraufbeschworen. Weil ich Sex wollte. Der Anfang war gemacht. Eine kalte Hand lag auf meiner Brust.

»Shâ hat mich gebeten, dir nicht zu sagen, dass wir gestern zusammen unterwegs waren.«

»Ich weiß.«

»Hast du mitgehört?«

»Hm.«

»Hat er wirklich gedacht, ich verrate dir nichts?«

»Er ist ein Idiot.«

»Ernsthaft.«

Ich war zwar ziemlich kraftlos, aber es reichte noch, um Shâ von meiner einsamen Insel aus zu verspotten. Meine Lippen streiften Kazus Wange und hinterließen dort eine pinkfarbene Spur, die sich über seinen Nacken immer weiter nach unten zog.

Ich krallte mich an ihm fest, als er versuchte, im Stehen in mich einzudringen. Dabei überkam mich plötzlich ein Gefühl von Nostalgie. Lag es vielleicht daran, dass ich keinen anderen Mann mehr gevögelt hatte, seit ich Shâ kannte? Vielleicht verzehrte sich meine Möse nach ein wenig Abwechslung. Nach einer anderen Form, einer anderen Größe, nach einem Fremdkörper. Wie es ihr wohl gefallen würde, dass ein anderer Schwanz als der von Shâ in sie eindrang? Tränen rannen mir die Beine herunter bis zu den Fesseln.

Kazu warf mich flach auf den Boden. Mein Becken drückte gegen die Dielen, dass sie quietschten und knarzten. Ich hörte das Geräusch seiner Stöße und dazu das Schmatzgeräusch meiner eigenen Feuchtigkeit, und schon lief mir noch eine Träne runter und noch eine. Es war alles so traurig, traurig, traurig. Es tat weh. »Was hat dieser schreckliche Kerl in mir zu suchen?«, schrie meine Möse mich an. »Was fällt ihm ein, mich so zu benutzen, mir so etwas Grausames anzutun?« Schluchzend flehte meine Möse um Gnade. »Sag ihm, er soll endlich aufhören! Bitte sag ihm, er soll aus mir verschwinden! Wenn er so weitermacht, dann kommt er noch in mir. Bitte, ich flehe dich an! Sag ihm, er soll nicht in mir kommen. Hörst du mich? Ich will nicht sein widerliches Sperma in mir. Ich bin ein heiliger Ort. Ein heiliger Ort, nur für Shâ! Er soll aufhören. Sag ihm, er soll sofort damit aufhören!«

»Halt die Klappe!«

Die Worte waren mir zwischen zwei Stöhnern rausgerutscht. Kazu sah mich leicht verwundert an, ließ sich aber ansonsten nicht bei seiner Arbeit stören.

Das nervt, sei still!, dachte ich wütend. Was soll das Gequassel? Hör endlich auf zu flennen! Du hast mir überhaupt keine Vorschriften zu machen, du blödes Ding! Verreck doch! Du kannst mich mal! Was reißt du die Klappe so auf? Krepier doch, du Scheißmöse! Was soll das Gerede über Moral? Liebe. Treue. Keuschheit. Was soll das? Alles Schwachsinn! Was fällt dir überhaupt ein, als Möse über Keuschheit zu faseln? Unverschämtheit. Bleib bloß auf dem Teppich, Fräulein, wenn du dich weiter so aufspielst, werd ich es mit der halben Stadt treiben: mit alten Knackern, mit Glatzköpfen, Männern mit verformten Schwänzen. Verstanden? Du bist nur eine blöde kleine Möse, nichts weiter. Selbst meine Titten haben mehr Macht als du. Ist der Kerl da etwa von deinem Anblick geil geworden? Vögelt er mich wegen dir? Na also. Gesicht und Titten kommen zuerst. Wenn du ganz alleine in der Gegend rumliegen würdest, käme überhaupt niemand auf die Idee, es dir zu besorgen.

Also gut, vielleicht war das ein wenig überspitzt formuliert. Natürlich gibt es Typen, die einfach irgendwo was reinstecken möchten. Wie bei einer aufblasbaren Puppe. Und es gibt Kerle, die gerne lecken. Aber Aufmerksamkeit erregen trotzdem zuallererst meine Brüste, mein Gesicht und meine Stimme. Wenn es darum geht, einen Mann aufzureißen, bist du vollkommen überflüssig. Zugegeben, ohne dich wäre ich aufgeschmissen. Aber ich finde, du solltest die Klappe halten, wenn jemand bei dir zugange ist. Du regst dich doch sonst nie so auf. Was soll auf einmal dieses Geflenne? Ist es so schlimm? Jetzt sei endlich still und tu, was ich sage.

»Das hättest du wohl gerne! Außerdem ekle ich mich bloß deshalb, weil *du* dich in Wirklichkeit ekelst.«

Wie bitte? Höre ich richtig? Was bildest du dir ein? Zum letzten Mal: Du bist eine Möse! Du hast kein Recht, mich anzupöbeln. Weißt du nicht mehr, wo dein Platz ist? Leidet hier jemand vielleicht ein klein wenig an Selbstüberschätzung? Wäre das möglich? Schwingst hier große Reden. Außerdem ekle ich mich gar nicht. Kein bisschen. Sicher, ich liebe Shâ abgöttisch. Aber auf immer und ewig? Will ich mein ganzes Leben mit ihm zusammenbleiben? Ja, eigentlich möchte ich das schon. Unbedingt sogar. Ich will für immer mit Shâ zusammen sein. Aber um zu überleben, muss ich erst mal diesen Typen hier vögeln, und dazu brauche ich dich. Wenn ich ihn widerlich fände, würde ich es doch gar nicht machen. Du hast also maßlos übertrieben. Du geilst dich doch bloß auf an diesem sentimentalen Quatsch – Liebe, Keuschheit und die ganze Sülze. Typisch Möse, solche romantischen Spinnereien. Hast du schon mal dein eigenes Gesicht im Spiegel gesehen? Monströs, kann ich dir nur sagen. Eine richtige Teufelsfratze. Ein Troll. Du siehst so schauderhaft aus, dass ich dir alle Haare abrasieren musste. Und selbst das hat nicht geholfen. Du bist hässlich wie die Nacht! Hässliche Wesen haben keine Macht. Du bist machtlos und unfrei, eine minderwertige Kreatur. Ich bin dir haushoch überlegen!

»Tu doch nicht so. Ich weiß genau, dass du es auch scheußlich findest.«

Jetzt ist es aber genug! Ich hab wirklich keinen Bock darauf, mit meiner eigenen Möse rumzudiskutieren. Kannst du nicht endlich die Klappe halten? Ich hab dir doch gesagt, dass ich es *nicht* scheußlich finde. Sonst hätte ich den Kerl längst runtergeschubst. Ich hätte ihm eine gescheuert und ihn rausgeschmissen. Ich finde es kein bisschen scheußlich, wie oft soll ich dir das noch sagen? Also, benimm dich gefälligst. Genug ist genug.

Nein, nein, du hast doch recht. Ich hasse es, ich hasse es

wirklich! Du hast recht. Es wäre viel besser gewesen, nicht mit ihm zu vögeln. Ich will das eigentlich gar nicht. Wirklich nicht. Es ist mir richtiggehend zuwider. Ich möchte mit keinem anderen Mann außer Shâ Sex haben, niemals. Aber ich muss es tun. Ich muss es tun, um zu überleben. Was soll ich denn sonst machen? Und ich muss es tun, um meine Beziehung zu Shâ zu retten. Wenn ich es nicht täte, würde ich sterben. Auf meiner einsamen Insel krepieren. Mutterseelenallein.

Ich möchte nicht sterben. Ich möchte überleben. Allein deshalb muss ich es tun. Ich liebe Shâ, und deshalb mache ich das alles mit. Aus Hoffnung. Ich muss es ertragen. Und dich kann ich nur bitten, es ebenfalls zu ertragen. Du musst gar nichts tun, einfach nur durchhalten. Nur noch ein Weilchen. Bitte, liebe Möse. Hörst du mich? Hallo? Dazu bist du doch da, oder?

»Du tust mir ja soooo leid!«, sagte meine Möse bloß.

Was fällt dir ein? Steck dir deinen Sarkasmus sonst wo hin! Was glaubst du, wen du vor dir hast?

Im diesem Moment spritzte Kazu auf meinem Bauch ab. Was, wenn Shâ jetzt nach Hause kam und uns sah? Aber das war nur ein reines Gedankenspiel. Shâ würde ganz bestimmt nicht kommen. Das wusste ich. Ich kannte seine Prioritäten. Die Musik stand bei ihm an erster Stelle. Als Nächstes kam sein Job und dann kam ich. Aber ich hätte nie gedacht, dass ihm eine Sauftour mit Kazu und ein paar Mädchen auch noch wichtiger war.

»Du kannst jetzt abhauen. Und wehe, du erzählst Shâ davon.«

Kazu, der noch auf dem Boden kniete, schaute zu mir hoch. Reue und Hass blitzten in seinen Augen. Aber dann machte sich ein verzücktes Lächeln auf seinem Gesicht breit. Ekstase. Das war's. Jeder springt dabei vorübergehend aus sich heraus. Ich selbst wäre auch gerne gesprungen, nur für einen Augenblick. Hätte meine Haut abgeschüttelt, die meinen Körper umspannte. Mein widerliches Selbst. Das war einer der Gründe, warum ich mit Kazu gevögelt hatte. Aber so weit war es nicht gekommen. Keine Ekstase für mich. Ich konnte nicht aus mir rausspringen, sosehr ich es auch wollte. Nicht mal für eine Sekunde diese schreckliche Haut abstreifen. Meine Seele unter den Arm klemmen und einen Satz in die Freiheit machen.

»Hallo, ich bin wieder da!«

Shâ war nach Hause gekommen. Zur üblichen Zeit. Ich hatte ihn bereits erwartet. Er wirkte nervös. Mit ängstlich huschendem Blick sondierte er die Lage.

»Na?«

Er schaute mich an wie ein herrenloser Hund. Er saß auf dem Sofa und hielt in einer Hand die Einkaufstüte umklammert. Ich wusste, was drinnen war: Schokoladen-Pfefferminz-Eiscreme. Als er gegangen war, hatte ich ihm nämlich gesagt, er solle mir welche mitbringen und es ja nicht vergessen, sonst würde ich sterben.

»Kazu-kun war hier?«

»Ja. Ich wollte nicht mit zu der Party gehen, also ist er alleine losgezogen.«

»Verzeih mir.«

»Was soll ich dir verzeihen?«

Was meinte er? Es kam mir vor, als hätte er sich zum allerersten Mal bei mir entschuldigt, was natürlich nicht stimmte. Dann wurde mir klar, wieso mir seine Entschuldigung so ungewöhnlich vorkam. Normalerweise sagte er nämlich immer nur »'tschuldigung« oder »Tut mir leid«. Und jetzt: Shâ, der mit gesenktem Kopf um *Verzeihung* bat.

Ich sah ihn an. Und meine Möse schwieg. Bis eben hatte sie mir noch in den Ohren gelegen: Ich liebe Shâ, ich will immer mit ihm zusammenbleiben, er soll sofort in mich eindringen, ich muss mich reinigen nach diesem widerlichen Arschloch, mit dem du es getrieben hast! Aber nun herrschte eisiges Schweigen. Sie machte den Eindruck, als wolle sie nie wieder mit mir sprechen. He, Möse. Was hast du? Sag schon, was ist los mit dir?

»Ich hab mir nichts dabei gedacht.«

»Wobei?«

»Bei der Lüge.«

»Verstehe.«

Verstand ich es? Was überhaupt? Dass er es nicht böse gemeint hatte? Eigentlich kapierte ich gar nichts mehr. Hatte keine Ahnung, worum es ging. Ich bin eben eine dumme Nuss. Dumm und völlig im Eimer. Ich quatsche mit meiner Möse!

»Es tut mir leid.«

»Was denn?«

Schweigen. Nicht nur die Möse schwieg, sondern ich und Shâ schwiegen auch. Na, Möse, was ist denn los? Du warst doch eben noch so munter. Wir haben uns angeregt unterhalten. Über meine ausufernde Liebe zu Shâ, dass man jemanden wie ihn einfach gernhaben muss, dass es mich traurig macht, ihn so über alle Maßen zu lieben – über all das haben wir gesprochen. Aber als dann der heißgeliebte Shâ schließlich aufkreuzte, warst du auf einmal mit Stummheit geschlagen. Wieso? Weshalb? Schämst du dich etwa? Wirst du rot? Hör auf damit. Wenn du rot wirst, könnte man das für Geilheit halten.

»Wenn ich dir die Wahrheit gesagt hätte, wärst du bestimmt wütend geworden, Rin. Du verstehst doch, warum ich gelogen hab, oder? Ich hab ja schließlich nichts Schlimmes gemacht, stimmt's? Lügen ist blöd. Aber wenn ich dich nicht angelogen hätte, wärst du sauer geworden.«

Shâs angsterfüllte Augen flackerten. Am liebsten hätte

ich die brennende Zigarette nach ihm geworfen, an der ich gerade zog. Das tat ich aber nicht. Ich war vernünftig. Weder heulte ich, noch keifte oder schrie ich, und nach Sterben war mir ausnahmsweise auch nicht zumute. Ich hatte mein Gleichgewicht bewahrt – und das hatte ich allein dem Fick mit Kazu zu verdanken. Alles wegen Shâ. Weil ich ihn so liebte. Weil ich wusste, dass Shâ hysterische Frauen nicht ausstehen konnte. Also hatte ich getan, was nötig war, um Hysterie zu vermeiden. Und es war mir gelungen. Ich war eine Heldin. Nicht wahr? Hörst du, Möse? Was ich getan hab, ist bewundernswert.

»Was ich getan hab, aber auch«, meldete sich meine Möse.

Aber natürlich. Du hast mir gehorcht. Um meines Gleichgewichts willen hast du dich ficken lassen, obwohl du es gar nicht wolltest. Du und ich – wir sind beide Heldinnen. Heroisch. Erotisch. Warum sagst du nichts? Ich hab doch nur Spaß gemacht. Jetzt lach doch mal! Hat eine Möse wie du keinen Sinn für Humor? Komm schon. Was hast du denn? Warum redest du nicht mehr mit mir?

»Rin, hast du gehört? Es tut mir leid.«

Ich schleifte den Mülleimer, der an der Tür stand, quer durchs Zimmer und stellte ihn vor Shâs Computertisch ab.

»Was machst du da?«, wollte er wissen.

Ich drehte mich nach ihm um, und ohne ihn aus den Augen zu lassen, warf ich die erste seiner Plastikflaschen in den Mülleimer. Shâs Blick wurde fiebrig. Augenblicklich schlug seine Nervosität in Gereiztheit um. Ich warf die zweite Flasche weg. Shâ kniff seine Lippen zusammen. Die dritte Flasche landete im Eimer. Shâ sah mich reglos an, ohne ein Wort zu sagen. Ich warf die vierte Flasche weg. Shâ wurde nicht wütend.

Reste von Tee tropften aus den Flaschen in den Eimer. Ich

ging in die Küche und kam mit einem großen Teller zurück. Shâ starrte mich wie gebannt an. Ich hob den Teller vor meine Brust. Shâ glotzte nur. Ein elektrischer Impuls schoss durch meinen Arm. Der Monitor zerbarst. Ich deutete mit der Hand auf mein Werk und neigte dabei den Kopf zur Seite, Shâ starrte und schwieg. Als ich das Laufwerk rausriss, quoll ein Gewirr von Kabeln hervor. Ich zerrte alles ins Freie. Shâ schaute mir unverwandt zu. Noch immer war er ganz ruhig. Ich riss das Kabelknäuel hoch in die Luft und schleuderte es dann zu Boden. Es gab einen dumpfen Knall, und Plastiksplitter flogen in alle Richtungen. Shâ schwieg immer noch und starrte. Mich. In. Grund. Und. Boden. Die Eiscreme war bestimmt schon geschmolzen.

Möse, was ist los mit dir? Bist du etwa gestorben da unten? He. Lebst du noch?

Das Haar zu einem Schneckendutt hochgesteckt, dazu eine riesige Sonnenbrille auf der Nase. Ein rückenfreies Trägertop und Hot Pants mit Netzstrümpfen. Meine Möse war in Bestform und mein Ausschnitt ebenso. Ein Ich in Maßanfertigung. Unsterblich. Gemacht, um in alle Ewigkeit zu tanzen. Heute eine Party, morgen eine Party und übermorgen noch eine. Doch jetzt gerade, in diesem Moment, war mein Körper ganz dem Wind ausgeliefert, der zwischen den Hochhäusern von Shinjuku fegte.

Ich rief Kana an und sagte unsere Verabredung für den Abend ab. Sie war sauer, aber das war mir egal. Ich war bereits auf dem Weg in den Club gewesen, aber dann hatte ich plötzlich einen Haufen Hundescheiße am Straßenrand liegen sehen, und schlagartig war es mit meiner Ausgehlaune vorbei gewesen. Das war alles. Oder vielleicht auch nicht. Vielleicht hatte ich von Anfang an keine Lust gehabt, zu der Party zu gehen, und die Hundescheiße bloß als Ausrede benutzt. Auf jeden Fall war mir die Lust gründlich vergangen. Ich sah mich nicht mehr imstande, überhaupt noch irgendwas zu unternehmen. In letzter Zeit war ich auf so vielen Partys und Veranstaltungen gewesen, und langsam machte sich der Schlafmangel bemerkbar.

Am besten, ich machte ein kurzes Nickerchen, überlegte ich, und betrat zu diesem Zweck die Karaoke-Bar *Byokko*. Gleich am Eingang fiel mir ein Notizbuch auf, das ich früher nie bemerkt hatte. Es war ein Gästebuch. *Ihre Eindrücke* stand auf dem Cover. Wie in einem billigen Stundenhotel. Glaubten die etwa, auf diese Weise mehr Besucher anzulocken? Ich hätte dem Geschäftsführer gerne einige Vorschläge gemacht, wie er seinen Laden in Schwung bringen konnte. Als ich in dem Buch blätterte, sprangen mir einige der Gästekommentare in die Augen: *Der Gin Tonic war fad* oder *Ich komme bald mit meinen Freunden wieder*.

Nur belangloses Zeug. Das machte mich ganz fuchsig. Dumm. Hohl. Der reinste Müll. Wie alles andere auch. Aber was waren das für Gedanken? Was ich als Müll bezeichnete – das war schließlich irgendwie auch mein Leben, oder? Tränen liefen mir über die Wangen, die so ausgezehrt waren, dass sich nicht mal mehr ein sarkastisches Lachen auf ihnen breitmachen konnte. Was war los? Warum war ich so traurig? Man heulte doch nicht, ohne zu wissen, weshalb. In meinem Leben gab es doch gar nichts, weswegen ich hätte traurig sein können. Selbst die Trennung von Shâ hatte mich nicht sonderlich berührt. Ich war über ihn hinweg. Momentan fühlte ich überhaupt nichts. Und trotzdem heulte ich. Warum? War ich wahnsinnig? Was wollte ich? Was wollte ich nicht? Wer war ich? Was war mein Problem?

Resigniert blätterte ich weiter, bis ich zu einer leeren Seite kam. *Scheißkotzpanik* schrieb ich ganz oben hin. Was sollte das nun wieder? Sinnloser ging es nicht. Ein Teil von mir hätte am liebsten laut losgelacht, aber irgendwie klappte es nicht. Also saß ich einfach nur da und starrte in hilfloser Verzweiflung auf die jetzt nicht mehr ganz leere Seite.

Die ganze Welt um mich rum spielte verrückt. Oder vielleicht war ich diejenige, die nicht mehr alle Tassen im Schrank hatte? Nein, bestimmt nicht. Ich war vollkommen ruhig. Ich weiß, es ist ein Klischee, aber die Geschwindigkeit, mit der sich die Welt manchmal verändert, versetzte mich in Staunen. Bis gestern Abend, als ich eingeschlafen war, war sie noch völlig in Ordnung gewesen.

Aber selbst in dieser neuen, verrückten Welt blieb Shinjuku Shinjuku. Die Scouts sahen aus wie immer und benahmen sich auch so. Trotzdem war da diese seltsame Gewissheit: Es hatte sich etwas verändert. Das hier war nicht mehr die Welt, die ich bisher wahrgenommen hatte. Misstrauisch, dass die Straße, auf der ich lief, sich jeden Moment in ein Trampolin verwandeln konnte, setzte ich ganz vorsichtig einen Fuß vor den anderen.

Als die Ampel auf Grün umsprang, wollte ich wie üblich losgehen, zögerte dann aber. Angenommen, nicht die Welt, sondern ich spielte verrückt – dann wäre es doch ziemlich gefährlich gewesen, meinem Gehirn, das mir signalisieren wollte, die Ampel sei grün, Glauben zu schenken. Gebeugt wie ein Läufer vor dem Start, schaute ich mich prüfend um. Ich sah die anderen Fußgänger loslaufen und lief mit. Plötzlich allerdings überfiel mich der Gedanke, dass all die Leute um mich herum Außerirdische in Menschenhaut sein könnten. Vielleicht waren sie unverwundbar, und ihre Körper kriegten bei einem Zusammenprall mit einem Auto nicht den kleinsten Kratzer ab. Vor lauter Unsicherheit geriet ich ins Stolpern. Angestrengt nach links und rechts spähend, ob die an der Ampel haltenden Wagen nicht doch gleich losbrausen würden, schaffte ich es irgendwie über den Zebrastreifen.

Bii bii bibibii, bii bii bibibii ... pii pii pipipii, pi pii pipipii ...

Eine merkwürdige Musik drang an mein Ohr. Ich war ganz verdattert. Sie schien aus der nächsten Parallelstraße zu kommen, und ich rannte den Geräuschen entgegen. Vor mir entfaltete sich eine unglaubliche Szene. Ich riss die Augen auf. Mit der Wahrnehmung der Welt, wie sie mir bis gestern erschienen war, hätte ich sie so beschrieben: In Kabukichô war der Karneval von Rio ausgebrochen. Frauen mit einer Haut wie Karamell tanzten Samba. Männer mit einer Haut wie Karamell spielten auf Trommeln, Flöten und anderen Instrumenten.

Bii bii bibibii! ... Bii bii bibibii! ...

Eine irre Energie lag in der Luft. Der Tanz war geradezu ekstatisch. Die Frauen waren halbnackt. Passanten sahen dem Treiben verwundert oder amüsiert zu, zeigten da und dort hin und flüsterten miteinander. Einige von ihnen mischten sich sogar unter das Gedränge und tanzten mit.

Wie hätte sich mein Ich von gestern wohl verhalten? Wäre ich nüchtern gewesen, hätte ich auf den Boden gespuckt. Hätte ich einen im Kahn gehabt, wäre mir von dem vielen Gold und den grellen Farben vermutlich kotzübel geworden. Aber da ich niemanden sah, der so reagierte, konnte das nur bedeuten, dass die Welt, wie ich sie kannte, tatsächlich nicht mehr existierte. An ihre Stelle war eine völlig durchgeknallte Welt voller Verrücktheiten getreten.

Ich drängte mich zwischen die karamellhäutigen Frauen und wackelte mit den Hüften. *Shakeshake ... shakeshake ... wackelwackel ...*

Der Samba-Rhythmus schoss mir sofort ins Blut. Vielleicht sollte ich nach Rio umziehen.

»Hey, hey! Yeah! Haha ...!«, johlte ich, was die Tanzenden um mich herum anheizte.

»Uiiiiii! Haha … haha … hahaha …! Hey!«, schrie ich immer lauter und peitschte die Stimmung damit noch mehr auf. Mit dem Gefühl, jeden Augenblick auseinanderzufleddern, falls der straff gespannte Faden in meinem Innern reißen würde, kreiste und schwang ich mein Becken, so wild ich nur konnte. *Shakeshake … shakeshake … wackelwackel …*

Je schneller der Samba-Rhythmus, desto ekstatischer wurde mein Hüftschwung. Aaah … meine Hüften … meine Hüften! Als schließlich auch der Rest meines Körpers zu summen und zu vibrieren begann, strebte die Musik ihrem Finale zu.

Bummbumm … bummbumm!

Jäh brach die Musik ab, und während ich in meiner letzten Pose verharrte, brandete mir ein Beifallssturm entgegen.

Dann ging es erneut los.

Damdam dadam! … Bongabonga chacha!

Oje, was sollte ich machen? Mein Becken rührte sich nicht mehr. Ich stand kurz vor dem Zusammenbruch. Ich verzog das Gesicht. Meine Hüften taten höllisch weh. Eine der Tänzerinnen neben mir ergriff meine Hand und ließ ihr Becken kreisen. Sah ganz so aus, als wollte sie mir den Samba beibringen. Als mein steifer Körper sich schließlich doch noch in Schwingung versetzen ließ, erhob die Frau ein lautes Kriegsgeschrei: »Hiiii … hey!« Sie baute sich vor mir auf und ließ ihre Schenkel wackeln. Ich wackelte ebenfalls. Dann drehte ich mich zu der Frau hinter mir um.

Damdam dadam! … wackel … shakeshake … wackel … damdam dadam! …

Nachdem ich mit allen abwechselnd getanzt hatte, brach ich aus der Reihe aus und lief beschwingt weiter. Die Leute schauten mich leicht irritiert an. Komisch. Das bisschen

Powackeln hätte eigentlich keine große Aufmerksamkeit erregen dürfen. Aber wie gesagt, die Welt war verrückt geworden. In dem Augenblick fiel mir auf, dass eine der Tänzerinnen mir eine fünfzig Zentimeter lange goldene Feder ins Haar gesteckt hatte, die jetzt über meiner Turmfrisur hin und her wippte. Wie peinlich! Beschämt blieb ich stehen und hörte auf zu wackeln.

Die goldene Feder in der Hand und den Samba-Rhythmus im Kopf, trottete ich zum *Casa Noble*.

Chachacha … chachacha … chachacha!

Ich lief die Treppe zum Club runter, als tanzte ich einen Mambo. Als der Türsteher mich begrüßte und mir die Tür aufhielt, schlug mir laut der Cha-Cha-Cha-Sound entgegen. Sogar in einer verrückten Welt gab es Tequila-Partys.

»Tequila! Hahaha …!«, rief ich durch den Lärm der johlenden Menge. Natürlich trug ich mich sofort auf der Teilnehmerliste für das Tequila-Turnier ein. Ich war kampfbereit. Mit Killerblick beäugte ich meine Gegner. Keiner konnte mir das Wasser reichen. Ich würde sie alle vernichten. Als abgehärtete Trinkerin hatte ich in null Komma nichts drei Männer und ein Mädel unter den Tisch gesoffen und kurz darauf das Finale erreicht. Keine Ahnung, wie viele Gläser ich inzwischen gekippt hatte. Mein letzter Gegner war der Barkeeper selbst, der bis eben hinter dem Tresen gestanden und ausgeschenkt hatte. Ich wollte schon protestieren und fragen, weshalb ein Barkeeper überhaupt an dem Wetttrinken teilnehmen dürfe, aber dann tänzelte ich einfach die Hüften schwingend auf ihn zu und schüttelte ihm die Hand.

Chachacha … chacha … chachacha …

Ich nahm das Schnapsglas vom Tisch.

Chachacha … chachacha … cha …

Ich schwenkte es vor meinen Lippen hin und her.

Chachachachachachacha …

Und leerte es in einem Zug. Dann warf ich es gegen die Ecke der DJ-Kabine, wo es klirrend zerbrach.

»Tequila-a! … Haha! … Yeah!«, schrie ich hoch zur Decke und wiegte meinen Körper. Aber als ich zur Seite schaute, sah ich meinen Gegner, der ebenfalls noch putzmunter war und angefangen hatte zu tanzen. Auch die Zuschauer, die unser Finale beobachteten, tanzten um uns herum. Ich sah das Mädchen, mit dem ich vorhin um die Wette getrunken hatte, in ihr Cocktailglas kotzen. Das Erbrochene sah aus wie Durchfall, und ihr rotes Getränk färbte sich schlagartig ockergelb. Dann sackte sie zu Boden.

Ich besann mich auf meine Aufgabe. Ich schnappte mir ein randvoll gefülltes Glas Tequila, hob es in die Höhe und ließ meinen Blick über die Tanzfläche schweifen. *Gluckgluck.* Weg damit. Mein Magen brannte.

»Es brennt!«, schrie ich gellend und schleuderte das Glas hinter meinem Rivalen auf den Boden, wo es in tausend Stücke zerbarst.

»Tequila! Feuer! Yeah … Aiyaiyaiyai!«

Ich schlängelte und wand mich. *Twist, twist, twist.* Mein Gegner tanzte ebenfalls. Warum hatte der Kerl nicht auch sein Glas zerschmettert? Typisch Barkeeper!, dachte ich, als mir der strenge Geruch von Kotze oder Scheiße oder was auch immer in die Nase stieg. Er kam aus der Richtung des Mädchens, das sich eben übergeben hatte. Ich goss noch drei weitere Tequilas weg, bis auch der Barkeeper aus den Latschen kippte.

»Gewonnen! Gewonnen! Ich bin die Siegerin!«, schrie ich, und mit einem Mal war auf der Tanzfläche die Hölle los.

»Heyhey! Heyhey! … Heyooo …!«, feuerte ich mich selbst an.

Es knirschte unter meinen Sandalen, als ich mir den Weg zur DJ-Kabine bahnte. Die Scherben der Gläser, die ich eben zerschmettert hatte. Als ich die Box erreicht hatte, griff ich mir das Mikro, was mir einen missbilligenden Blick vom DJ einbrachte.

Mich weit aus der Kabine lehnend, verkündete ich:

»Ich bin Gott!«

»Yeah!«, ertönte die vielstimmige Antwort durch den Saal. Für einen Moment lang durchzuckte mich ein Angstschauer. Ich atmete tief ein und hielt die Luft an. Die Musik hatte bereits von Mambo zu dem Stück gewechselt, dessen Refrain geht: *That's the way, aha-aha.* Es war ein unglaubliches Gefühl.

Was danach passierte, weiß ich nicht mehr.

Als ich wieder zu mir kam, lag ich überraschenderweise auf der Bank einer Sitznische. Weder Musik noch Stimmen waren zu hören. Als ich mir die Hand vor die trüben Augen hielt, schien sie zu leuchten. Ach. Wahrscheinlich sah das bloß so aus. Wieso hatte man mich nicht in die VIP-Lounge gelegt? Ich ließ meinen Blick über die menschenleere Tanzfläche schweifen, rappelte mich auf und schlurfte in Richtung Lounge. Als ich die Tür aufmachte, sah ich den Barkeeper, der das Mädchen vögelte, das sich vorhin die Seele aus dem Leib gekotzt hatte. Ich machte die Tür sofort wieder zu und beschloss, den Club zu verlassen.

Auf dem Weg zum Ausgang schaute ich mich noch mal um. Ich sah ein Mädchen, das sich aus der DJ-Box lehnte und laut »Ich bin Gott!« schrie, und für einen kurzen Augenblick schlüpfte ich aus meinem Körper in ihren. Meine Schultern bebten vor Freude und Ergriffenheit.

Ich nahm meine Tasche und schlängelte mich zwischen den Sofas und Tischen hindurch. Dabei stieß ich mit dem Fuß gegen das runtergefallene Mikrofon, beachtete es jedoch nicht, sondern lief einfach weiter zur Tür und dann raus auf die Straße.

SOMMER

16

Drei Monate nach dem Eintritt in die Oberschule wurde mir klar, dass ich sitzenbleiben würde. Da ich all die Jahre während der Grund- und Mittelschule ständig den Unterricht geschwänzt hatte, war dies das erste Mal seit langer Zeit, dass ich wieder ein reguläres Zeugnis bekommen hatte. Deswegen war es umso peinlicher, dass meine Zensuren so miserabel ausgefallen waren. Ich hatte die Schule unterschätzt. Wenn sie jemanden wie mich aufnehmen, hatte ich gedacht, dann kann sich bestimmt der letzte Idiot durchmogeln. Erst nach einer Weile hatte ich begriffen, dass es genau dieselbe Art Versetzungshölle war wie die ausländischen Lehranstalten. Nur ein Viertel der Schüler schaffte den Abschluss, ohne klebenzubleiben. Die Hälfte brach irgendwann ab oder wechselte auf eine andere Schule. Auch in meiner Klasse hatte bereits ein Viertel der Schüler aufgegeben, und es lag bestimmt nicht zuletzt an den leeren Reihen im Klassenzimmer, dass ich bereits kurz nach Beginn des ersten Halbjahres angefangen hatte, regelmäßig blauzumachen. Na ja. Natürlich nützte es nichts, die Schuld auf die äußeren Umstände abzuwälzen. An die für die Versetzung nötigen Punkte kam ich so auch nicht ran.

Entmutigt stopfte ich das Zeugnis in meine Tasche und legte mich auf den heißen Beton. Ich hatte das Gefühl, als würden Beine, Bauch, Arme und Kopf, all die Partien, die meine Shorts und das BH-Top nicht verdeckten, in der Hitze zu brutzeln anfangen. Ich schwitzte aus allen Poren, und der Geruch von dem Sonnenöl, mit dem ich mich mehrmals eingerieben hatte, stieg mir in die Nase. Lag es an der Sonne oder an dem Kokosnussduft, dass ich eine richtige Matschbirne hatte und keinen klaren Gedanken mehr fassen konnte? Nein, es war der Sommer an sich. Ich riss die Augen auf, als wäre ich ein Raubtier, das seine Beute erspäht hat, aber mir wurde sofort schwindlig von dem gleißenden Licht. Um mir die Sonne auf den Rücken scheinen zu lassen, rollte ich mich auf den Bauch. Von weit her hörte ich Stimmen. Endlich. Ich hob den Kopf und sah wie erwartet Kana und Moetto die Treppe hochkommen.

»Ihr seid spät dran.«

»Entschuldige vielmals. Übrigens, Mita-chan sucht dich.«

»Wieso?«

»Wegen dem Zeugnis, denk ich«, sagte Kana.

Bevor ich alleine aufs Dach der Schule gestiegen war, weil ich mir die Semesterabschlussrede des Rektors nicht hatte antun wollen, hatten wir uns gegenseitig unsere Zeugnisse gezeigt und uns kaputtgelacht. Immerhin, Kana hatte noch Hoffnung, versetzt zu werden. Mita-chans Gesicht erstand vor meinem inneren Auge: eine unförmige, vernarbte Visage, die aussah wie ein Stück Tofu. Fast konnte ich die warme, weiche Stimme hören, mit der er immer seine Vorträge hielt. Er klang wie eine Frau. Im Moment hatte ich überhaupt keine Lust, mich mit ihm abzugeben.

»Also … jetzt, wo das Halbjahr zu Ende ist, würde ich gerne mit dir über was reden …«, fing Kana an und setzte sich neben mich. Ich konnte sie gerade noch davon abhalten, in meine Tasche zu greifen, um sich das Sonnenöl rauszuholen.

»Komm. Lass uns in die Karaoke-Bar gehen«, sagte ich und zog mir schnell mein Tanktop über. Kana war beleidigt und maulte, sie wolle sich auch ein bisschen sonnen.

»Moetto! Du möchtest doch bestimmt lieber deine vornehme Blässe pflegen. Los, sag schon. Du willst auch zum Karaoke, oder? Mit deiner Anämie kippst du noch um, wenn wir länger hierbleiben.«

Ich faselte noch ein bisschen weiter vor mich hin, bis Moetto schließlich nickte. Kana gab sich geschlagen und stand auf.

Wir fuhren mit dem Lift nach unten. Als die Türen sich öffneten, tauchte Mita-chans Gesicht vor mir auf. Es wirkte viel gebräunter als bei unserer letzten Begegnung. Vielleicht lag das daran, dass ich seinen Unterricht eine ganze Woche lang geschwänzt hatte.

»Bis zum nächsten Halbjahr, Mita-chan!«, flötete Kana, woraufhin sein vernarbtes Gesicht sich einen Moment lang aufhellte. Aber sein Lächeln verschwand sofort wieder, als seine Augen unter ihren schweren Lidern mich erspähten.

»Hast du dein Zeugnis schon gesehen?«

»Natürlich.«

»Es ist nicht gut genug, das weißt du.«

»Hm.«

»Wenn du so weitermachst, schaffst du die Versetzung nicht.«

»Hm.«

Ich verspürte nicht den geringsten Drang, mit Mita-chan, der auf einmal ganz ernst geworden war, diese Art von Unterhaltung fortzuführen. Mir kam ein Satz in den Sinn, den ich vor einiger Zeit in einer Fernsehsendung aufgeschnappt hatte: *Die Kinder heutzutage sind so apathisch.* Über die Kinder heutzutage konnte ich natürlich nichts sagen, aber auf mich traf das voll und ganz zu.

Das von der Sonne erhitzte Blut brodelte durch meinen Körper. Ihr Licht hatte all meine Gedanken ausgelöscht. Die Sonne ist ein Dämon.

»Das kümmert dich wohl gar nicht?«

»Na ja.«

»Ich habe recht, nicht wahr? Es ist dir egal.«

»Ach …«

»In jedem Fall musst du im zweiten Halbjahr die Punkte aufholen, sonst bleibst du sitzen«, fuhr Mita-chan fort.

Ich rückte ihm ganz dicht auf die Pelle. »Wenn ich es mit Ihnen mache, würden Sie mir dann die fehlenden Punkte geben?«

»Was fällt dir ein!«

Ich winkte ihm zum Abschied und wir gingen los. Der Weg zur Karaoke-Bar war noch nie so lang gewesen wie heute.

»Wer will Bier? Will jemand Bier?«

Ich bestellte drei Bier, ohne die Antwort der anderen abzuwarten. Die abgestandene Luft, die aus der Klimaanlage geblasen wurde, stank nach Nikotin, aber das war immer noch besser als die stickige Hitze draußen. Es roch nach Kokosnuss. Kana zog die Nase kraus und zeigte anklagend auf mich. Ich setzte mich so hin, dass der Ventilator der Klimaanlage mich direkt anpustete, aber das führte nur dazu, dass sich der Duft meines Kokosnussöls im ganzen Raum verteilte. Kana kramte ihr Deo hervor und sprühte mich an.

»Hör auf! Ich stinke nicht!«, rief ich, aber Kana ließ sich nicht beirren. Immerhin, das Spray hinterließ eine angenehme Kühle auf der Haut.

»Ach ja, übrigens, was ich vorhin sagen wollte …«

»Stimmt, du wolltest was besprechen. Was gibt's denn?«

In dem Moment, als ich mich Kana zuwandte, bemerkte ich, dass Moetto stocksteif wurde. Die Stimmung hatte sich schlagartig um mehrere Grad abgekühlt, und mir schwante nichts Gutes. Hatte ich irgendwas Schlimmes verbrochen? Ich ließ mir mein Verhalten der letzten Zeit durch den Kopf gehen. Mir fiel absolut nichts ein.

»Was ist denn, bist du schwanger? Hast du versucht, dir das Leben zu nehmen?«

Irgendwie kamen meine Scherze nicht an. Mit ernster Miene schloss Kana die Spraydose.

»Rin, du weißt ja …«

Gerade als Kana zu sprechen angefangen hatte, kam der Kellner mit unserem Bier. Kana verstummte und klappte das Heft mit der Songliste auf, während Moetto umständlich unsere Handys und Zigaretten beiseiteräumte, um Platz für die Gläser zu schaffen. Leicht verwundert setzte ich mein Glas an die Lippen.

Sobald der Kellner verschwunden war, fuhr Kana fort.

»Was ich sagen wollte – es geht um Yama-chan …«

»Yama-chan? Was ist mit ihm?«

»Na ja. Moetto hat sich in ihn verliebt. Das hast du doch mitgekriegt, oder nicht?«

»Und? Ich hab nicht mit ihm geschlafen, falls du das meinst.«

»Wirklich nicht?« Das war Moetto. Sie klang wütend und musterte mich argwöhnisch.

»Ich hab einen Freund. Außerdem ist Yama-chan überhaupt nicht mein Typ. Wir waren nicht mal zusammen weg oder so. Was wollt ihr eigentlich von mir? Das ist doch eine ganz üble Unterstellung!«, rief ich und ruckelte nervös auf meinem Stuhl hin und her.

Moetto starrte mich hasserfüllt an.

»Wie kommt ihr darauf, mir so was anzuhängen? Was soll ich denn gesagt oder getan haben, dass ihr mich verdächtigt? Na los, was hab ich gemacht? Wie könnt ihr so einen Mist verbreiten? Wie seid ihr überhaupt darauf gekommen? Kana, ich hab doch sogar noch mit dir besprochen, wie wir Moetto und Yama-chan verkuppeln können. Ich stand voll hinter dir, wie immer. Also, was soll das Ganze?«

»Hinter mir stehen nennst du das? Du hast Yama-chan neulich geküsst!«

»Das war beim Ô-sama-Spiel! Seiji hat das so bestimmt, ich konnte nichts dafür. Außerdem haben wir nur einen Eiswürfel von Mund zu Mund weitergegeben, das war gar kein richtiger Kuss.«

Als ich es neben mir rascheln hörte, blickte ich zu Kana hinüber, die, obwohl sie das Thema angeschnitten hatte, weiter in der Songliste blätterte und ganz in ihre Lektüre vertieft schien. Hier saßen wir nun und versuchten, uns ernsthaft zu unterhalten, und sie sah aus, als wolle sie jeden Moment losträllern. Du hast damit angefangen! Dann hör mir gefälligst auch zu!, dachte ich bei mir, aber Kana würdigte uns keines Blickes mehr, als hätte sie mit der Angelegenheit nicht das Geringste zu tun.

»Aber ihr seht euch doch ständig, oder etwa nicht? Als ich ihn neulich getroffen hab, hat er nur von dir geredet.«

Was kümmerte mich das eigentlich? Ich war zu Unrecht beschuldigt, als Schlampe abgestempelt und obendrein mit Deo besprüht worden!

»Wir haben hin und wieder telefoniert. Das ist alles. Ich hab ihn übrigens nie angerufen, immer nur er mich.«

»Wieso hast du mir nicht gesagt, dass er hinter dir her ist? Du hast doch genau gewusst, dass ich in Yama-chan verliebt bin. Das war echt gemein von dir, Rin. Mich die ganze Zeit so zu hintergehen!«

»So war es doch gar nicht! Ich hab dir nur nichts erzählt, weil ich dich nicht verletzen wollte. Außerdem war ich in letzter Zeit kaum in der Schule, also gab es gar keine Gelegenheit, mit dir drüber zu sprechen. Ich hab dich nicht hintergangen. Ich wollte bloß nett sein.«

»Und wenn du die Schule geschwänzt hast! Das ist doch völlig egal! Du hättest mir eine E-Mail schreiben können.

Du bist ein hinterhältiges Stück. Du hast mich eiskalt reingelegt.«

So was Dämliches! Kana, die so tat, als ginge sie das alles nichts an. Moettos wutverzerrtes Gesicht. Und ich saß mitten zwischen ihnen und wusste nicht, was ich tun sollte. Allmählich wurde mir das alles zu blöd. Egal, egal. Mann, wie scheißegal mir das alles war. Aber wieso wurmte es mich dann so? Ich steckte mir eine Zigarette an. Besser. Das Scheißegal-Gefühl war zurück.

»Yama-chan hat sowieso eine Freundin.«

Kana hob den Kopf und sah mich an. Zuerst überrascht, dann sichtlich verärgert. Sie fand vermutlich, das gehörte nicht hierher. Moetto, die nicht rauchte, wirkte zunächst ganz perplex und schnitt dann, eingenebelt vom Qualm meiner Zigarette, eine angewiderte Grimasse. Aber nur kurz, dann sah sie auf einmal so aus, als sei sie den Tränen nahe. Ein wildes Mienenspiel. Hohe Schauspielkunst. Ich verfluchte sie innerlich, leerte mein Bierglas und drückte meine Kippe im Aschenbecher aus. Dann legte ich einen Tausend-Yen-Schein auf den Tisch, verstaute Handy und Zigarettenschachtel in meiner Tasche und stand auf, um zu gehen.

»He, Rin. Warte mal«, rief Kana.

»Ich schreib dir eine SMS!«, rief ich über die Schulter zurück und machte, dass ich wegkam.

Draußen ging bereits die Sonne unter. Auf der Straße wimmelte es von nervigen Passanten – kein Stück besser als die Köter, die ohne Scheu an den Bordstein kackten. Auf dem Asphalt klebten ausgespuckte zähe Kaugummis. Die Stadt sah aus wie immer, aber trotzdem überkam mich bei ihrem Anblick eine innere Leere. Weshalb lebte ich in dieser hohlen Welt? Wie hatte ich mich hierher verirrt? Ich kam mir vor wie ein wilder Affe, den man im Urwald gefangen und in einen Zookäfig gesperrt hatte.

Nach einstündiger Bahnfahrt kam ich in Saitama an. Ich ging zur Pachinko-Halle in der Nähe von Gatôs Apartment. Dort fand ich ihn dann auch. Er war gerade damit beschäftigt, am Spielautomaten die gewonnenen Silberkugeln in seinem Körbchen einzusammeln.

»Ich geh nicht mehr zur Schule«, erklärte ich ihm.

Da mir so viele Gedanken im Kopf rumschwirrten, hatte meine Aussage ziemlich beiläufig geklungen, so als würde ich nicht über mich, sondern über jemand anderen reden. Trotzdem waren die Worte selbst ganz und gar eindeutig: Ich wollte die Schule schmeißen. Gatô allerdings brummte bloß »Hm?« und fragte nicht weiter nach. Also suchte ich mir einen Automaten aus und setzte mich.

»Mist!«

Ich hatte es eigentlich leise sagen wollen, spürte aber sofort den Blick von Gatô auf mir, der zwei Plätze weiter saß. Was glotzt du mich so an? Dazu hast du überhaupt kein Recht. Du allein hast mich doch in diese Scheißlage gebracht! Jedem einzelnen Yen muss ich hinterherjagen, und das alles nur wegen deiner idiotischen Spielsucht! Verdienst so gut wie nichts und bist über beide Ohren verschuldet! Es war lächerlich, aber wegen diesem Pachinko-Freak war ich selbst drauf und dran, am Automaten die Nerven zu verlieren. Falls wir heute ohne Gewinn nach Hause gingen, hätten wir bis zu seinem nächsten Zahltag kein Geld, um unseren Lebensunterhalt zu bestreiten.

Hinter mir ertönte die Fanfare vom Kaiserlichen Pferderennen. Der alte Knacker, der seit Ewigkeiten an der Maschine hockte, hatte schon wieder einen Treffer gelandet. Das raubte mir endgültig die Lust am Spielen, und ich gab Gatô ein Zeichen, dass er zu mir kommen solle.

»Der frisst bloß meine Kugeln und spuckt nichts aus«, sagte ich ihm.

Gatô stellte sich hinter mich und beobachte eine Weile den Spielverlauf. »Okay, dann hör lieber auf«, sagte er und ging wieder an seinen Platz zurück. Ich hielt nach einem Automaten Ausschau, der vielleicht besser funktionierte, und beriet mich sogar mit anderen Stammkunden, aber bald hatte ich es satt und setzte mich in die Ruhezone, wo ich ein Buch las und zwischendurch ein paar SMS schrieb.

Ich war mir sicher, dass Gatô auch sein letztes Geld an diesen blöden Automaten verlieren würde. Es war erst eine Woche her, seit ich die Schule abgebrochen hatte und mit Gatô zusammengezogen war, aber mir war bereits jetzt sonnenklar, weshalb er diesen ungeheuren Berg Schulden hatte und trotzdem immer weiter spielte: Er war süchtig. Genauso klar war mir, dass ich im Laufe unseres Zusammenlebens selbst allmählich jegliches Gefühl für Geld zu verlieren drohte. Der Typ tickte nicht richtig. Das musste ich mir Tag für Tag aufs Neue bewusst machen, wenn ich verhindern wollte, dass seine Wertvorstellungen vollends auf mich abfärbten. Von seinem Einkommen, das zweihunderttausend Yen betrug, blieb nach Abzug von Miete, Strom- und Heizungskosten, Telefongebühren und den Raten an die Gläubiger nur noch ein Viertel übrig. Deshalb, sagte er, sei es das Klügste, zuerst den Gesamtbetrag zu vermehren, bevor wir die Unkosten bezahlten. Gatô war so durchgeknallt, dass er tatsächlich jeden Monat diese beschissene Idee in die Tat umsetzte. Zumindest versuchte er es. Sobald ich mir seines Wahnsinns nicht mehr bewusst war, würde ich so enden wie er.

Ich streckte mich auf der Bank in der Ruhezone aus und schloss die Augen. Der ohrenbetäubende Lärm des Euro-Beat, der aus den Lautsprechern schallte, ließ meinen Geist nicht zur Ruhe kommen. Vor lauter Nervosität öffnete ich die Augen wieder einen Spaltbreit und sah Gatô, der auf mich zugestürmt kam. Komisch. Will er etwa schon nach

Hause?, fragte ich mich verwundert und richtete mich halb auf. In diesem Augenblick spürte ich einen heftigen Schlag auf den Kopf.

Ich war völlig verdattert. So verdattert, dass ich kein Wort rausbrachte. Gatô starrte mit hasserfülltem Blick auf mich herab. Ich …? Was denn? Hab ich was angestellt?, versuchte ich zu sagen, aber meine Stimme hatte sich verabschiedet. Meine Lippen formten stumm die Worte, begleitet von wirren Gesten. Gatô sah mich weiterhin voller Abscheu an und deutete mit dem Kinn in Richtung der Maschinen draußen.

»Der Automat, an dem du gesessen hast, gewinnt andauernd!«

Und deshalb musste er mir eine runterhauen? Ich kapierte das nicht. Ich hatte aufgehört, weil ich gedacht hatte, der Automat würde nichts mehr ausspucken. Das hatte ich ihm gesagt, und es war nicht mal gelogen gewesen. Außerdem hatte er mir doch selbst geraten, nicht weiterzuspielen. Stocksauer ging ich zu der Maschine rüber, an der ich vorher gesessen hatte. Irgendein alter Stinker ließ gerade einen ganzen Schwall Kugeln in seine Schale kullern.

So eine verdammte Scheiße! Und das Schlimmste war gar nicht mal die Tatsache, dass ich kurz vor der Gewinnausschüttung aufgehört hatte zu spielen, sondern dass Gatô deswegen garantiert eine Woche lang, vielleicht sogar einen Monat oder für den Rest meines Lebens, auf mir rumhacken würde. Der Kerl war widerlich. Schmieriger, schleimiger und klebriger als ein Reiskuchen. Allerdings musste ich einräumen, dass wir uns heute ein Essen im Yakiniku-Restaurant hätten leisten können, wenn ich am Automaten geblieben wäre. Wir hatten schon seit Ewigkeiten kein Fleisch mehr zwischen die Zähne gekriegt. Ich dachte an das lecker gegrillte koreanische Rindfleisch in dem Lokal hinter der Pachinko-Halle, und mir lief das

Wasser im Mund zusammen. Mist, ich hatte einen Mordskohldampf!

Als wir den Spielsalon verließen, belief sich unser gemeinsames Bargeld auf dreihundertundzwanzig Yen. Bis Gatô das nächste Mal seinen Lohn bekam, würden wir noch drei Wochen warten müssen. Mir fiel ein, dass unser Reisvorrat zur Neige ging, ich weigerte mich aber, deshalb in Panik zu verfallen. Auch ohne Geld würden wir uns irgendwie durchschlagen. Immerhin bekam Gatô bei seiner Arbeit im Pachinko-Salon täglich ein Mittagessen. Verhungern musste er also nicht. Ich selbst konnte mir das ärgste Hungergefühl vertreiben, indem ich viel Kaffee und Wasser trank und etwas Milchpulver aß. Manchmal, wenn ich Glück hatte, brachte Gatô mir abends den Rest von seinem Mittagessen mit.

Wir führten zwar ein ziemlich asketisches Dasein, aber mit heldenhafter Entsagung hatte das nichts zu tun. Dass wir ständig Hunger hatten, lag einzig und allein daran, dass wir uns nicht von der Illusion trennen konnten, irgendwann auf einen Schlag das große Glück am Automaten zu machen. Ich ertrug dieses Dasein. Wie jemand, der lief und lief und lief, ohne zu wissen, wohin, hielt ich einfach durch. Nein. Eigentlich wusste ich ganz gut, wohin die Reise ging, ich tat bloß so, als hätte ich keine Ahnung. Typisch für mich.

Ich ignorierte Gatôs gehässige Bemerkungen auf dem Heimweg. Zu Hause leckten wir abwechselnd Würfelzucker und Salz. Er meinte: Salz, Salz, Zucker, Salz, Salz, Zucker – in der Reihenfolge würde es am besten schmecken. Nein, widersprach ich: Zucker, Salz, Zucker, Salz – das sei viel einfacher und genauso lecker. Aber eigentlich war es mir vollkommen egal, daher kam diese sinnlose Diskussion rasch zum Erliegen. Überhaupt versiegte ein Gespräch mit Gatô immer ziemlich schnell. Er war von Natur aus maulfaul, und am Anfang, als wir uns gerade kennengelernt hatten, hatte ich mich immer gefragt, was wohl in seinem Kopf vorging. Ich wette, es war nichts anderes als *Ach, wie gerne würde ich jetzt am Automaten spielen … Die Maschine hier, die ist gut … Mein Magen knurrt … Von wem könnte ich mir Geld borgen? …* Gatô war nicht gerade der Typ, der sich über abstrakte Sachverhalte Gedanken machte oder über den Untergang des Planeten Erde, das Mysterium des Lebens und die Unendlichkeit des Universums philosophierte.

Ich hatte Gatô über eine Freundin kennengelernt. Als ich zum ersten Mal mit ihm Sex hatte, entdeckte er die Narben an meinem Handgelenk und sagte, er würde nicht zulassen, dass das noch mal passierte. Na ja, eigentlich hatte mich ja niemand gezwungen, an meinen Armen rumzuschnippeln. Es war auch kein Hilfeschrei gewesen oder eine dämliche Selbstverstümmelungsaktion, mit der ich jemanden erpressen wollte. Diese Gedanken waren mir damals durch den Kopf gegangen, aber trotzdem hatte ich genickt, bevor ich mein Gesicht an seiner Brust vergrub. Ich hatte einfach Lust dazu gehabt, nichts weiter.

Damals hatte ich geglaubt, mit einem Typen wie Gatô wäre das Leben einfacher. Das war ein Irrtum gewesen, aber ich fand trotzdem, dass so ein Dasein in Armut auch seine Vorteile hatte. Die einzige Sorge, mit der man sich rumschlagen musste, war, was es morgen zu essen geben würde. Wenn der Magen knurrt, ist das Denkvermögen eben herabgesetzt. Manchmal wunderte ich mich über mich selbst, weil ich beharrlich an dem Glauben festhielt, der morgige Tag würde sich schon irgendwie von selbst regeln. Aber auf genau diese Weise hatte ich die letzten zwei Monate zugebracht, seit ich bei Gatô eingezogen war.

Ein Rascheln in meiner Nähe weckte mich. Mann, hab ich einen Hunger, war mein allererster Gedanke.

Neben mir fluchte Gatô: »Mist!«

Als ich zu ihm hinschaute, sah ich, wie er sich gerade in die Ärmel seiner Dienstjacke zwängte. In der schlecht besuchten Pachinko-Halle trugen alle Angestellten ausrangierte Kansai-Yamamoto-Uniformen. Vermutlich war er spät dran. Ich rappelte mich auf und sah ihm, gegen die Wand gelehnt, dabei zu, wie er sich fertig anzog, dann Handy, Portemonnaie und Schlüssel einsteckte und ging. Ohne sich zu verabschieden. Auch wenn er sonst den Mund nicht aufkriegte – das wäre doch wohl nicht zu viel verlangt gewesen! Ich legte mich wieder hin. Kaum lag ich, füllten sich meine Augen mit Tränen. Es war so traurig, wie ein Nichts behandelt zu werden, selbst von einem Kerl wie ihm. Er mochte zwar ein Versager sein – und das war er zweifellos –, aber trotzdem: Er war nun mal mein Freund. Der Mann, um den sich mein Leben drehte.

Während mir allerlei Zeug durch den Kopf ging, knurrte erneut mein Magen. Ich klappte die Augen zu, aber es war zu schwül, um noch mal einschlafen zu können. Ich überlegte kurz, ob ich die Klimaanlage einschalten sollte, aber dann fiel mir ein, dass Gatô mir immer sagte, das würde bloß die Stromkosten in die Höhe treiben. Man brauchte nur lange genug im Bett liegen zu bleiben, dann würde man schon müde werden. Am liebsten hätte ich mich gar nicht an seine Worte erinnert. Ich rollte mich zusammen und schlief wieder ein.

Diesmal wurde ich von warmen Sonnenstrahlen geweckt, die durch die Jalousien hindurch ein Streifenmuster auf mein Gesicht brannten. Als ich aufstand, packte mich ein Hungergefühl, das endgültig nicht mehr zu verdrängen war. Mir fiel ein, dass sowohl Kaffeeweißer als auch Zucker fast alle waren, und ich überlegte mir, was ich an Essbarem auftreiben konnte. In meinem Portemonnaie waren noch zweihundert Yen. Es musste also billig sein. Und sättigend.

Toastbrot vielleicht. Aber als ich an die halbstündige Fahrradtour zum Supermarkt am Bahnhof dachte, schwanden mir fast die Sinne. In meinem Zustand war es ratsamer, sich so wenig wie möglich zu bewegen. Ich durfte meine Energie nicht vergeuden.

Als ich die Jalousie zurechtzupfte, fiel mein Blick durch die Lamellen auf das verwahrloste Fabrikgelände hinter dem Haus. Den Schock, als ich die Gegend zum ersten Mal gesehen hatte, würde ich nie vergessen. Ich hatte mir im Traum nicht vorstellen können, dass ich mich jemals an einen Ort, der nur von Fabriken und Ackerland umgeben war, gewöhnen würde. Aber ich hatte mich daran gewöhnt. Eigentlich erschreckend, wie leicht man sich mit solchen Gegebenheiten abfand.

Nachdem ich zum Frühstück zwei Teelöffel Kaffeeweißer gegessen hatte, ging ich auf den Balkon raus, um die trockene Wäsche abzunehmen. In der grellen Sonne brach mir der Schweiß aus. Nachdem ich die Doppeltrommel der Waschmaschine mit einer neuen Ladung gefüllt hatte, flüchtete ich ins Zimmer zurück und trank ein Glas Zuckerwasser, bevor ich mit dem Saubermachen anfing. Seitdem ich mit Gatô zusammengezogen war, empfand ich Hausarbeit wie Waschen und Putzen als reines Zuckerschlecken. *Zuckerschlecken*? Musste am Hunger liegen. Heute spukten mir Wörter im Kopf rum, die mir sonst nie in den Sinn kamen. Hmmm, was würde ich jetzt für ein Stück Fleisch geben!

»Mach dich fertig!«

»Was …?«

»Na los, wir gehen aus.«

»Wohin denn?«

»Mach dich einfach fertig. Ich bin in zehn Minuten da, warte draußen auf mich.«

Das war alles, was Gatô sagte, bevor er auflegte.

Ich war immer noch ganz besessen von meinem Verlangen nach Fleisch, aber trotzdem ahnte ich bereits, was Gatô vorhatte. Garantiert wollte er in die Pachinko-Halle. Gatô war nicht der Typ Mann, der sich je zu irgendwas anderem verabreden würde. Aber wo kam das Geld her? Er musste sich ein paar Scheine geliehen oder einen neuen Kredit aufgenommen haben. Oder aber er hatte für jemanden am Automaten gespielt und gewonnen. Nein, das ging nicht, seine Frühschicht war noch nicht zu Ende, also hatte er gar keine Zeit dazu gehabt. Er musste sich was geliehen haben. Die Vorstellung bedrückte mich. Dann aber machte mein Herz einen hoffnungsvollen Hüpfer, als ich mir vorstellte, dass ich heute vielleicht doch noch zu einem Stück Fleisch kommen würde.

Als Gatô, der auf dem Beifahrersitz eines mir unbekannten Wagens saß, mich vor dem Apartment hockend entdeckte, deutete er stumm auf die Rückbank. Nachdem ich hinten im Auto Platz genommen hatte, fuhren wir los.

»Das ist Isumi-san, unser Manager«, stellte er mir seinen Begleiter vor.

Ich begrüßte ihn mit einem knappen »Hallo« und versank dann in Schweigen. Gatô gehörte nicht zu den Menschen, die sich darum bemühten, andere in eine Unterhaltung mit einzubeziehen. Er hatte mir nicht gesagt, zu welchem Spielsalon wir fuhren, aber der Unterhaltung zwischen den beiden entnahm ich, dass wir ins *Max 2* unterwegs waren. Ich rauchte und ließ ihr Gespräch an mir vorbeirauschen. An der Art, wie Gatô mit dem Fahrer redete, erkannte ich, dass es sich bei ihm um seinen direkten Vorgesetzten handeln musste. Der Aschenbecher war aus irgendeinem Grund voll mit Ein-Yen-Münzen, deshalb schnippte ich die Asche aus dem Wagenfenster.

»Isumi-san, ich glaube, Sie sind der Einzige, der diesen Automaten mag.«

»Ich habe mal einhundertfünfzigtausend Yen gewonnen. Seitdem schwöre ich auf ihn. Er bringt mir Glück.«

»Das hat nichts mit Glück zu tun. Automaten gehorchen Wahrscheinlichkeiten.«

»Ihr jungen Leute legt viel zu viel Wert auf Serien. Das Wichtigste beim Pachinko ist Leidenschaft, glühende Leidenschaft!«

»Ja, Sie glühen wirklich, Isumi-san!«

»Ha!« Mein dreckiger Lacher ging glücklicherweise im lauten Klang des Radios unter. Ich blinzelte in den Fahrtwind, der durchs offene Wagenfenster reinwehte, und schnippte meine Kippe in Richtung eines Toyota Crown auf der Gegenfahrbahn. Leider verfehlte sie ihr Ziel und landete auf dem Asphalt.

Die ganze Zeit über hatte ich schweigend im Wagen gesessen, und als wir im *Max 2* ankamen, durfte ich nicht mal spielen. Ich wusste nicht, wie viel Geld Gatô sich geliehen hatte, aber für uns beide schien es nicht zu reichen. Wieso hatte er mich überhaupt mitgenommen? Er redete kein Wort mit mir, und mitspielen durfte ich auch nicht. Wortlos nahm er vor einem Automaten Platz. Ich zog schweigend ab und trottete zum Ruhebereich. Ich verbrachte die Zeit damit, Freunde anzurufen oder SMS zu schreiben. Zwischendurch las ich in dem Buch, das ich vorsorglich eingesteckt hatte – ich musste wohl geahnt haben, was mir bevorstand. Irgendein Typ, der auch in der Ruhezone rumlungerte, baggerte mich an. Er solle es doch das nächste Mal versuchen, wenn mein Freund nicht dabei war, sagte ich ihm. Ich rauchte eine Zigarette nach der anderen, bis Gatô sich drei Stunden später endlich blicken ließ.

»Ich bin am Gewinnen!«, lachte er und verschwand gleich wieder, nachdem er mir eine Dose mit Eiskaffee in die Hand gedrückt hatte. Ich hielt mir das kühle Getränk an die Wange und blickte auf mein Buch hinab, das ich auf der Sitzbank abgelegt hatte. Wenn man mit einem Versager wie Gatô zusammen ist, kann einen sogar ein Eiskaffee freudig stimmen, dachte ich. Aber das konnte ich auf keinen Fall zum Maßstab machen. So leicht war ich nicht rumzukriegen. Schließlich hatte er mich richtig mies behandelt. Das durfte ich keinesfalls vergessen. Am Kaffee nippend, drückte ich meine Kippe aus und beantwortete eine SMS, die ich soeben von einer Freundin erhalten hatte. Mannometer, war das alles öde.

Bis zum Ladenschluss um zehn Uhr saß ich fest. Gatô hatte zwanzigtausend Yen erspielt, wirkte aber trotzdem unzufrieden.

»Ich war gerade voll drin!«, fauchte er verärgert an der Wechselbude für Sachgewinne. Isumi hingegen, der fünfzigtausend gewonnen hatte und damit mehr als glücklich war, bedachte ihn mit einem milden Lächeln und lud uns zum Barbecue ins Yakiniku-Restaurant ein. Wieder kletterten wir in seinen Wagen.

»Das gefällt mir«, freute sich Isumi, als er sah, wie ich mir ein riesiges Stück Fleisch in den Mund schob und genüsslich kaute. Reis? Gemüse? Kimchi? Auf die Beilagen konnte ich verzichten. Ich blieb beim Jô-Karubi und dem eingelegten rohen Hackfleisch. Nachschub bitte nicht stoppen!

»Ich mag Frauen mit einem gesunden Appetit. Die sind mir viel lieber als Weiber, die ständig auf ihre Linie achten.«

Er grinste mich lüstern an und sah weiter zu, wie ich mir mit dem köstlichen Fleisch den Bauch vollschlug. So ein Arsch. Mir verging fast der Appetit von seinem Gegaffe, aber auch nur fast. Ich grinste zurück und nahm mir ein weiteres Rippchen von der Grillplatte.

»Egal, wo wir hingehen, die frisst immer nur Fleisch«, bemerkte Gatô.

»Das macht doch nichts. So dünn, wie sie ist.«

»Oberpeinlich.«

»Sollen wir noch eine Platte bestellen?«, fragte mich Isumi und ignorierte Gatôs abfällige Bemerkung. Gatô verfiel in dumpfes Brüten. Ich spülte die fetttriefenden Rippchen mit einem großen Schluck Bier runter und sagte: »Ja! Diese Spezialität aus Hiroshima«, während ich mit der Speisekarte hantierte und gleichzeitig die Träger meines Tops zurechtschob, die mir über die Schultern gerutscht waren. Isumi war sehr zufrieden mit sich. Er winkte die Bedienung herbei, um noch drei Portionen zu bestellen. Ich streckte meine Hand nach dem letzten Stück Fleisch auf dem Grill aus. Als ich sah, dass es ein Kammstück war, entschied ich mich anders und hielt mich stattdessen an das koreanische Hack.

Ist ja nicht mein Geld. Nicht mein Geld! Isumis Geld. Das Geld von Gatôs Boss. Je öfter ich das im Kopf vor mich hinsagte, desto besser rutschte das Zeug runter. Besonders das köstliche Kalbi aus Hiroshima, das kurz danach serviert wurde.

Auf der Rückfahrt zu unserem Apartment saß ich auf dem Beifahrersitz. Ich hatte schon auf die Rückbank klettern wollen, als Isumi sich mit seinem komischen Gesicht, das aussah wie ein Schwanz mit Ohren, zu mir umgedreht und mich aufgefordert hatte, vorne neben ihm Platz zu nehmen. Ich schielte zu Gatô hinüber. Er war eindeutig sauer, erhob aber keinen Einspruch. Die Fahrt dauerte eine geschlagene halbe Stunde, und die ganze Zeit über spürte ich, wie es hinter mir brodelte, während ich gleichzeitig Isumis blöde Zoten über mich ergehen lassen musste.

»Ich bin ganz heiß auf eins der Mädels aus dem Pink-Salon in Ikebukuro.«

»Oje, Isumi-san. Sie sind ja ein richtiger Perversling!«

»Großartige Technik. Du solltest ein paar Stunden bei ihr nehmen.«

Was bildete sich dieser alte Schlabbersack eigentlich ein? Mir zu sagen, ich solle mir von irgendeiner Drecksnutte aus dem Oralsex-Puff Nachhilfe geben lassen! Und Gatô verstand ich auch nicht mehr: Er saß mucksmäuschenstill da hinten rum, als wäre er gar nicht anwesend.

»Ich? Wohl kaum. Ich bin gut genug, so was hab ich nicht nötig.«

»Stimmt das? Wie gut ist sie denn?«, erkundigte sich Isumi mit einem dreckigen Lachen bei Gatô, der nur ein undeutliches Grummeln von sich gab. He! Warum sagt du ihm nicht, wie gut ich es dir besorge? Dass ich die allerbeste Technik der Welt hab? Gatô und sein bescheuertes Schweigen gingen mir langsam echt auf den Wecker.

»Wie fändest du es, wenn deine Freundin die Pink-Salon-Queen von Ikebukuro wäre?«, fragte Isumi. »Wenn ihre Blowjobs die besten des ganzen Hauses wären?«

Allmählich fand ich Isumis Benehmen richtig erfrischend. Zumindest im Kontrast zu Gatô, der bloß wie ein verschämtes Mädchen »Niemals!« murmelte und sich dabei ein Lächeln abzwang.

»Dann müssten Sie aber jedes Mal nach mir verlangen, wenn Sie hingehen.«

»Genau! Ich werde Ihr Stammkunde!« Er schien richtig zu frohlocken.

Schließlich erreichten wir unser Apartment und winkten Isumi-san zum Abschied zu. Schweigen breitete sich zwischen uns aus. Ohne ein Wort betraten wir die Wohnung. Wenn wir allein waren, war Gatôs Anwesenheit für mich irgendwie dünn wie Luft. Oder war es andersrum? War ich vielleicht Luft für ihn?

»He, du …«

»Hm?«

Ich hatte nicht damit gerechnet, dass er mich so direkt ansprach, und dementsprechend überrascht war ich. Normalerweise leitete er seine Sätze nicht durch eine Anrede ein, sondern sagte einfach: »Lass mir ein Bad ein!« oder »Ich geh ins Bett.«

»Was ist denn?«, fragte ich.

Gatô funkelte mich hasserfüllt an. »Die Art, wie du dein Essen in dich reinstopfst, ist echt widerlich.«

Was sollte das nun wieder? Das war doch glatt gelogen! Sein Boss war dabei gewesen, also hatte ich beim Essen peinlichst genau darauf geachtet, meine Stäbchen ordnungsgemäß zu halten und fein säuberlich auf der Serviette abzulegen, wenn ich sie nicht brauchte. Ich hatte nie mit ihnen auf Leute gezeigt. Ich hatte nicht mit offenem Mund gekaut. Und jetzt beschimpfte er mich und bezeichnete meine Art zu essen als widerlich. Dabei redete er doch selbst andauernd mit vollem Mund und schmatzte bei jedem Bissen. Er leckte sogar seine Stäbchen ab und legte sie auf seine Essschale! Ich war empört, ließ mir aber nichts anmerken.

»War es wirklich so schlimm?«

»Ja. Und schleim fremde Leute gefälligst nicht so an.«

»Anschleimen? Ich war doch bloß nett zu ihm. Glaubst du, mir hat das Spaß gemacht?«

»Du sollst dich einfach anständig benehmen! Stattdessen redest du nur Mist und führst dich auf wie eine billige Schlampe. Als wärst du leicht zu haben.«

»Was ist denn schlimm daran, wenn ich freundlich zu deinem Boss bin?«

»Masudas Frau würde sich niemals so aufführen wie du.«

Ach – der alte Fettkloß. Wenn die anfinge zu flirten, würden doch alle sofort in Deckung springen. Außerdem *war* ich gar nicht leicht zu haben. Ich hatte bloß so getan.

»Das ist alles Isumi-sans Schuld. Er hat mich angegraben. Eine fremde Frau. Wie wär's, wenn du ihm das mal sagst? Dass er deine Freundin gefälligst nicht sexuell belästigen soll!«

Gatô glotzte mich an. Seine Augen waren blutunterlaufen und blitzten vor Zorn. Dann trübte sich sein Blick. O ja, er war sauer. Er kochte förmlich.

»Ich will nicht, dass du so mit meinen Kollegen oder Freunden redest. Punkt.«

Ich stierte ins Leere, während er mich weiter mit seinen geröteten Augen fixierte. Wenn ich noch länger schwieg, würde Gatô endgültig ausrasten. Und das würde für mich nicht gut ausgehen. Aber es gab eben Momente, in denen man lieber nichts sagen wollte.

»Hörst du mir überhaupt zu?«

»Schon gut! Ich werde nie mehr andere Männer anschleimen, ich werde nie mehr so reden, dass man mich für ein Flittchen halten könnte, und ich werde aufhören, mein Essen in mich reinzustopfen, in Ordnung? Bitte verzeih mir!«

Ich hatte zwar überhaupt keine Lust auf dieses Theater, aber wenn ich mich ihm weiter widersetzt hätte, wäre ich garantiert vertrimmt worden. Also gab ich klein bei und entschuldigte mich. Leider wurde Gatô dadurch nur noch gereizter.

»Was soll dieser Ton?«, zischte er wütend. Dann versank er in brütendes Schweigen. »Ich geh ins Bett«, murmelte er schließlich und knallte die Badezimmertür hinter sich zu. Ich hörte das Plätschern seiner Pisse in der Kloschüssel und drückte gewaltsam meine Zigarette im Aschenbecher aus.

»Du bleibst gefälligst hier. Rühr dich nicht vom Fleck, ich schwöre dir, sonst bring ich den Kerl um!«

Erst wollte ich protestieren und behaupten, ich hätte ihn

nicht betrogen, aber dann verkniff ich es mir lieber. Trotzdem, er benahm sich vollkommen lächerlich. Ich gab mir wirklich Mühe, ein abfälliges Grunzen zu unterdrücken, aber ganz klappte es nicht. Im nächsten Augenblick hatte er mich auch schon zu Boden geworfen. Verdattert riss ich die Augen auf. Was war passiert? Ich blickte direkt in Gatôs Gesicht, der rittlings auf mir hockte und mich anstarrte. Er war fuchsteufelswild, aber seine übertriebene Ernsthaftigkeit wirkte irgendwie komisch auf mich.

»Ich hab bei dir auf der Arbeit angerufen und gesagt, dass du nicht mehr kommst. Wenn ich dich dabei erwische, dass du auch nur einen Schritt vor die Tür setzt, dann bring ich dich um, und den anderen gleich dazu. Hast du gehört, was ich gesagt habe? Von jetzt an gehst du nicht mehr aus dem Haus!«

Uuuuuh, dachte ich und zog den Kopf ein, als hätte ich schreckliche Angst. Aber nur im Geiste. Keine Ahnung, was passiert wäre, wenn ich tatsächlich so reagiert hätte. Stattdessen nickte ich bloß.

Der Andere – irgendwie putzig. Damit meinte er den Typen, mit dem ich im Auto draußen auf dem Feld Sex gehabt hatte. Ich hatte es so sattgehabt, die Zeit nur mit Hausarbeit und am Spielautomaten zu verbringen, und war deswegen stinkwütend auf Gatô gewesen, der mich auf dem Höhepunkt eines Streits angebrüllt hatte: »Du weißt doch, dass wir kein Geld haben! Geh und such dir eine Arbeit!«

Also hatte ich genau das getan. Zuerst hatte mich der Job ziemlich angeödet, aber schließlich war sogar eine kleine Romanze unter Kollegen dabei rausgesprungen, die mich zumindest zeitweilig von der tristen Realität ein wenig ablenkte. Das war einige Monate gutgegangen. Ich erinnerte mich noch an einen Tag im Winter, als ich auf dem Parkplatz meinen Namen, *RIN*, entdeckt hatte, als Reifenspuren in den frischen Schnee geschrieben. An das Chaos am Heiligabend, als ich das knifflige Kunststück hatte vollbringen müssen, zwischen Gatô und dem Anderen hin und her zu hetzen. An das Schlafmittel, das ich an Silvester beim mitternächtlichen Anstoßen in Gatôs Sake gemixt hatte, um ihn eine Weile auszuknipsen, damit ich den Neujahrsmorgen mit dem Anderen verbringen konnte.

Na ja, eigentlich war das für mich bereits Schnee von gestern. Es fiel mir erschreckend leicht, mich von meiner Vergangenheit zu distanzieren. Fast wäre mir ein kleines Lächeln über die Lippen gehuscht, aber ich unterdrückte es wohlweislich. Sonst hätte es nur wieder eins auf die Mütze gegeben.

»Wenn du abhaust, finde ich dich, hörst du? Wag es ja nicht, dich mir zu widersetzen! Hast du mich verstanden? Ich krieg es raus, wenn du die Wohnung verlässt.«

Gatô war endlich von mir runtergestiegen und nun dabei, sich umzuziehen. Hemd und Hose verwandelten ihn in null Komma nichts vom Schläger zum respektablen Angestellten. Nachdem er sich eine Zigarette angezündet hatte, setzte er sich neben mich.

»Falls du darüber nachdenkst abzuhauen – du kannst nirgendwohin. Selbst wenn du wieder zurück zu deinen Eltern gehst, hol ich dich da raus. Tut mir leid, aber ich habe nicht die geringste Absicht, unsere Beziehung zu beenden.«

Die Absicht, unsere Beziehung zu beenden? Die hab ich genauso wenig! Sonst würde ich mir wohl kaum diese miese Behandlung gefallen lassen, oder? Von Anfang an hab ich immer nur Augen für dich gehabt! Und obwohl ich dich eigentlich gar nicht liebe, obwohl ich mich bestimmt nicht mit dir eingelassen hab, weil du so ein toller Typ bist, hab ich mich dir immer untergeordnet und laufe sogar drei Schritte hinter dir. Ja, ich hab dich hin und wieder betrogen, aber selbst dabei hab ich die ganze Zeit nur an dich gedacht. Ich tu alles für dich. Ich koche jeden Tag und mache deine Wohnung sauber. Ich bin fremdgegangen – na und? Dafür gab es gute Gründe. Du hast mich nicht beachtet! Du hast immer nur deine Automaten im Kopf! Du nimmst mich überhaupt nicht mehr wahr! Stattdessen kommandierst du mich rum wie ein verspießter Ehemann: *Lass mir ein Bad ein* oder *Ich will was zu essen*. Du schwärmst mir davon vor, wie süß die Freundinnen deiner Kumpels sind. Und da wunderst du dich allen Ernstes, dass ich dich betrüge?

Ich fing an zu heulen. Verdammt! Muss das sein? Glaub bloß nicht, dass es daran liegt, dass du mich und den Anderen vermöbelt hast, nachdem du uns in flagranti erwischt hast. Oder daran, dass du mich danach die ganze Nacht lang rumgestoßen und angeschrien hast wie ein Bekloppter. Oder daran, dass du mich hier wie eine Gefangene hältst und mich nicht nach draußen lässt. Ach, was weiß ich, vielleicht ist es alles zusammen.

»Hast du gehört, was ich dir gesagt habe?«

Ich schob die Unterlippe vor und nickte. Er strich mir über den Kopf, drückte seine Zigarette im Aschenbecher aus, steckte sein Handy und sein Portemonnaie ein und stand auf. Meine eigene Geldbörse samt Inhalt hatte er letzte Nacht konfisziert. Mein Handy hatte er zerbrochen. Die Teile lagen noch überall auf dem Boden rum. Die Bluse und Schürze, in der ich den Anderen im Rahmen eines kleinen Rollenspiels bedient hatte, hatte er zerrissen und die Fetzen quer durchs Zimmer geschleudert. Alle Regale, Schubladen und Kästchen waren nach verdächtigen Gegenständen gefilzt worden, und meine ganze Habe lag nun verstreut in den Ecken. Wie er immer wieder betont hatte, kannte er praktisch jeden in der Gegend. Falls ich es also wagen sollte, einen Fuß vor die Wohnungstür zu setzen, würde mich jemand sehen und ihm Bescheid geben. Und dann würde er kommen und mich abmurksen. Na ja, abmurksen vielleicht nicht, aber ganz bestimmt windelweich schlagen. Ich stellte mir vor, wie ich mit ausgerenkten Gliedern daliegen würde, als hätte mich jemand gewaltsam in eine Mülltonne gestopft, und begann am ganzen Leib zu zittern. Gatô verließ das Zimmer und ich hörte, wie er von außen die Wohnungstür abschloss.

Bei diesem Geräusch explodierte ich vor Wut.

Ich stand auf und trat mit aller Macht gegen die Tür, so dass es dumpf widerhallte. Danach war Totenstille. Aber mein Zorn war noch lange nicht besänftigt. Ich wirbelte herum und trat mit der gleichen Wucht gegen die Badezimmertür, deren Glasfenster in Scherben ging. Jetzt fühlte ich mich ein bisschen besser und gestattete mir ein triumphierendes Lächeln. In diesem Moment waren draußen Schritte zu hören und die Tür wurde aufgeschlossen. Gatô packte mich wutentbrannt an der Kehle und zerrte mich durchs Zimmer. Schwer atmend warf er mich auf den Futon. Ich kniff die Augen zu und dachte nur: Was für ein nervtötendes Arschloch.

Bald darauf ging er wieder. Ich wartete fünf Minuten ab, um dann aufs Neue zu randalieren. Nach etwa einer Stunde hatte ich mich abreagiert und begann mich zu schminken. Offenbar blieb das typisch weibliche Bedürfnis, schön aussehen zu wollen, vom Eingesperrtsein unberührt. Mann, war ich blöd. Und deprimiert. Ausgelaugt. Und völlig *benommen*. Dieses Wort waberte durch unser mickriges Dreckloch von Zimmer, während ich mich meinen Gedanken überließ. Obwohl ich seit gestern kein Auge zugemacht hatte, war ich hellwach. Aber trotz dieser Wachheit funktionierte mein Verstand nicht richtig und konnte die ganzen Bruchstücke in meinem Kopf nicht richtig zusammensetzen. Es macht mich immer sehr nervös, wenn ich den Dingen nicht auf den Grund gehen kann. Ich hatte die Nase so dermaßen voll! Ich nippte an der abgestandenen Cola, deren schaler Geschmack mich gleich noch ein Stück weiter runterzog.

Tocktock.

Ich hörte ein Klopfen an der Tür, ging aber nicht hin. Gatô würde einen Schlüssel benutzen, und er hatte mir verboten, Vertreter in die Wohnung zu lassen. Außerdem stand ich unter Hausarrest. Ich wollte schon wieder über meine dumme Situation lachen, als ich jemanden flüstern hörte: »Rin?«

Ich stand auf. Ich erkannte zwar die Stimme, verschaffte mir aber trotzdem durch den Spion Gewissheit, bevor ich aufmachte. Ganz vorsichtig öffnete ich die Tür und Tokita-san, ein Stammgast aus Gatôs Pachinko-Salon, huschte wie ein Geist durch den Spalt. »Mir scheint, Sie sitzen in der Klemme.«

»Das kann man wohl sagen.«

»Ich habe gerade einen Anruf von Gatô bekommen. Er bat mich, ihn sofort zu benachrichtigen, falls ich Sie auf der Straße sehe.«

»Totaler Irrsinn.«

Wir redeten ganz leise, unterstrichen das, was wir sagten, aber mit übertriebener Mimik und Gestik. Die Wohnungen waren extrem hellhörig, und wir mussten vorsichtig sein, denn wenn unser Nachbar Gatô darüber informierte, dass ein Mann bei mir gewesen war, wäre die Hölle los. Aber Tokita war bereits mehrmals zu Besuch gekommen, während Gatô auf der Arbeit war, und wusste genau Bescheid. Ich mochte Tokita-san, er war ein kluger, netter, feinfühliger Mann. Wäre er nicht Gatôs Freund gewesen, hätte ich ihn höchstwahrscheinlich ins Bett gezerrt.

»Wenn Gatô rauskriegt, dass Sie hier sind, dann geht er Ihnen an den Kragen.«

»Keine Sorge, ich habe weit weg geparkt, und unterwegs ist mir niemand begegnet.«

Er gab sich gänzlich unbekümmert, als er ins Zimmer trat. Direkt in die Höhle des Löwen. Wenn ich ihn so ansah, kamen mir die Geschehnisse der letzten Nacht wie ein Traum vor. Vielleicht war nichts davon wirklich passiert. Ich sehnte mich nach meinem Gatô von früher, der eifersüchtig rumgestichelt hatte, wenn wir zusammen ausgegangen waren und ich mich mit Tokita-san unterhalten hatte. Wir setzten uns. Tokita-san legte seinen Kopf in meinen Schoß, als wäre es die natürlichste Sache von der Welt, und während ich sein Haar streichelte, wurde ich mit einem Mal ganz traurig.

»Er hat mir erzählt, Sie hätten ihn betrogen«, sagte Tokita-san. Er hatte die Augen geschlossen.

Ich rief mir die Ereignisse der letzten Nacht ins Gedächtnis, eins nach dem anderen. Wir hatten Sex im Auto. Danach, so war es besprochen, sollte der Andere mich nach Hause fahren, bevor Gatô von der Arbeit kam. Aber dann klingelte mein Handy, während ich gerade dabei war, ihm einen zu blasen. Es war Gatô. Er machte mir Vorhaltungen: Wieso ich nicht da sei? Er habe früher Schluss gehabt und sei schon zu Hause! Dann fingen wir an, uns fürchterlich zu streiten. Der Andere war währenddessen losgefahren und parkte den Wagen ein Stück entfernt von unserem Hauseingang. Ich stieg aus und winkte ihm zum Abschied. Bis dahin lief alles wie immer. Wenn man gewohnheitsmäßig jeden Tag fremdgeht, entwickelt man irgendwann eine Routine. Doch kaum war ich aus dem Wagen geklettert, schepperte es hinter mir, und als ich mich umdrehte, sah ich Gatô, der sein Fahrrad zur Seite geschleudert hatte und in einem Affentempo auf uns zugerast kam. Ich saß voll in der Tinte. Sollte ich ins Auto zurückspringen und mit dem Anderen abhauen? Oder sollte ich ihn wegschicken – Los, hau schon ab! – und Gatôs Zorn allein begegnen? Letzten Endes machte ich nichts von beidem. Dazu war die Zeit zu knapp. Gatô zerrte seinen Nebenbuhler aus dem Wagen und prügelte wie von Sinnen auf ihn ein.

»Du Wichser, ich mach dich kalt!«

Seine dümmliche Schimpftirade mit anzuhören war mir richtig peinlich. Nachdem der Andere ihm versichert hatte, er sei bloß ein Arbeitskollege, ließ Gatô ihn schließlich laufen. Dann ging er auf mich los und schrie mich an, was ich bei einem Kerl, der angeblich nur mein *Arbeitskollege* war, im Auto zu suchen hätte. In Wirklichkeit würde ich ihn mit dem Kerl betrügen – und so weiter. Er verpasste mir ein paar saftige Ohrfeigen und sperrte mich dann in der Wohnung ein.

In dem Moment, als der Andere gesagt hatte, er sei mein Arbeitskollege, waren all meine Gefühle für ihn schlagartig erloschen. Als ich Gatô auf uns zurasen sah, hatte ich nichts unternommen. Ich hatte keine bewusste Wahl zwischen den beiden getroffen: Weder hatte ich Anstalten gemacht, mit meinem Liebhaber zu fliehen, noch hatte ich ihn weggeschickt. Damit hatte ich letztlich ihm die Entscheidung überlassen, wie es für uns ausgehen würde. Hätte er nichts gesagt, dann wäre ich ohne zu zögern mit ihm durchgebrannt. Aber er hatte sich dafür entschieden, seine eigene Haut zu retten.

Als mir das klar wurde, begann ich mir zum ersten Mal ernsthafte Gedanken über meine Zukunft zu machen. Nein, das stimmt gar nicht, eigentlich hatte ich das von Anfang an getan. Ich hatte mir sogar zwei konkrete Optionen zurechtgelegt, je nachdem, in welche Richtung sich die Situation entwickeln würde. Ich hatte den Anderen getestet, dann beide Männer gegeneinander abgewogen und mich schließlich für Gatô entschieden. Das war mein gängiges Strickmuster. Ich ließ immer die anderen entscheiden, wälzte die Verantwortung auf sie ab. Sicher, Gatô hatte mich zusammengestaucht und verprügelt und ich fühlte mich beschissen. Aber irgendwie war es auch ganz bequem bei ihm. Ja. Ich hatte das prima hingekriegt.

Seit wir zusammenlebten, hatte ich mich nicht ein einziges Mal darüber beklagt, wie er mich behandelte. Ich hatte mir alles von ihm gefallen lassen. Auf diese Weise hatte ich Gatô von mir abhängig gemacht, um ihn dann genau zum richtigen Zeitpunkt zu betrügen. Als Rache dafür, dass er mich die ganze Zeit über so rumgeschubst hatte. Von jetzt an würde ich meine Machtposition ihm gegenüber immer weiter steigern. Ich hatte alles erduldet, was er mir angetan hatte, und ihm das Gefühl gegeben, dass er mich ganz in seiner Gewalt hatte. Und genau dadurch hatte ich das Fundament für meinen finalen Vergeltungsschlag gelegt und den Umsturzversuch vorbereitet. Angenommen, der Andere wäre nicht abgehauen. Dann hätte meine Beziehung zu Gatô in diesem Racheakt ihr Ende gefunden. Aber da er nun mal abgehauen *war*, hatte ich blitzschnell eine neue Entscheidung getroffen: Jetzt würde es nämlich erst richtig losgehen. Noch hielt ich mich bedeckt, aber ich wusste genau: Bald war es so weit. Bald würde ich meine Trümpfe ausspielen können.

»Das ist gar nicht meine Art. Jemanden betrügen.«

»Ich weiß.«

Tokitas Stimme war ganz sanft, und als ich auf ihn herabsah, traten mir Tränen in die Augen. Zugegeben, ich war selbst schuld an meiner Misere. Aber verletzt war ich trotzdem. Ich fühlte mich von dem Anderen im Stich gelassen. Er hatte sich aus dem Staub gemacht, sobald es brenzlig wurde, obwohl er genau gewusst hatte, dass Gatô mich verdreschen und Gott weiß was mit mir anstellen würde. Trotzdem hatte er sich nicht gegen ihn gewehrt, sondern war einfach abgehauen. Er hatte mich meinem Schicksal überlassen. Inzwischen, aus der Distanz heraus, war er für mich nur noch eine blasse Erinnerung. Das versuchte ich mir jedenfalls einzureden. Ganz war die Wunde allerdings noch nicht verheilt, und sobald ich einmal angefangen hatte zu heulen, konnte ich meine Tränen nicht mehr zurückhalten.

»Rin. Jeder weiß, dass Sie nicht die Sorte Frau sind, die fremdgeht«, tröstete mich Tokita und streichelte meine Wange. Es machte mir nichts, dass er mich aus einem ganz anderen Grund tröstete als dem, der mich ursprünglich zum Weinen gebracht hatte. So bekam ich gewissermaßen die doppelte Portion Mitleid. Einmal von mir und einmal von ihm.

»Die ganze Zeit hab ich mir alles von ihm gefallen lassen«, schluchzte ich. Meine momentane Situation ließ mir keine andere Wahl, als Tokita schamlos auszunutzen.

»Ich weiß, ich weiß. Sie sind ein tapferes Mädchen. Jeden Tag kümmern Sie sich um den Haushalt. Sie kochen für ihn, während er faulenzt. Er ist ein Nichtsnutz. Wirklich schlimm.«

»Hm«, nickte ich zustimmend und hielt Tokitas Hand. Ich brauchte jemanden zum Anlehnen. Wenn einem was Vertrautes verlorengeht, ist man unsicher und verwirrt. Zwei Monate lang hatte ich bei zwei verschiedenen Schwänzen Trost und Halt gefunden, und nachdem ich gestern einen von ihnen verloren hatte, war es kein Wunder, dass ich ins Straucheln geriet. Ich musste jetzt alles dransetzen, mein Gleichgewicht wiederzufinden.

»Wenn Gatô nach Hause kommt und ich bin nicht da, flippt er jedes Mal aus. Deshalb hatte ich einen Kollegen gebeten, mich im Auto mitzunehmen.«

Tokita nahm mich mitfühlend in die Arme, und ich heulte mich an seiner Brust aus. Es ging mir schon wieder etwas besser. In einer schweren Zeit wie dieser machte es einen himmelweiten Unterschied, ob man jemanden hatte, der einen tröstete, oder ob man mit seinem Kummer ganz allein blieb. Ich hatte Angst, irgendwann mal mit dem Rücken zur Wand zu stehen. Deshalb musste ich immer einen Fluchtplan parat haben. Ich schaute ausschließlich nach vorn, dachte nur an mich selbst und an meine eigene Zukunft und versuchte alles zu tun, um mir das Leben so einfach wie möglich zu machen.

»Wenn Sie fliehen wollen, dann tun Sie es einfach«, sagte Tokita-san. »Sobald Sie dieser Hölle entkommen sind, können wir zusammen sein.«

Daraufhin drückte er mir einen Zehntausend-Yen-Schein in die Hand und machte sich davon.

Es gab also tatsächlich Menschen, die einen freundlich behandelten, ohne dass man mit ihnen schlief. Ich war richtig gerührt. Andererseits: Wenn er es wirklich ernst meinte, warum entführte er mich dann nicht in seinem glänzenden schwarzen Cadillac?

Ich würde nicht abhauen. Nicht, dass ich es nicht konnte. Ich würde es bloß einfach nicht tun.

Bonusrunde! Ich deutete auf die Anzeigetafel an meinem Automaten, und Gatô neben mir lachte. Er hatte ebenfalls Glück – sein Display zeigte *Treffer!*

Wir spielten seit dem frühen Morgen an zwei Automaten, und unser Arbeitseinsatz hatte sich gelohnt. Wir waren beide auf der Siegerstraße. Und das bedeutete: Heute gab es Barbecue! Vielleicht, sagte Gatô, als ich mit ihm Pläne für unser bevorstehendes Abendessen schmiedete, würde er mir sogar eine neue Tasche kaufen, falls unsere Glückssträhne anhielt. Wir spielten noch mehrere Stunden konzentriert weiter, aber irgendwann konnte ich mir meinen Harndrang nicht mehr verkneifen und flitzte aufs Klo, wo ich hastig meinen Rock hochzog. Jede Sekunde zählte. Es machte mich rasend, dass das dünne Klopapier andauernd riss.

Drei Monate waren vergangen, seit Gatô mich in der Wohnung eingesperrt hatte, und der Hausarrest war inzwischen weitgehend aufgehoben. Nach einem Monat hatte ich ein neues Handy bekommen und durfte wieder Kontakt zu meinen Freundinnen aufnehmen. Bald darauf hatte er mir sogar erlaubt, mich mit ihnen zu treffen. Den Anderen hatte ich natürlich nicht wiedergesehen, und so verlief mein Leben im Wesentlichen wie früher. Heute, an Gatôs freiem Tag, hatten wir beschlossen auszugehen. Natürlich in den Pachinko-Salon, aber in Anbetracht unserer Glückssträhne konnte ich mich darüber wohl kaum beschweren.

Ich rannte zurück zu meinem Platz, blieb aber unwillkürlich stehen, als sich eine vertraute Melodie in die ohrenbetäubende Musik der Spielhalle mischte. Ich haute Gatô voller Begeisterung auf den Rücken und rief: »Das war der Signalton für die Extrarunde!« In diesem Moment sah ich auf dem Display seines Handys den Namen einer Frau mit einem Herzsymbol darunter aufblinken. Gatô klappte das Gerät sofort zu, ließ es in seine Münzschale fallen und drehte sich um, aber ich hatte mir bereits meine Handtasche geschnappt und rannte weg, ohne ihn auch nur anzusehen. Wie eine Irre raste ich aus dem dritten Stock die Treppen runter, schlug unten panisch auf den Knopf ein, der die automatische Tür öffnete, und stürmte nach draußen ins gleißende Sonnenlicht. Ich war total durcheinander.

Ich rannte, was meine Beine hergaben. Vielleicht auch deshalb, weil ich beim Rennen nicht zum Nachdenken kam. Aber kaum hatte sich dieser Gedanke in meinem Kopf geformt, wurde ich von hinten am Arm gepackt. Ich stolperte nach vorn, mein Körper steif und ungelenk wie eine Holzpuppe.

»Was fällt dir ein! Wieso haust du einfach ab und lässt deinen Automaten im Stich?«, brüllte Gatô mich an. Trotzdem wirkte er irgendwie schuldbewusst. Er musste mitbekommen haben, dass ich die SMS seiner Ex gesehen hatte.

»Leck mich doch am Arsch!«, schrie ich zurück und riss mich los, aber Gatô bekam mich erneut zu fassen und zerrte mich auf die Seite.

»Ich denke nicht, dass wir das hier auf der Straße besprechen sollten«, sagte ich und tat mein Bestes, dabei nicht zu schreien.

Gatô schubste mich gegen die Rollläden eines Geschäfts.

»Du bist der allerletzte Abschaum! Erst verprügelst du meinen Kollegen, nur weil er mich nach Hause fährt, dann sperrst mich in der Wohnung ein und verbietest mir jeglichen Kontakt zu meinen Freunden! Und selber tauschst du verliebte SMS-Botschaften mit deiner Ex aus! Ich hab die Schnauze voll von diesem Affentanz, du Schwanz!«

Dass sich das so witzig reimte, war gar nicht beabsichtigt gewesen. Wahrscheinlich brauchte ich in meiner jetzigen Verfassung ein bisschen Komik, um meine Wut zu verdünnen.

»Red gefälligst nicht in dem Ton mit mir!«

»Ich red mit dir, wie es mir passt! Und ich mach Schluss!«

»Dann rück das Handy raus!«

»Ich muss erst die gespeicherten Daten kopieren! Danach kannst du es meinetwegen wiederhaben. Vorher brech ich es noch in der Mitte durch, dann hast du zwei zum Preis von einem.« Dabei zuckte ich herausfordernd mit den Achseln.

In dem Moment flog seine Faust auf mich zu und ließ mich zu Boden gehen. Es tat höllisch weh, als ich mit der Hüfte auf dem Gehsteig aufschlug, und ich verzerrte das Gesicht, aber gleichzeitig spürte ich, wie durch den Schmerz mein Kopf wieder klar wurde.

Wir befanden uns mitten auf einer belebten Straße. Passanten blieben stehen und zeigten belustigt mit dem Finger auf uns, aber niemand von ihnen machte Anstalten, die Polizei zu rufen oder mir zu helfen. Ich hätte an ihrer Stelle wohl genauso reagiert, insofern konnte ich ihnen keinen Vorwurf machen. Nicht mal, falls Gatô mich hier zu Tode prügeln würde.

»Vergiss deine Daten, das Handy gehört mir! Los, steh auf!«

Absurderweise streckte er mir die Hand hin, obwohl er mich doch gerade erst niedergeschlagen hatte. Ich ignorierte die Geste und funkelte ihn bloß wütend an, woraufhin er mich gewaltsam in die Höhe zerrte.

»Du willst doch bloß meine Freundinnen anrufen, damit du dich mit ihnen treffen und deinen dreckigen Schwanz in sie reinstecken kannst«, fauchte ich ihn an, kaum dass ich wieder auf den Beinen stand. Gatô ließ mich los und schlug erneut zu.

Ich prallte gegen die Rollläden und rutschte dann zu Boden, wobei ich mir mein Handgelenk verstauchte. Der Beton war arschkalt.

»Da läuft nichts zwischen meiner Ex und mir. Ich hab dir doch gesagt, dass sie inzwischen verheiratet ist. Sie hat Streit mit ihrem Mann und wollte sich bei mir einen Rat holen.«

Wie hatte ich anderthalb Jahre meines Lebens mit so einem Kerl verbringen können? Mich Tag für Tag von ihm besteigen lassen und seinen blöden Schwanz lutschen? Es war kaum zu fassen. Unerklärlich! Ich hatte ihn von Anfang an nicht sonderlich gemocht, aber dass er sich als ein dermaßen widerlicher, perverser, stinklangweiliger, jämmerlicher Wichser entpuppen würde, hätte ich mir nie im Leben vorstellen können. Am liebsten hätte ich mir die Möse amputiert, um jeden Winkel von ihr mit einer Scheuerbürste sauber zu schrubben und zu desinfizieren. Ich starrte ihn an, in meinem Blick lag eine Mischung aus Wut und Scham, und im selben Moment erinnerte ich mich an etwas. Ich war noch nicht mit Gatô zusammen gewesen, als er mir einmal ein Mädchen vorgestellt hatte. Er hatte sie als seine Exfreundin ausgegeben. Schon nach wenigen Sätzen hatte ich gewusst, dass ich mich mit dieser hässlichen Kröte, die auch noch ein paar Jahre älter war als ich, niemals verstehen würde. Ich hatte keinerlei Interesse daran gehabt, sie näher kennenzulernen. Seitdem war sie zu einer vagen Erinnerung verblasst. Damals hätte ich mir nicht träumen lassen, dass ich einmal mit Gatô zusammenleben, mich über eine SMS von ihr aufregen und mich wieder an sie erinnern würde. Aber das genau war jetzt eingetreten.

»Einem Dreckschwanz wie dir kann man doch kein Wort glauben.«

Ich hatte mich verbogen, um mich ihm anzupassen. Als ich das erste Mal mit ihm schlief, war ich in Form gepresst worden. Aber als ich dann die SMS von seiner Ex entdeckt hatte, hatte mich mein Zorn wieder umgestülpt. Ich würde mich ihm nie wieder anpassen. Und er würde nie wieder in der Lage sein, mich zurechtzubiegen. Ich war nicht länger konkav und empfangend, ich war konvex und aufragend. Ein Penis, keine Vagina. Gatô und ich würden nie wieder ineinanderpassen.

»Jetzt rück endlich das Handy raus! Ich melde es auf der Stelle ab!« Wieder fing er an zu brüllen, aber diesmal hatte er Tränen in den Augen. Vor lauter Wut, vermutlich. Ich hockte immer noch auf dem Boden, und mein Hintern wurde kälter und kälter. Kriegt man davon Verstopfung?, fragte ich mich. Nicht, dass ich jemals zuvor unter Verstopfung gelitten hätte.

»Ein dummer Sack wie du ist doch gar nicht in der Lage, ein Handy abzumelden«, knurrte ich halblaut. Gatôs Turnschuh grub sich in meinen Bauch. Da ich nicht damit gerechnet hatte, dass er so tief sinken würde, weiter auf mich einzuschlagen, obwohl ich am Boden lag, war ich nicht auf den Tritt vorbereitet. Ich hatte das Gefühl, als würde seine abgelatschte Gummisohle mir die Eingeweide zerquetschen. Fast wäre mir der Donut hochgekommen, den ich vorhin gegessen hatte.

»Wenn du noch einen Ton von dir gibst, dann bring ich dich um, du Scheißnutte!«

»Ach ja? Wer hat denn seinen dreckigen Schwanz in die Scheißnutte gesteckt? Und dabei gegrunzt und gestöhnt wie ein Wilder?«

Ehe ich den Satz zu Ende gebracht hatte, riss er mich am Kragen hoch und schmetterte mich erneut gegen die Rollläden. »Ich bring dich um!«, zischte er mir ins Ohr. Es war kein Scherz, das war mir klar. Er meinte es wirklich ernst. Trotzdem fand ich die Sache urkomisch. Ich finde es immer komisch, wenn Leute auf einmal ganz ernst werden. Ich finde es komisch, wenn sie ein ernstes Gesicht aufsetzen oder sagen, wie ernst doch das Leben sei.

»Du sperrst mich ein, verbietest mir den Kontakt zu meinen männlichen Freunden und machst mein Handy kaputt. Aber du selbst steckst deinen dreckigen Schwanz in die dreckige Möse deiner Ex. Spritzt dein dreckiges Sperma in ihr dreckiges Loch! Ich finde raus, dass du mich betrügst, und *du* drehst durch! Du schlägst mich, du trittst mich, du drohst mir. ›Ich bring dich um!‹ – merkst du gar nicht, wie lächerlich das ist? Bis jetzt war mir gar nicht klar, was für eine Null du bist. Ein Komplettversager. Und noch dazu ein totaler Langweiler! Hässlich wie die Nacht. Ein hässlicher, mies gelaunter, selbstverliebter Kotzbrocken, der sich heimlich im Spiegel bewundert, wenn gerade keiner hinschaut. Wirklich, du bist die reinste Lachnummer!«

Natürlich wusste ich, dass ich den Mund ein bisschen zu voll nahm. Schließlich hatte ich ihn zuerst betrogen. Ich hatte mich darüber beschwert, dass er mein Handy kaputtgemacht hatte, obwohl ich die Daten längst gesichert hatte. Außerdem glaubte ich gar nicht wirklich, dass er mich betrogen hatte. Aber der Moment der Unsicherheit, den ich wegen ihm hatte durchleben müssen, reichte. Und die Tatsache, dass er mir den Kontakt zu meinen Freunden untersagt hatte, obwohl er selbst mit seiner Exfreundin in Verbindung stand. All das machte ihn in meinen Augen zu einer hassenswerten Kreatur. Ich hatte einfach die Nerven verloren. Erst nach und nach begriff ich meine wahren Beweggründe. Mit einem Mal sah ich meine Gefühle in einem neuen Licht.

Ich hatte mir selbst wehgetan, und zwar absichtlich. Ich hätte nicht ausrasten *müssen*, als ich die SMS sah. Es war meine freie Entscheidung gewesen. Der Stress des Hausarrests, die tägliche Langeweile, der Ärger darüber, dass Der Andere mich im Stich gelassen hatte – den Frust darüber konnte ich nur loswerden, indem ich Gatô die Schuld gab. Aber insgeheim hatte ich mir alles selbst zuzuschreiben: den Hausarrest, den öden Alltag. Ich *wollte*, dass man mir Fesseln anlegte, dass man mein Handy kaputtmachte und mich einsperrte. Als ich Gatô betrogen hatte, hatte ich genau gewusst, dass er mich deshalb niemals verlassen würde. Darum hatte ich meine Handydaten gesichert und mich widerspruchslos von ihm einsperren lassen, obwohl ich jederzeit hätte fliehen können, wenn ich gewollt hätte. Ich war freiwillig geblieben. Aus Rache. Und weil ich Macht über ihn haben wollte.

Alles, worauf es mir ankam, war, mir das Leben so

bequem wie möglich zu machen. Während meines Hausarrests hatte ich mir immer wieder sagen können: Er trägt die Verantwortung für mich. Ich spielte ihm die dumme, willensschwache Frau vor und vermittelte ihm den Eindruck, dass ich ihn auf der Stelle wieder betrügen würde, wenn er sich nicht anständig um mich kümmerte. Ich hatte ihn quasi gezwungen, mich zu verwöhnen, mir Aufmerksamkeit zu schenken und sich immer tiefer zu verschulden, damit er mir Geschenke kaufen konnte. All das hatte ich natürlich vorausgesehen, als mein Seitensprung aufgeflogen war. Ich hatte genau gewusst, dass ich meine Position ihm gegenüber radikal verbessern würde, wenn ich dem Anderen den Laufpass gab und mich in der Wohnung einsperren ließ. Ich hatte auch gewusst, dass Gatô mich nicht mehr so schlecht behandeln würde wie vorher – zumindest nicht mehr lange. Meine Zeit würde kommen. Irgendwann hätte ich ihn ganz in meiner Hand. Ich musste bloß dafür sorgen, dass auch er von der Situation profitierte, damit er mich nicht verließ.

Und tatsächlich: Während meines Arrests musste ich kein Essen kochen, bekam jede Woche Geschenke und durfte mir ein Taxi rufen, wann immer ich was zu erledigen hatte. Gatô hatte mich gezwungen, bei ihm zu bleiben, und dafür bekam ich Gegenleistungen. Wir waren beide glücklich.

Aber die SMS von seiner Exfreundin hatte alles verändert. Das, was ich von ihm wollte, bekam ich nur so lange, wie er mich brauchte. Sobald er sagte: Na und, wenn wir uns trennen, dann geh ich eben zu meiner Ex zurück, hatte ich nichts mehr in der Hand. Deshalb war ich jetzt auch so außer mir: Ich saß richtig tief in der Patsche. Also tat ich, was ich in solchen Situationen immer tat: Ich verlor schlagartig das Interesse – an Gatô, weil er mich so aus der Fassung gebracht hatte, an meinen Racheplänen für die miese Behandlung und an diesem kindischen Machtkampf zwischen uns.

»Mir ist alles scheißegal. Am besten, wir trennen uns.«

Die ganze Angelegenheit hing mir zum Hals raus, und ich wollte nur noch meine Ruhe haben. Weg von hier. Gatô schien begriffen zu haben, dass ich es ernst meinte, denn sein Zorn war plötzlich verflogen. Stattdessen beteuerte er mir immer wieder, wie sehr er mich liebte. Aber ich ließ ihn stehen und bahnte mir einen Weg durch die Menge.

Zu Hause angekommen, packte ich alles, was teuer war und sich zu Geld machen ließ, in eine Papiertüte, kopierte die Daten von meiner alten auf die neue SIM-Karte, zerbrach – wie angekündigt – das Handy, auf dessen Display gerade Gatôs Anruf angezeigt wurde, und machte mich, meine Riesentasche und die Papiertüte über die Schulter gehängt, auf den Weg nach Shinjuku.

Ich hatte angenommen, dass sich irgendwie schon alles finden würde, und so war es auch. Nachdem ich Gatô verlassen hatte, segelte ich wie ein Drachen, dessen Schnur gerissen war, durch die Lüfte – ziellos gen Unendlichkeit. Ich konnte hinfliegen, wo ich wollte. Eigentlich ein schöner Gedanke. Ich flirrte durch die Gegend und zog von einem Ort zum nächsten, ohne irgendwo zur Ruhe zu kommen

Ich hatte endgültig genug von festen Beziehungen. Du hast mich betrogen! Hab ich nicht! Hast du doch! – auf solche sinnlosen Auseinandersetzungen konnte ich für die nächsten zehn Jahre verzichten. Jetzt wollte ich einfach nur Spaß haben. Jeden Moment voll auskosten. Den Moment, in dem ich Alkohol trank. Den Moment, in dem ich tanzte. Den Moment, in dem ich mich – jippie! – mit meinen Freunden zusammen amüsierte. Den Moment, in dem ich mit einem Mann schlief, nur weil ich spontan Lust darauf hatte. Der Augenblick als solcher, nur dem galt mein Interesse. Alles andere war mir schnurzegal. Das Hier und Jetzt, darauf kam es an. Ich betrank mich, legte mich nackt auf die Sonnenbank, trieb es mit Fremden und brüllte bei jeder Gelegenheit »Yeah!«, ohne zu wissen, warum. All das schien mir immens wichtig. Eigentlich war es ein bisschen geschmacklos, wie ich ausschließlich um meine eigene Person kreiste, aber darüber machte ich mir wenig Gedanken. In dem Milieu, in dem ich mich bewegte, war diese Art zu leben vollkommen selbstverständlich. Nichts war natürlicher. Mir kam gar nicht die Idee, dass es außerhalb dieser Welt noch was anderes gab. Ich fühlte mich wohl und ließ mich durch die Straßen von Shinjuku treiben.

Allerdings war mir klar, dass ich von jetzt an ganz allein die Verantwortung für mich trug. Verantwortung war etwas, das einen jederzeit eiskalt erwischen konnte – das begriff sogar ein dummes Huhn wie ich. Wenn man in einen fremden Wagen einstieg, lief man Gefahr, irgendwohin verschleppt, mit Drogen vollgepumpt, vergewaltigt und danach in der Wildnis ausgesetzt zu werden. Wenn man mit dubiosen Kerlen einen trinken ging, konnte es passieren, dass sie dir ein Rauschmittel in den Drink mixten, Videoaufnahmen davon machten, wie sie dich vergewaltigten, und dich hinterher irgendwo im Wald liegen ließen. Glücklicherweise waren mir solche Erlebnisse bislang erspart geblieben, und auch wenn ich durch die Sache mit Gatô so sehr verletzt worden war, dass ich mein Leben lang unter den Narben würde leiden müssen, hatte ich immerhin keinen psychischen Schaden davongetragen. Ja, eigentlich konnte ich mich nicht beklagen. Mir war klar, dass mein Körper – meine Haut, mein Fleisch, meine Organe – den Großteil der Verantwortung für meine Handlungen tragen musste, aber das ließ sich nicht ändern. Wenn man mir zum Beispiel gewaltsam Drogen verabreichen, mich vergewaltigen, dabei filmen und das Video anschließend veröffentlichen würde, dann bliebe meine Seele unversehrt, und das war die Hauptsache. Hm. Aber angenommen, ich würde *mehrfach* vergewaltigt werden, so lange, bis meine Vagina anfing zu bluten, und ich könnte mich nicht ärztlich behandeln lassen, weil mir das Geld dazu fehlte, so dass ich deswegen später vielleicht keine Kinder mehr bekommen könnte … ja, dann würde ich am Ende vielleicht doch einen Knacks abkriegen. Wie dem auch sei, ich hatte mir freiwillig ein Leben ausgesucht, in dem es keine Entschuldigungen gab. Ein Leben ohne Schule, ohne Partnerschaft, in dem ich von nichts und niemandem abhängig war, niemandem gehörte und mich auf niemanden verlassen konnte. Wie der Drachen hatte auch ich kein Zuhause. Nichts, was mich hielt. Und genau so wollte ich es haben.

Bahnhof Shinjuku, Ostausgang: Ich stand rum und wartete. Dann entdeckte ich endlich Kana, die sich geschlagene zehn Minuten verspätet hatte, auf der anderen Seite der Fußgängerampel.

»Uaaah!«, rief ich zu ihr rüber, woraufhin ein kaum hörbares »Yeah!« zurückkam. Gemeinsam liefen wir die Straße des Rotlichtviertels entlang, und immer wenn wir an einem Zuhälter oder Strichjungen vorbeikamen, verglich Kana sie mit Tieren: Gorilla – Wasserbüffel – Goldfisch – Mungo.

»Aber Mungos sind doch süß.«

»Findest du?«

»Das sind doch diese Tiere, die richtig fest zubeißen können, aber im Gesicht sehen sie aus wie Eichhörnchen.«

»Wirklich? Ich dachte immer, die sehen aus wie haarige Krokodile.«

»Wie soll man sich denn ein haariges Krokodil vorstellen?«

»Und im Gesicht ähneln sie eher einem Schimpansen.«

»Bist du sicher?«

»Klar doch. Wusstest du das nicht?«

»Ein Krokodil mit einem Gesicht wie ein Schimpanse?«

»Genau.«

»Kann ich mir irgendwie nicht vorstellen …«

Ich befasste mich in Gedanken ernsthaft mit Kanas Behauptung, obwohl ich mir ziemlich sicher war, dass Mungos ganz anders aussahen. Oder?

Wir liefen weiter Richtung *Cindy*. Dort stopften wir uns mit Thunfischsalat und Würstchen voll, bis wir vor Energie schier platzten. Der Kellner versuchte uns mehrmals mit irgendwelchen Kerlen zu verkuppeln, aber wir wimmelten ihn immer wieder ab. Nach ungefähr einer Stunde machten wir uns schließlich aus dem Staub, ohne auch nur mit einem der alten Knacker ein Wort gewechselt zu haben.

Sobald wir draußen waren, sagte Kana: »Ich brauch eine Toilette!« Ich zog sie so lange damit auf, wie komisch das klang, *Ich brauch eine Toilette!*, bis wir beide in schallendes Gelächter ausbrachen. Notgedrungen steuerten wir dann den Pachinko-Salon an und gingen da aufs Klo. Während ich vor dem Spiegel mein Make-up auffrischte, fragte ich Kana, die in der Kabine hockte, ob sie pinkeln oder kacken müsse. Unglaublich, wie nervtötend ich manchmal sei, kam von ihr zurück. Als wir dann zwischen den Automaten durch zum Ausgang liefen, kreischte sie auf einmal wie eine Bekloppte: »Mann, ist das hier ein Krach!«, woraufhin sich viele Leute im Laden verwundert nach ihr umdrehten.

»Halt's Maul!«, brüllte ich zurück. »Du bist die, die hier Krach macht!«, und gewann so auch die Aufmerksamkeit der übrigen Kunden. Wir stapften aus der Halle, während sie uns mit missbilligenden Blicken – *Was sind das denn für welche?* – hinterherstarrten.

Als wir die Tür zum *Casa Noble* öffneten, schlug uns ein Schwall stickiger Luft entgegen. Aber daran waren wir gewöhnt. Der Club war im Keller, also war die Luft eben schlecht: verqualmt und abgestanden. Ich mochte den Laden trotzdem. Und Kana, die sofort auf die Tanzfläche gestürmt war, offenbar auch.

Die übliche Hochstimmung. Knisternde Luft. Alkohol in Strömen. Alles wie immer. Und wie immer wirbelte ich über die Tanzfläche. Das einzig Ungewöhnliche war, dass heute Roman, der Chef selbst, in der DJ-Kabine saß. Ich johlte und hüpfte, zuckte und wand mich inmitten der wabernden Masse, die sich zu den Tranceklängen bewegte. Dabei hatte ich das Gefühl, als würden fünfzehn Prozent mehr Blut durch meine Venen jagen als sonst. Ekstase! Ek! Sta! Se!

Ich tanzte weiter, bis mich ganz plötzlich ein Gefühl von Panik überkam. Der Rhythmus pumpte ununterbrochen, Sekunde um Sekunde. Aber von irgendwoher erklang ein neuer, unbekannter Ton, der sich direkt in meinen Körper bohrte. Nein. Nein! Irgendwas würde passieren, wenn ich nichts unternahm. Irgendwas Schlimmes. Ich schlotterte am ganzen Leib vor lauter Angst und tanzte noch wilder. Ich war so in Angst vor diesem fremden Ton, dass ich genau wusste, ich würde einen Herzinfarkt bekommen, wenn ich ihn noch mal hören musste. Und trotzdem sehnte ich ihn herbei. Woher diese Angst?

»Angst!«, schrie ich, während meine Beine schlotterten. Es war wundervoll. Es war beängstigend und ich wollte sterben. Lasst meine Schreie bis hoch zum Himmel erklingen!

Der Zustand hielt nur eine Stunde an, dann verließen mich meine Kräfte und ich sackte auf der Bank in der DJ-Box zusammen. Kana ist bestimmt eine Außerirdische, dachte ich, als ich sie dabei beobachtete, wie sie oben auf der Bühne unermüdlich weitertanzte.

»Hier, nimm.«

Ich blickte auf zu der Stimme, die inmitten der Tranceklänge zu mir drang, und sah Kazu, der mit zwei Gin Tonic vor mir stand.

»Danke«, sagte ich und nahm ein Glas entgegen, das ich mit einem Zug halb leerte. Keine Ahnung, ob seine Schicht schon zu Ende war, jedenfalls setzte er sich neben mich und langte mir an den Hintern.

»Weißt du, wie ein Mungo aussieht?«

»Ich muss dir was sagen. Ich glaub, ich werde mein Studium abbrechen.«

»Was soll das denn auf einmal? Du machst die Stimmung kaputt!«

»Das beschäftigt mich schon eine ganze Weile.«

»Dann schmeiß es halt hin.«

»Mit dir kann man nicht reden.«

»Ein Mungo ist doch keine Schlange, oder?«

»Das hier ist das Einzige, was ich wirklich gut kann. Deshalb denke ich drüber nach, ob ich es als professioneller DJ versuchen soll.«

»Nee, mach lieber die Uni weiter.«

»Wieso sagst du das?«

»Man sollte sich immer ein Hintertürchen offenlassen.«

»Sicher, aber …«

Hä? Was? Ich versteh nicht. Was? Äh? Ha? Wie? Ich unterdrückte meinen Impuls, ihn weiter ins Kreuzverhör zu nehmen. Die ohrenbetäubende Musik vibrierte durch meinen Körper, und ich kam mir vor, als würde ich schweben. Als ich klirrend mit Kazu anstieß, kippte sein Glas um. Der Gin Tonic schwappte auf den Boden, aber Kazu bekam nichts ab. Ungerührt stellte er sein Glas wieder aufrecht hin. Dabei bemerkte ich den billigen Ring an seinem Finger, ein silbernes Kreuz.

Kazu hielt mir sein leeres Glas hin, und wir prosteten uns erneut zu. Dann steckte ich mir eine Zigarette an und winkte einem Mann auf der Tanzfläche zu. Seinen Namen wusste ich nicht, aber ich hatte das Gefühl, ihn schon mal getroffen zu haben.

»Und was ist mit dir, Rin? Du hängst doch auch bloß die ganze Zeit in Shinjuku rum. Wo ist dein Hintertürchen?«

»Hab keins.«

Ich hatte keins? Aber gerade, als ich eingehender darüber nachdenken wollte, kam mein Lieblingsstück, und ich wurde ganz zappelig.

»Ich geh immer vorne raus«, sagte ich noch. Dann hielt mich nichts mehr auf meinem Platz, und ich stürzte mich unter die Tanzenden.

Ich tanzte wie besessen und merkte, wie mir der Drink ins Blut ging. In mich hineinsickerte. Gin und Tonic, ich konnte es fühlen. Immer tiefer sickerte die Flüssigkeit. Nach und nach und nach und nach wurde sie von meinem Körper aufgesogen. Gin und Tonic verwandelten sich in pure Energie. Meine Energie! Gin und Tonic waren mein Treibstoff. Die Kraft, die mich antrieb. Nur durch sie konnte ich mich bewegen. Meine Energie bestand aus Gin und Tonic! Mein Leben war Gin und Tonic! Mein geliebter Gin und Tonic! Ein Wahnsinnssound! Unbeschreiblich! Die Tanzfläche in ihrer unendlichen Weite! Das goldene Licht, das mich in eine Göttin verwandelte! Ich tanzte mit einer Unbekannten, verknotete mich mit ihr, und der Gin Tonic verwandelte sich in Schweiß. Bald wird er als Wolke über die grenzenlose Weite des *Casa Noble* ziehen und die Tanzfläche in Finsternis hüllen.

Ich war am Ende. Ich musste aufhören. Ich konnte nicht mehr. Oder vielleicht konnte ich noch, aber ich wollte nicht mehr. Kana musste irgendwann gegangen sein, und Kazu, der sich eigentlich um mich hätte kümmern sollen, hatte sich schließlich um drei Uhr früh verdrückt. »Danke für alles«, hatte er zum Abschied gesagt, als seien es seine letzten Worte auf dem Sterbebett. Er sei müde, hatte er noch hinzugefügt.

Ich ging in die VIP-Lounge, um mich aufs Ohr zu hauen, aber dort lag Roman schon. Mit ihm eine Nummer zu schieben war das Letzte, was ich wollte, also blieb mir nichts anderes übrig, als den Club zu verlassen.

Der Himmel färbte sich schon blau. Ich sog die frische Luft des anbrechenden Tages ein. Es war noch diesig. Ich stolperte die Straße entlang und überlegte, wo ich einen Platz zum Schlafen finden konnte. Der Gin Tonic war offenbar doch noch nicht vollständig zur Wolke verdunstet. Daher mein torkelnder Gang.

Ich konnte ins *Byokko* oder zu Ran-chan gehen oder aber Kazu wachklingeln. Das waren die drei naheliegendsten Möglichkeiten. Ich rief Kazu an, weil ich davon ausging, dass Ran-chan höchstwahrscheinlich mit irgendjemandem zugange war. Es meldete sich nur der Anrufbeantworter. Dann versuchte ich es doch bei Ran-chan, aber ihr Telefon war ausgestellt. Ich hatte das dringende Bedürfnis, mich in einem weichen Bett oder auf einem bequemen Futon schlafen zu legen. Auf das schmale Sofa, das im *Byokko* auf mich wartete, hatte ich überhaupt keine Lust. Wirklich nicht. Ach. Es war völlig sinnlos, weiter rumzuspinnen. Ich würde kein weiches Bett bekommen. Ich blieb stehen und hockte mich auf den Gehweg. Warum legte ich mich nicht einfach hier hin?

Als ich meine Hand auf den Asphalt legte, um zu spüren, wie warm er war, hörte ich einen Schrei.

Typisch Kabukichô. Das Viertel war voll mit Betrunkenen, die bis in die frühen Morgenstunden rumgrölten. Ich war zu kaputt, um mich groß darum zu scheren. Sorry, Kabukichô.

Schon wieder dieses Gebrüll. Als ich merkte, dass es näher kam, drehte ich mich um. Hinter mir stand ein Ausländer, wahrscheinlich war er Iraner. Das schloss ich zumindest aus seinem Äußeren: dunkelhäutig mit weißem Hemd und abgewetzter Khakihose.

»Hä?«, fragte ich unwillkürlich und mit zittriger Stimme. Etwas Bedrohliches ging von dem Mann aus, der etwa fünf Meter hinter mir stand. Er fing wieder an zu schreien. Oder besser gesagt: Was ich für Geschrei hielt, war eigentlich das unverständliche Gestammel in einer fremden Sprache. Er sah ganz verzweifelt aus, und das machte mir irgendwie Angst, aber ich hatte keine Ahnung, was er wollte, was er mir zu sagen versuchte oder wieso er so außer sich war. Normalerweise hätte ich ihn einfach ignoriert, aber als ich in seine weit aufgerissenen Augen blickte, konnte ich nicht mehr wegsehen.

»Was ist denn?«, fragte ich.

Ich kam mir blöd vor, wie ich da so kauerte, und stand auf, ganz langsam, wegen des Stechens in meinen Knien. Dann sah ich einen blitzenden Gegenstand in der Hand des Mannes, und der Schmerz war im Nu verflogen. Es war ein Messer … ein Messer! O mein Gott! … Der Kerl hatte ein Messer!

Trotz meiner Panik und Konfusion witterte mein Körper Gefahr und begann instinktiv wegzulaufen. Aber die Schreie verfolgten mich, und als ich mich umdrehte, sah ich, dass der Mann hinter mir herrannte. Jetzt war das Messer eindeutig auf mich gerichtet. Offensichtlich war ich seine Beute. Der Abstand zwischen uns betrug etwa sieben Meter.

Sonst waren hier doch immer Leute auf der Straße, warum war ausgerechnet jetzt niemand in der Nähe, keine einzige Menschenseele? Warum? Warum! Ich wusste, dass ich schneller rennen konnte, wenn ich mich nicht umdrehte, aber ich machte es trotzdem. Mist! Verdammt! Nicht umdrehen, sonst sticht er zu! Schneller! Schneller! Schneller!

Nicht umdrehen, nur rennen! Schneller! Seine Schritte waren hinter mir deutlich hörbar. Mir brach der Schweiß aus. Los, schneller, schneller! Renn, was du kannst! Renn um dein Leben! Sonst sticht er dich ab! Wieso hat er ausgerechnet mich auf dem Kieker? Wieso ist dieser Irre hinter mir her, dieser Bekloppte mit seinem Messer? Kann nicht mehr! Wieso hatte ich mich nicht gleich ergeben und mich abstechen lassen? Wäre ich doch gar nicht erst losgerannt, sondern einfach nur still hocken geblieben! Er wäre so oder so auf mich losgegangen. Dann wäre es jetzt vorbei. Die Qual wäre vorbei. Wieso renne ich überhaupt? Meine Beine! Machen schlapp. Ich kann nicht mehr! Das kommt davon, dass ich vorhin so viel getanzt hab. O bitte, warum hilft mir denn keiner! Bitte, helft mir doch!

Als ich mich umdrehte, war er nur noch fünf Meter von mir entfernt. Mist, gleich hat er mich! Was soll ich machen? Was soll ich machen? Da ist die Hauptstraße! Eine Gruppe Männer, drei Büroangestellte, die gerade ein Taxi rufen wollen! Ich schrie, so laut ich nur konnte. HILFE! Wenn ihr mir helft, werde ich euch bis an mein Lebensende als Sexsklavin dienen!

Es war mein voller Ernst.

WINTER

15

»Ich will nicht!«

»Du hättest schon längst zu Hause sein müssen.«

»Deshalb will ich ja gerade nicht gehen. Weil ich sowieso schon zu spät bin.«

»Das macht sie doch bloß noch wütender.«

»Dann geh ich eben gar nicht mehr nach Hause.«

»Ich bin mit Hiro-kun verabredet. Willst du später nachkommen?«

»Hm.«

Ich gab Nyanko einen Kuss auf die Wange, und wir winkten uns zum Abschied. Ich ging los, drehte ich mich aber noch mal um. Da war er wieder: ein abgeschlagener Kopf, der auf einem Zaunpfahl vor Suzukis Haus steckte. Der Mann, den ich so wahnsinnig liebte, winkte mir zu, und direkt hinter ihm thronte ein toter Kopf auf dem Zaun. Ein sehr, sehr merkwürdiger Anblick.

Wie lange mochte es wohl her sein, seit ich ihn zum ersten Mal gesehen hatte? Schon als Kind hatte ich hin und wieder ein verschwommenes Gebilde vor Augen gehabt, das mit der Zeit immer schärfer geworden war und schließlich die Form eines abgeschlagenen Kopfes angenommen hatte. Zumindest *glaubte* ich, dass sich die Sache so entwickelt hatte, aber sicher war ich mir nicht. Vielleicht war er auch eines Tages ganz plötzlich aufgetaucht. Ja, so musste es sein. Für mich waren die Einzelheiten ohnehin nicht weiter wichtig, denn weder ging von dem Anblick des abgeschlagenen Kopfes irgendeine Gefahr aus, noch verursachte er mir sonstige Probleme. Er war einfach zum Teil meines täglichen Lebens geworden. Hatte sich gewissermaßen auf ganz natürliche Weise in das System meines Daseins integriert.

Nyankos Wort war mir Befehl. Nicht bloß heute, sondern grundsätzlich. Nur deswegen befand ich mich jetzt auf dem Heimweg. Ganz gleich, wie überzeugt ich von etwas war, ich tat immer das, was er wollte. Nyanko hatte immer recht – das war meine Richtschnur. Hätte ich doch nur mit ihm durchbrennen und den Rest der Ewigkeit mit ihm verbringen können, statt Stunden nach der vereinbarten Zeit nach Hause zu schleichen.

Als ich am Türgriff drehte und versuchte, schwungvoll die Haustür aufzuschieben, gab es mit einem Mal einen dumpfen Ruck, und ich spürte schmerzhaft einen Widerstand im Arm. Ich spähte durch den zehn Zentimeter breiten Spalt ins Innere des Hauses, sah dort aber niemanden bis auf unsere Hauskatze Dôma, die mich neugierig anstarrte. Natürlich wusste ich genau, dass jemand daheim war, schließlich hätte die blöde Dôma wohl kaum selbstständig die Kette vorlegen können.

Das brachte mich auf eine Idee. Ich lockte sie zu mir, indem ich meine Hand durch den Türspalt schob und mit den Fingern wackelte. Sofort nahm Dôma ihre vermeintliche Beute ins Visier. Mit den Hinterpfoten scharrend, setzte sie zum Sprung an. Na? Ist dein Jagdinstinkt erwacht? Ich hatte vor, mit den Fingern im Türspalt langsam immer weiter nach oben zu wandern, so dass sie, wenn sie schließlich ihren Satz machte, gegen die Kette springen würde, aber als meine Hand etwa in Taillenhöhe schwebte, warf sie mir plötzlich einen abweisenden Blick zu, als wollte sie mir zu verstehen geben: »Das liegt außerhalb meiner Zuständigkeit«, und entfernte sich.

Ich drückte die Türklingel und ließ das Telefon läuten, aber niemand reagierte. Nachdem ich eine Weile auf den Lichtschein gestarrt hatte, der aus Papas Zimmer drang, verließ ich das Grundstück durch das Gartentor. Es gab doch immer einen triftigen Grund, wenn ich zu spät nach Hause kam! Was war in meine Eltern gefahren, deswegen derart drastische Maßnahmen zu ergreifen?

Obwohl Papa und Mama im Großen und Ganzen vorbildliche Erwachsene waren, schien es ihnen an Geduld und Durchhaltevermögen zu mangeln. Mein Dasein hingegen bestand aus nichts als Durchhalten. Nur so hatte ich die fünfzehn Jahre und ein paar Monate meines bisherigen Lebens überstanden. Jeden Moment meines Daseins war Durchhalten angesagt – außer in den Stunden, die ich mit Nyanko verbrachte. Sogar die Zeit, in der ich ganz allein war, empfand ich als Qual. Dabei spielte es keine Rolle, ob ich in meinem Zimmer auf dem Sofa hockte und träumte, einer Freundin E-Mails schrieb, am Schreibtisch saß und las oder lernte oder eine Zigarette rauchte – alles war reines Durchhalten. Alles war mir verhasst.

Erst Nyanko hatte meinem Leben einen Sinn verliehen. Bevor ich ihm begegnet war, hatte ich streng genommen überhaupt keinen Grund gehabt zu leben. Meine todlangweilige Existenz, ein einziges Erdulden, hing mir dermaßen zum Hals raus, dass ich mir beim Anblick eines Hundes sofort einbildete, er könnte mich zu Tode beißen. Beim Anzünden einer Zigarette sah ich mich in einem Feuerball verbrennen. Wenn ich zum Himmel emporschaute, stellte ich mir vor, ein abstürzendes Flugzeug könnte mein Schädeldach zertrümmern. Wenn ich meine Essstäbchen fallen ließ, fand ich das lustig. Wirklich? Nein, denn sobald ich Essstäbchen sah, kam mir der Gedanke, jemand würde sie mir gleich in die Kehle rammen.

Diese Todesfantasien hatte ich seit der Grundschule. Ich

bildete mir ein, dass mein Klassenlehrer mich umbringen wollte, und schwänzte daraufhin den Unterricht. Die Klavierstunden gab ich auf, weil ich glaubte, mein Leichnam läge im Innern des Pianos aufgebahrt. Ich stellte mir vor, wie ich vor den Augen meiner Mutter von einer Horde Männer vergewaltigt und ermordet wurde, und ging ihr deshalb aus dem Weg. Ich litt und wurde gelitten.

Aber all das hörte auf, als ich Nyanko kennenlernte: Endlich war ich erlöst vom ständigen Ertragenmüssen. Kein Durchhalten mehr. Bislang hatte ich mir keinen Ort auf der Welt vorstellen können, an dem ich vom Leiden frei sein könnte. Nyankos Gegenwart aber löste in mir vom ersten Moment an ein Gefühl der Entspannung und des inneren Friedens aus, das ich fortan nicht mehr missen wollte.

Ich war eben ein sehr empfindsames Geschöpf. Mein Gott, was für eine sentimentale und wehleidige Kreatur ich doch war.

»Bitte hol mich sofort ab. Ich bin kurz vor dem Nervenzusammenbruch!«

Ich hatte einen Wutanfall, und die Worte brachen völlig unkontrolliert aus mir heraus. Es waren wirklich nur Worte, keine Gedanken im engeren Sinne. Moment, was heißt hier *nur*? Worte konnte ich immerhin aussprechen, Gedanken dagegen existierten ausschließlich in mir drinnen. Was für eine Bedeutung hatten sie also im gesellschaftlichen Kontext? Genau: gar keine. Sie waren völlig wertlos. Aber da ich mir ohnehin so gut wie nie den Kopf über irgendwelche Kontexte zerbrach, war diese Frage vielleicht insgesamt falsch gestellt.

Im Endeffekt spielte das alles sowieso keine Rolle. Ich war einfach bloß ein Mädchen, das Nyanko bei sich haben wollte, und zwar sofort. Sonst würde es in Tränen ausbrechen. Mit wahr oder falsch hatte das nichts zu tun.

Heulend lief ich die Hauptstraße entlang. Als ich die Kreuzung erreichte, heulte ich immer noch. Ich blieb an der Fußgängerampel stehen, um dort auf Nyanko zu warten. Keine fünf Minuten später war er da. Er strich mir über den Kopf, und ich sackte schluchzend auf der Straße zusammen.

»Sie haben mich ausgesperrt!«

»Hat dir niemand aufgemacht?«

»Wieso ich? … Wieso bin ich immer die Böse? Alle anderen machen, was sie wollen, und denken nur an ihre eigenen Gefühle, und ich bin die, die darunter leiden muss! Wieso werd ich immer so mies behandelt? Das ist gemein. So gemein!«

»Nicht weinen.«

Ich ergriff Nyankos Hand und er half mir auf. Wortlos nahm er mich in die Arme. Mhhhh …

Was, wenn ein Clown, der am frühen Morgen zu seiner ersten Zirkusvorstellung rast, uns mit seinem Lieferwagen erfasst? Würde er aussteigen und unsere toten Körper in dieser Umarmung vorfinden? Würde er auf unsere umschlungenen Leichname steigen und anfangen, darauf rumzubalancieren wie jemand, der auf einer Kugel läuft? Würden wir dann alle zusammen über den Asphalt rollen? Das knallbunte Clownskostüm würde die Leute bestimmt blenden. Einem Clown traute niemand etwas Böses zu, stimmt's? Wer würde dir die Schuld daran geben, dass zwei Menschen im Augenblick ihres größten Glücks dahingerafft worden waren? Und selbst wenn du deswegen im Knast landen würdest, wärst du da bestimmt total beliebt, so als Clown.

Wir kamen heil, ohne über den Haufen gefahren zu werden, bei Hiro-kun an. Hiro sah wirklich aus wie ein Hiro. Der Name passte perfekt zu seiner langgezogenen Visage: Hiiiiro. Ein weiteres typisches Merkmal war sein meckerndes Lachen, »Ha! Haha!«, und drittens fiel er noch durch ein Brandmal auf seiner linken Wange auf, das von einer glühenden Zigarette stammte. Keine Ahnung, ob ihm das jemand verpasst oder er es sich selbst beigebracht hatte. Jedenfalls bekam sein Gesicht durch diese Narbe irgendwie einen debilen Touch.

Eigentlich gehörte es sich ja nicht, jemanden für debil zu halten, nur weil er ein debiles Gesicht hatte, aber trotzdem glaubte ich fest daran, dass seine Debilität real war – und dass sie mit seinem Brandmal zusammenhing. Als Nyanko mir Hiro seinerzeit als einen Freund aus seiner Mah-Jongg-Clique vorgestellt hatte, war ich dermaßen von seiner Narbe fasziniert gewesen, dass ich ihn nicht mal ordentlich begrüßt hatte. Eine solche Anziehungskraft ging davon aus.

Ich rauchte und sah den beiden geistesabwesend dabei zu, wie sie ein Videogame spielten. Das Bier, das Hiro-kun mir hingestellt hatte, war nicht richtig gekühlt. Ich hockte mit angezogenen Knien vor dem Teetisch und betrachtete mich in dem kleinen Standspiegel an der Seite. Mein Haar war völlig zerzaust. Während ich es zu bändigen versuchte, fiel mein Blick auf den Sticker, der in einer Ecke des Glases klebte. Es war die Figur aus dem Spiel, das Nyanko und Hiro gerade spielten. Für einen Vierundzwanzigjährigen hatte Hiro wirklich ziemlich kindische Hobbys. Na ja, ich musste gerade das Maul aufreißen – kindischer als meine täglichen Todesvisionen ging es doch gar nicht mehr. Dabei war nicht so sehr die Obsession als solche, sondern vielmehr ihre konkrete Ausformung kindisch: unter die Räder eines Lieferwagens zu kommen, an dessen Steuer ein Clown saß, von der wilden Bestie eines Dompteurs zerfleischt zu werden oder zu Tode zu stürzen, weil mich jemand gezwungen hatte, auf einem Hochseil zu tanzen. Wer solche Wahnvorstellungen ausheckte, konnte kaum als erwachsen durchgehen.

Aber wie sah ein realistischer Tod aus? Im Krankenhaus an Altersschwäche sterben? Bei einem Verkehrsunfall – ohne Clown – zermalmt werden? Auf offener Straße von einem Amokläufer erstochen werden? Nein, das passte alles nicht zu mir. So würde ich nicht sterben, das wusste ich ganz genau. Warum? Weil ich meine ganz eigenen Vorstellungen hatte. Und in die ließ ich mir von niemandem reinreden. Obwohl es wahrscheinlich viele gewollt hätten.

»Rin, willst du nicht mitspielen?«, fragte mich Hiro überraschend, weil er wohl mitbekommen hatte, dass ich die ganze Zeit gelangweilt rumsaß. Ich schaute in den Spiegel und fragte mich, ob seine langgezogene Visage da überhaupt reinpasste.

»Nee«, sagte ich, ohne den Blick von meinem Spiegelbild abzuwenden.

»Weil sie eine Niete ist«, hörte ich Nyanko sagen.

Ich bin keine Niete!, wollte ich mich empört zur Wehr setzen, aber dann hielt ich die Klappe. Ich verlor tatsächlich meistens, und das Gegenteil zu behaupten hätte auch keine bessere Spielerin aus mir gemacht. Worauf ich auch überhaupt keinen Wert legte. Ich hätte ihm allenfalls deshalb widersprechen können, weil ich einen auf niedlich machen wollte. Natürlich war es dazu streng genommen zu spät. Meine Handgelenke waren voller Narben. Sowohl Nyanko als auch Hiro wussten das.

Und trotzdem hatte ich die Angewohnheit, meine Sätze mit einem »ey« zu beenden, was ja auch irgendwie niedlich war. Ich machte das hauptsächlich, weil es die Leute nervte. Irgendwie gefiel ich mir so. Niedlich eben. Es machte mir Riesenspaß, mich albern zu benehmen, indem ich lispelte wie ein kleines Kind und immer »*Nyankooo!*« zu Nyanko sagte wie ein Kätzchen, das miaut. Wenn ich allein war, machte ich das natürlich nicht, sondern sprach klar und deutlich und bis zu einem gewissen Grad auch folgerichtig. Und ich nannte Nyanko auch nicht Nyanko.

Aus mir etwas Niedliches zu machen war also gewissermaßen reine Selbstbefriedigung. Manchmal kotzte mich das Theater allerdings auch an. Ich wusste nur zu gut, dass ein Mädchen mit vernarbten Handgelenken, wie ich sie hatte, niemals *wirklich* niedlich sein konnte. Da konnte ich mich abstrampeln, wie ich wollte. Eigentlich fand ich das Leben auch viel angenehmer, wenn ich mich nicht als niedlich verkaufte. In einer unberechenbaren Welt wie dieser war es bequemer, eitel und wehleidig und schmerzerfüllt zu sein. Deshalb sorgte ich auch dafür, dass die Narben an meinen Handgelenken immer frisch und gut sichtbar blieben. Nein, das ist eine Lüge. Ich wollte einfach nur allen Menschen auf dieser Welt begreiflich machen, welche Haltung ich vertrat.

Als ich meine Kippe im Aschenbecher ausdrückte, hörte ich ein Knistern und es begann fürchterlich zu stinken. Im Aschenbecher lagen ein paar Haarbüschel, darunter auch Schamhaare. Hiro hatte sich wohl noch schnell rasiert, bevor wir aufgekreuzt waren. Ich erinnerte mich daran, wie ich vor einigen Jahren bei einem Freund zu Hause, wo wir uns zum Mah-Jongg verabredet hatten, ein Schamhaar zwischen den Spielsteinen gefunden hatte.

Wie viele Schamhaare musste man wohl schlucken, bis man daran erstickte? Oder konnte man an Schamhaaren gar nicht ersticken? Doch, bestimmt. Wenn sie einem in der Kehle festsaßen, würde man bestimmt daran sterben. Oder sie würden die Därme verstopfen, so dass lebensgefährliche organische Störungen auftraten. Das wäre eine besonders peinliche Art zu sterben – eine von denen, die ich mir für mich gut vorstellen konnte. Sollte ich von jetzt an vielleicht alle Schamhaare einsammeln, die ich auf meinem Futon fand? Aber die, die ich schluckte, durften nur von mir und Nyanko stammen. Da würde ich keine Kompromisse machen.

»Den Schlüssel bitte in den Briefkasten werfen, ja?«, rief Hiro uns am nächsten Morgen zu, als er sich um sieben zur Arbeit aufmachte. Nyanko und ich schliefen noch weiter bis zum Mittag, erst dann weckten uns die Sonnenstrahlen, die durch den Spalt in der Wolldecke fielen, die anstelle von Gardinen vor dem Fenster hing. Wir hatten erst mal eine Runde Sex. Ich fand es toll, in fremden Wohnungen Sex zu haben. Oder draußen im Freien. Es gab mir das Gefühl, einen Ort in Beschlag zu nehmen. Wir hatten schon an allen möglichen Orten Sex gehabt. Mein erstes Mal war auf dem Spielplatz im Park gewesen: Er nahm mich von hinten, während ich mich an der Rutschbahn festhielt. Sex war für mich das Allergrößte. Vom ersten Mal an sehnte ich mich danach, es wieder und wieder zu tun. Wenn ich mit Nyanko schlief, waren das die glücklichsten Augenblicke in meinem Leben.

Der Mittag war bereits vorüber, und wir waren immer noch in Hiros Wohnung, als ich plötzlich eine Panikattacke bekam. Wo war meine Pillendose? Ich brauchte meine Medikamente! Als ich aus heiterem Himmel zu weinen anfing, meinte Nyanko sofort, ich solle nach Hause gehen, wahrscheinlich hätte ich sie dort vergessen. Als ich dann feststellte, dass ich sie tatsächlich nicht bei mir hatte, wurde mir klar, dass ich nicht darum herumkommen würde.

Ohne meine Medikamente war ich nicht in der Lage, ein normales Leben zu führen. Ich fand meine Tablettenabhängigkeit nicht weiter schlimm. Es war genauso wie mit Zigaretten, Alkohol oder Sex – ohne diese Dinge konnte ich nicht existieren. Aber manchmal hasste ich es, darauf angewiesen zu sein.

Nachdem ich mich von Nyanko verabschiedet hatte, ging ich nach Hause und versuchte wie in der Nacht zuvor, mit aller Kraft die Tür aufzustoßen. Es rummste genauso wie beim letzten Mal. Scheißverdammte Kette. Ich klingelte, klopfte und trat sogar gegen die Tür, warf meine Tasche dagegen und feuerte kleine Steinchen durch den Spalt, aber nichts regte sich. Die Panik, meine Pillen nicht nehmen zu können, drohte mich zu übermannen, und ich spürte, wie ich zunehmend die Kontrolle über mich verlor.

»Macht sofort die Tür auf! Wollt ihr, dass ich hier krepiere? Ich ruf die Polizei!«, brüllte ich und trat gegen die Tür.

Die Kette blieb, wo sie war, aber der Spalt öffnete sich jetzt ein bisschen weiter, und ich hörte die besorgte Stimme meiner Mutter: »Pssst. Was sollen die Nachbarn von uns denken?«

»Mama, bitte, ich will nur meine Pillen holen. Dann hau ich gleich wieder ab«, bettelte ich mit tränenerstickter Stimme.

»Mach ihr nicht auf!«, ertönte daraufhin Papas Stimme von drinnen.

Was zog der hier überhaupt für eine Show ab? Der hatte sich doch noch nie um uns Kinder gekümmert. Und jetzt dieses Riesentheater, nur weil ich abends mal zu spät nach Hause gekommen war? Ich schob meine Fußspitze in den Spalt wie ein hartnäckiger Vertreter, damit sie die Tür nicht zumachen konnten, hielt meine Hand auf und flüsterte so leise, dass es nur meine Mutter hören konnte:

»Bitte, ich will nur die Pillen!«

Die Zornesfalte zwischen ihren Augenbrauen vertiefte sich. Das machte sie ganz schön hässlich. Auf alten Fotos, auf denen ihre Haut noch jugendlich glatt war, sah sie richtig hübsch aus. Jetzt war keine Spur mehr davon übrig. Da hatte man es wieder: Vergangene Tatsachen waren in der Gegenwart völlig ohne Bedeutung.

»Ich muss erst Papa fragen …«, hörte ich sie ängstlich wispern. Da wusste ich schon, dass ich meine Hoffnungen begraben konnte.

»Gebt mir endlich diese verdammten Pillen, sonst bring ich mich um. Noch heute! Und ihr seid dann dran schuld, ihr Kindermörder!«

Bizarre Visionen brauten sich in mir zusammen: wie ich in unserem Garten von der Größe einer Katzenstirn eines unnatürlichen und grausamen Todes sterbe. Mein Ende auf dem Gartenzaun finde, bäuchlings aufgespießt. Mein Leichnam in zwei Hälften geteilt. Tod durch Erhängen, den Strick an der Regenrinne festgebunden. Würde mich dieses Pack wirklich in den Tod treiben? Wieso sollte ich das überhaupt zulassen?

Seit meiner Geburt war ich doch bloß eine Ausrede für die beiden gewesen, sich nicht scheiden zu lassen. Ich lebte nur, damit sie mich zu ihrem jeweiligen Vorteil missbrauchen konnten. Waren sie mir nicht wenigstens ein bisschen Respekt schuldig? Ich bin es schließlich, die euer Sperma und Ei zu etwas Großartigem hat reifen lassen! Ich hab euer wertloses Ei-Sperma-Gemisch, das sonst im Klo gelandet wäre, zu einem prächtigen, wundervollen Körper gedeihen lassen. Und das alles nur durch meinen eigenen Willen und meine eigene Kraft, indem ich regelmäßig Nahrung aufnehme und Exkremente ausscheide. Was ist das für ein Benehmen mir gegenüber! Aber hätte ich was gesagt, hätte ich bloß einen ihrer blöden Sprüche zu hören bekommen: *Du bist in unserem Haus aufgewachsen, mit dem Geld, das wir verdienen!*

Deshalb hielt ich die Klappe. Solche Behauptungen aufzustellen gehörte eben zur Daseinslogik von Eltern. Ich dagegen vertrat das Argument, dass ihr an sich wertloses Ei-Sperma-Gemisch nur durch meinen Einsatz zu einem anständigen Menschen geworden war. Selbst wenn wir offen darüber gesprochen hätten, wären wir garantiert nie auf einen Nenner gekommen. Solche sinnlosen Debatten konnten mir gestohlen bleiben. Sie machten einfach keinen Spaß. Eine Verständigung war völlig ausgeschlossen. In all den Gesprächen, die ich über die Jahre hinweg mit Erwachsenen geführt hatte, hatte ich nicht ein einziges Mal Verständnis geerntet.

Also beschloss ich, zur wirkungsvollsten Methode zu greifen, die mir einfiel, damit sie mir endlich die Tür aufmachten. Ich heulte und schrie in einer Tour, so dass Mama aus Angst, die Nachbarn könnten sich beschweren, schließlich die Kette löste, ohne Papa vorher um Erlaubnis zu fragen. Ich stieß die Tür mit voller Wucht auf, schubste meine Mutter aus dem Weg und stürmte ins Wohnzimmer. Ich war mir sicher, dass ich die Pillendose hier irgendwo liegengelassen hatte, aber ich konnte sie nirgendwo entdecken – weder auf dem Sofa noch auf dem Tisch oder den Stühlen, und auch auf dem Regal lag sie nicht. Papa kam ins Zimmer und stierte mich an. Und? Was soll das bringen? Wieso haust du mir keine runter? Wenn ich dich so dermaßen ankotze, wieso schlägst du mich dann nicht? Bringst du es nicht fertig, die Hand gegen deine Tochter zu erheben? Ich erwiderte seinen Blick voller Verachtung.

Als ich in mein Zimmer gehen wollte, versperrte er mir den Weg.

»Wollt ihr mich umbringen, ihr Mörder? Verreck doch, du Arsch!«, schrie ich außer mir vor Wut und bebte dabei am ganzen Körper. Lag es daran, dass ich zu lange meine Tabletten nicht geschluckt hatte, oder war es Ausdruck meiner Verzweiflung? Keine Ahnung. Jedenfalls zitterte ich so heftig, dass ich befürchtete, gleich zusammenzubrechen.

»Wieso gibst du ihr nicht ihre Medikamente und lässt sie dann gehen?«

Meine Mutter warf mir einen Rettungsring zu. Ich mochte ihre Angewohnheit, nicht bis zur allerletzten Sekunde stur zu bleiben, sondern bereits zwei Schritte vor dem Ende nachzugeben. Ja, ja! Sei so lieb und gib mir die Pillen. Sonst bring ich euch beide um. Ich hab euch nämlich schon immer gehasst. Es wäre eine wunderbare Gelegenheit. Ich bring euch um, habt ihr verstanden? Quatsch! Alles Quatsch. Ich war kein Mörder. Ich hasste niemanden so sehr, dass ich ihn hätte umbringen wollen. Diesen Drang hatte ich schon vor langer Zeit verloren. Aber ich beneidete sie. Die Leute, die so viel Hass in sich spürten, dass sie jemanden töten konnten. Woher kam dieser Trieb?, fragte ich mich. Besäße ich ihn, könnte ich viel positiver ins Leben blicken.

»Nein!«

Diese unerbittliche Antwort von meinem sonst so sanftmütigen Papa schockierte mich. Warum? Was soll das? Ich hasse dich zwar nicht genug, um dich zu töten, Papa, aber wenn du dich weiter stur stellst, dann sehe ich schwarz. Vielleicht müsste ich dich dann doch umbringen. Sozusagen in Selbstverteidigung. Ich hasse dich nicht. Aber um mich selbst zu schützen, weil ich die Medikamente brauche, würde ich dich notfalls töten. Es wäre kein besonders großartiges Verbrechen, kein Mord aus Rache oder um einer neuen Erfahrung willen, sondern nur wegen der Pillen. Und gewissermaßen mir selbst zuliebe.

Stöhnend krümmte ich mich zusammen. Ich knickte meinen Körper so weit nach vorn, dass ich nahe dran war, in zwei Hälften zu brechen.

»Verdammte Scheiße, ich will meine Pillen!« Sobald ich das aus mir herausgeschrien hatte, verließen mich die Kräfte.

»Bitte gebt mir doch meine Pillen!«, jammerte ich, und schon schwoll mein Zorn wieder an.

»Wenn ich nicht sofort meine Pillen kriege, dann mach ich euch kalt! Scheißpack!« Abermals schwand mir alle Kraft.

»Gebt mir doch die Pillen, habt Erbarmen mit mir«, flüsterte ich. Und meine Wut flammte erneut auf.

Als Papa mitbekam, dass Mama, die das offenbar nicht länger mit ansehen konnte, in der Küche verschwand, brüllte er: »Hör endlich auf damit!«

Ich schoss hoch und rannte in die Küche, stieß meine Mutter beiseite und riss den Schrank auf, den sie gerade öffnen wollte. Der ganze Tablettenvorrat, der eigentlich in meinem Zimmer hätte liegen sollen, war da. Ich griff einen Haufen der Plastikbeutelchen, in denen sich jeweils eine Tagesration befand, und stopfte sie unter meinen Pulli. Ein Tütchen fiel zu Boden. Ich hob es auf und steckte es mir in den Mund, bevor ich rausrannte. Am Eingang packte Papa meine Hand, aber ich wusste genau, dass er mir niemals in den Ausschnitt fassen würde.

»Warum kannst du dich nicht an die Regeln halten?«

Seine Stimme klang zornig, hatte aber irgendwie einen traurigen Unterton, und als ich in sein Gesicht blickte, dachte ich, er würde gleich in Tränen ausbrechen. Was sollte ich dann machen? Mama und ich wären mit so einer Situation heillos überfordert.

Aber nein. Papa würde niemals heulen. Jedenfalls hatte ich ihn noch nie heulen sehen. Und auch dass er irgendwann mal heulen *würde*, war unvorstellbar. Mama hingegen heulte andauernd, meistens wegen Papas Liebesaffären. Papa, der nie heulte, brachte meine Mutter zum Heulen. Vielleicht heulte Mama an Papas Stelle. Aber weshalb? Nein, Mama würde doch nicht stellvertretend für Papa heulen. Mama war Mama, und Papa war Papa. Sie lebten zwar zusammen, aber eine Einheit waren sie nicht. Ich fand das unheimlich traurig, weil ich selbst danach strebte, für immer mit Nyanko zusammen zu sein und eines Tages mit ihm zu einem neuen Ganzen zu verschmelzen. Aber wenn ich die beiden so sah, wie sie selbst nach all den Jahrzehnten, die sie gemeinsam verbracht hatten, immer noch völlig getrennt voneinander existierten, zweifelte ich daran, dass mein Wunsch jemals in Erfüllung gehen würde.

Ich kaute auf dem Plastiktütchen rum. Mama weinte. Ich hatte ihre Tränen satt. Der Anblick war mir zuwider. Als ich noch klein war, hatte sie andauernd geheult. Wie gesagt, vermutlich war es wegen Papas Affären, aber ein Kind verfügt nun mal nicht über die komplexe Emotionalität, die es ihm erlauben würde, Mitleid mit seiner betrogenen Mutter zu empfinden. Stattdessen litt ich unter ihren Tränen und ihrer Hysterie und zerbrach mir immer wieder vergeblich den Kopf über die Funktionsweise weiblicher Gefühle.

Blödsinn! Ich hatte gar nicht unter ihren Tränen und ihrer Hysterie gelitten. Ich hatte mir bloß Sorgen um das Abendessen gemacht und darüber, dass sie ihren Frust an mir auslassen könnte.

Wieso erfand ich andauernd Lügen? Es gab niemanden, der in mein Innerstes schauen konnte, also konnte ich doch wenigstens mir selbst gegenüber ehrlich sein. Warum war ich so verkorkst? Wenn ich einem Fremden begegnete, hatte ich das Gefühl, als könne er auf einen Blick meine geheimsten Gedanken erraten. Deshalb dachte ich in solchen Situationen absichtlich immer an besonders merkwürdige Dinge. Wenn ich beispielsweise jemandem in der Bahn gegenübersaß, überlegte ich mir, dass ich morgen beim Rugby-Training zur Abwechslung mal Eistee mit Zitrone statt mit Milch trinken sollte – oder besser noch Eiskaffee mit Schlagsahne. Ich stellte mir einen alten Mann vor, der auf einer Parkbank saß, dort seinen Gedanken nachhing, plötzlich eine Schlange sah und dann einen Hexenschuss bekam, aber kein Handy hatte, um den Krankenwagen zu rufen. Wie er dann eines qualvollen Todes starb und ein Kind mit einem Eistee in der Hand ihm dabei zusah. Wie das Kind nachdenklich den Kopf schief legte und sich fragte, ob das da in seiner Hand vielleicht doch Eis*kaffee* war und kein Eistee.

Solche Fantasien geisterten mir durchs Hirn.

Wenn ich an der Kreuzung stand und dem Fahrer eines an der Ampel wartenden Wagens in die Augen blickte, dann dachte ich mit einem Seufzer daran, dass ich zu Hause gleich meine Hausaufgaben machen musste, weil mir sonst der Lehrer eine Blockflöte in die Möse stecken würde. Ich flehte ihn an, das Ding doch wenigstens vorher einzucremen, woraufhin er sehr wütend wurde und nun stattdessen Anstalten machte, mir eine glühend heiße Wurst reinzuschieben. Dann tat er es aber doch nicht, sondern pustete auf die dampfende Wurst, als wolle er sie gleich aufessen. Bevor er hineinbiss, schmierte er sich noch Schlagsahne auf die Lippen. Moment mal. Das war ja gar keine Wurst, sondern ein spanischer Krapfen.

»Es ist ein Churro«, rief er und starrte mich voller Entsetzen an.

Vielleicht sollte ich mir diese Spinnerei abgewöhnen. Andererseits war es natürlich lächerlich, sich einzubilden, man könnte das Unbewusste mit Hilfe des Bewusstseins kontrollieren. Insofern war die Absicht, etwas gegen meine Wahnvorstellungen zu unternehmen, von vorneherein nichts als eine Lüge. Ich glaube, ich mochte mich insgeheim sogar dafür, dass ich mir so ein schräges Zeug ausdachte.

Ich hörte ein Scharren. Als ich zur Haustür blickte, sah ich, dass Dôma sich an einem Topf auf dem Treppenabsatz festkrallte. Warum macht sie das?, dachte ich noch, als der Topf im nächsten Moment runterfiel und zerschellte. Dôma sprang mit einem Satz davon. Vielleicht war die Katze das Treppengeländer runtergerutscht und hatte sich dann verzweifelt an den Topf geklammert, um nicht abzustürzen. Während Papa und Mama den sauber in zwei Teile zerbrochenen Topf musterten, fetzte ich das vor Spucke triefende Beutelchen auf und schluckte die vier Pillen, die darin waren. Mein Gesicht glühte und war nass von Speichel und Tränen. Bestimmt sah ich aus, als wäre ich gerade aus der Badewanne gestiegen. Ich spürte die anderen Tütchen unter dem Trägerhemdchen auf meinen nackten Brüsten, wo sie scheuerten und juckten.

»Wenn ich Krebs im Endstadium hätte, würdet ihr mir dann auch mein Morphium wegnehmen? Wollt ihr nicht kapieren, dass ich tue, was ich kann, um meinen Zustand halbwegs in den Griff zu kriegen? Glaubt ihr vielleicht, ich simuliere nur? Ich verarsche den Arzt, damit er mir Pillen verschreibt?«

Papa und Mama hatten sich inzwischen beruhigt, aber ich klagte sie trotzdem weiter an. Natürlich ignorierten sie meine Worte und leierten nur ihren Standardtext runter: »Du hast bis Mitternacht hier zu sein. Du kannst nicht jeden Tag zu spät nach Hause kommen. Hör endlich auf damit, andauernd in Clubs oder Spielhallen zu rennen und dich mit deinem Freund herumzutreiben.«

Solche sinnlosen Tiraden musste ich mir schon immer in der Schulsprechstunde anhören. Ich nickte bloß mechanisch und pulte dabei an meinen Nägeln. Ich hatte mir bereits den ganzen Nagellack vom kleinen Finger und vom Zeigefinger meiner linken Hand abgekratzt, als ich endlich entlassen wurde und in mein Zimmer gehen durfte. Dort warf ich meine Tasche aufs Sofa und rief Nyanko an.

»Ich hab meine Pillen geschluckt«, informierte ich ihn, woraufhin er »Gott sei Dank« murmelte. Er sei heute seit langer Zeit mal wieder zur Uni gegangen, fuhr er fort. Ich quengelte rum und sagte, ich wolle ihn sofort treffen, bekam aber nur zu hören, dass er erst nach dem Seminar vorbeikommen würde. Widerwillig gab ich mich damit zufrieden.

Ich selbst schwänzte momentan die Schule. Mein Wechsel aufs Gymnasium war allerdings bereits entschieden. Wenn ich den Mittelschulabschluss hatte, würde ich auf die Oberschule gehen.

Mit sechzehn war das Leben vorbei. Zumindest das Leben als Mädchen. Davon war ich fest überzeugt. Allerdings wurde ich ja schon in diesem Sommer sechzehn. Dann würde ich ab jetzt also lieber glauben, dass mein Leben erst mit achtzehn vorbei sein würde. In sechs Monaten, das war viel zu früh. Ich fühlte mich noch nicht annähernd reif dafür. Sobald ich achtzehn war, konnte ich heiraten. Eines Tages wollte ich Nyankos Frau werden.

Ich saß auf dem Fensterbrett und angelte mir den Aschenbecher vom Tisch. Während ich an der Zigarette zog, stellte ich mir vor, wie mein ganzer Körper sich aschgrau färbte. Als wäre ich geräuchert. Ich öffnete das Fenster, damit ich gleichzeitig frische Luft und Qualm einatmen konnte. Meine Augenbrauen zogen sich zusammen, und ich fragte mich, wieso. Manchmal hatte ich das Gefühl, dass sich jemand über alles, was ich dachte, tat und glaubte, lustig machte.

Als ich aus dem Fenster zum Himmel aufblickte, sah ich einen Kopf auf der Spitze des Telegrafenmasts aufgespießt. Ein gefallener Krieger, dessen weit aufgerissene Augen mich starr fixierten. Ich winkte ihm zaghaft zu, aber er lächelte weder, noch winkte er zurück, weil er ja gar keine Hände hatte.

Der Ärmste. Sollte ich Mitleid mit ihm haben, weil er in

einem blutigen Kampf unterlegen gewesen war? Oder war ich die Bemitleidenswerte von uns beiden, weil ich nicht wie er auf einem Telegrafenmast thronen durfte? Weil ich den Ausblick auf einen armen toten Krieger ertragen musste? Oder war er doch schlimmer dran als ich, weil er gezwungen war, mich anzustarren, eine erbärmliche Kreatur, die sich aus dem Fenster lehnte und rauchte? Sag schon, toter Krieger, welche Sichtweise ist die richtige? Deine? Meine? Ein bisschen von beiden? Der Blick von oben aus dem Himmel? Aus der Froschperspektive? Ich legte all diese Fragen in meinen Blick und merkte dabei, dass ich schon wieder log. Die ganze Traurigkeit, die ich empfand, war pure Einbildung.

Beim Pokern mit Nyanko, Hiro-kun und Akito-kun gewann ich zweitausend Yen. Von dem Geld kaufte ich mir zwei Schwangerschaftstests. Mit einem von ihnen verzog ich mich auf eine öffentliche Toilette. Beim Pinkeln spritzte ein bisschen Urin auf meine Hand, aber das störte mich nicht weiter. Ich legte den Test auf den Toilettenpapierhalter und wischte mir dann Hand und Genitalien mit dem harten Klopapier trocken. Mit runtergezogenem Slip blieb ich sitzen. Ich musste eine Minute lang warten, bevor ich das Symbol auf dem Teststreifen mit der Gebrauchsanweisung vergleichen konnte.

Ich sah mich tot mit dem Gesicht im Klobecken hängen, erstickt an dem Klopapier, das ich zuvor geschluckt hatte. Ach! Ich hatte ganz vergessen, Schamhaare zu sammeln! Ich gab mich allen möglichen Gedanken hin, bis schließlich ganze fünf Minuten verstrichen waren. Aber wie alle Menschen, die zur Toilette gingen, verließ auch ich sie schließlich wieder. Ich reichte Nyanko, der draußen auf der Bank gewartet hatte, den Test.

»Positiv«, sagte ich und brach schluchzend zusammen.

Nyanko rückte sofort ganz dicht an mich heran und verglich das Ergebnis auf dem Tester mit der Gebrauchsanweisung, so wie ich es zuvor gemacht hatte. Ich hatte ein komisches Gefühl dabei, dass Nyanko den Teststreifen, der mit meinem Urin benetzt war, anfasste. In dem Augenblick, in dem ich die Positiv-Markierung gesehen hatte, hatte ich geglaubt, gar nicht mehr denken zu können, deswegen fand ich die Unbekümmertheit, mit der ich mir jetzt Gedanken darüber machte, dass Nyanko meinen bepinkelten Tester in der Hand hielt, ziemlich schockierend. Der bepinkelte Tester in Nyankos Hand … Eigentlich war mir das total egal. Nyanko hatte mir schließlich schon beim Pinkeln zugeschaut, und einmal hatte ich ihn sogar angepinkelt. Für mich ist Pinkeln nichts, wovor man sich ekeln müsste.

Ich wollte es nicht wahrhaben. Ich wollte diese Welt nicht, in der sich ein Baby in meinem Bauch befand. Aber ich musste mich den Tatsachen stellen. Niemals hätte ich ahnen können, dass es eine Welt gab, die so schwer zu akzeptieren war. Und das, obwohl ich mein Leben damit zugebracht hatte, mir alles mögliche unrealistische Zeug auszudenken. Die Welt, mit der ich mich jetzt konfrontiert sah, war *das da* – das Ding in meinem Bauch. Es war eine Welt, in der ich nicht länger so tun konnte, als hätte ich alles im Griff. Eine Welt, in der ich nicht mehr über mich und die verrückten Dinge, die mir in den Sinn kamen, lachen konnte. Eine Welt, die in jeder Hinsicht anders war als alle meine bisherigen Welten, in denen sich abgeschlagene Köpfe tummelten und ich mit Nyanko zusammen war. Ich kam mir vor, als wäre ich entführt worden. Als hätte man mir sämtliche Glieder abgehackt. Mich auf dem Sklavenmarkt verkauft. Als wäre die gesamte Menschheit bis auf mich ausgerottet worden – grundlos und grausam. Als hätte man mich auf den Mars geschossen.

War sich Nyanko der Realität des Ganzen überhaupt bewusst? Ich konnte kaum was sehen, weil ich so viel geweint hatte, und sooft ich auch die Tränen wegwischte, es kamen immer wieder neue nach, so dass ich seinen Gesichtsausdruck nicht richtig erkennen konnte.

»Nyanko! Nyanko!« Wie eine Blinde tastete ich nach ihm. Nyankos warme Hand schloss sich um meine.

»Es ist doch noch gar nicht hundertprozentig sicher, oder? Wart ein paar Tage ab und mach dann den Test noch mal.«

Mein Blick begegnete dem einer Frau mittleren Alters, die uns argwöhnisch musterte. Ich weinte. Ich weinte, weil ich schwanger war und nicht wusste, was ich tun sollte, aber ich wollte nicht, dass sie davon etwas mitbekam. Also dachte ich meine üblichen Gedanken:

Ich dachte daran, dass ich Schamhaare sammeln würde, um mir daraus eine Perücke zu knüpfen. Ich dachte daran, wie wir gemeinsam auf Abenteuerreise gehen würden und dass ich bei den nächsten Wahlen eine Niederlage erleiden würde. Letzten Endes hing nämlich alles davon ab, wie man mit den finanziellen Mitteln umging.

In der Wärme von Nyankos Umarmung ließ meine Spannung allmählich nach, und die unaufhörlich kreisende Gedankenmühle kam zum Stillstand. Ich wandte meinen Blick von der Frau ab und vergrub mein Gesicht an Nyankos Brust.

»Nyanko. Nyanko, was soll ich jetzt machen?«

Eigentlich hatte ich was ganz anderes fragen wollen. In Wirklichkeit wollte ich wissen, was Nyanko jetzt zu tun gedachte.

Wieso stellte ich dann eine ganz andere Frage? Wahrscheinlich weil ich mir wünschte, dass Nyanko für mich einen Ausweg fand. Weil ich alle Verantwortung auf ihn abwälzen wollte. Nach diesem Muster hatte ich bisher gut gelebt, aber jetzt merkte ich, dass es nicht mehr funktionierte. Und trotzdem blieb ich uneinsichtig. Ich wollte die Umstände nicht so akzeptieren, wie sie waren. Ich fabulierte und dichtete alles um, nur um dieser Welt zu entkommen. Obwohl ich genau wusste, dass das ein Ding der Unmöglichkeit war. Unmöglichkeit? Ja. Aber ich wollte trotzdem entkommen. Und wie ich das wollte.

Zwei Tage später wiederholte ich den Test zu Hause. Ich nahm den Tester – wieder mit positivem Ergebnis – mit in mein Zimmer und gab ihn Nyanko. Dann versanken wir in Schweigen. Die beiden letzten Tage war ich ohne meine Pillen ausgekommen, was ich nie für möglich gehalten hätte. Komischerweise hatte ich weder einen Nervenzusammenbruch erlitten, noch war ich in Depressionen verfallen oder von Panikattacken heimgesucht worden. Vielleicht war der ehemals pillensüchtige Teil von mir jetzt von dem Baby in meinem Bauch abhängig. Ja, das war mir aufgefallen: Ich fing an, eine Sucht nach meinem Baby zu entwickeln. War das plausibel? Irgendwie nicht so ganz. Die Medikamente sorgten dafür, dass meine Psyche stabil blieb, und hielten meine Depressionen in Schach. Das konnte man nachvollziehen. Aber nicht, dass ein kleines Baby eine derart komplexe Aufgabe übernehmen konnte. Nein. Es war noch viel zu früh, das Kind als Trostpflaster zu benutzen, so wie meine Eltern es mit mir getan hatten.

»Ich möchte weiter zur Uni gehen«, sagte Nyanko unvermittelt.

»Wovon redest du?«

Aber ich hatte längst kapiert, was er damit meinte, noch bevor ich das erste Wort ganz ausgesprochen hatte: Er wollte eine Abtreibung. Wieso war dann trotzdem am Ende meines Satzes die Betonung nach oben gerutscht? Weil ich es nicht einsehen wollte. Mich weigerte, ihn zu verstehen.

Allmählich häuften sich bei mir die Sinnlosigkeiten. Ich dachte und redete immer nur sinnloses Zeug. Hätte ich nicht diese blöde Frage gestellt, hätte ich in derselben Zeit alles mögliche andere mit Nyanko besprechen können. Aber sich jetzt wiederum an *diesen* sinnlosen Gedanken zu klammern war erst recht Zeitverschwendung.

»Ich will wenigstens mein Examen machen.«

»Was soll das heißen, *wenigstens*? Fürs Erste, oder was meinst du?«

Ich stellte mich schon wieder doof. *Fürs Erste* und *wenigstens* bedeuteten in diesem konkreten Fall doch wohl dasselbe. Eigentlich musste ich gar nicht mehr wissen, als dass Nyanko das Kind nicht behalten wollte. Aber ich bohrte meinen Finger immer noch tiefer in die Wunde. Ich wetzte meine Krallen und riss mir die Haut auf. Wühlte mich durch mein Fleisch und grub sie tief hinein. Ich dehnte die Wunde immer weiter und weiter auseinander, als wollte ich etwas aus mir rausholen. Aber da war nichts. Das wusste ich.

»Ich möchte einen Abschluss haben.«

»Wieso? Du hast doch gesagt, wenn ich schwanger werde, dann bekommen wir das Kind. Was soll das? War das bloß so dahergeredet?«

O Gott, klischeehafter ging es nicht mehr. Ich hätte nie gedacht, dass ich mal so was Peinliches sagen würde. Wie irgendein blödes Weib ohne einen Funken Verstand im Kopf. Es war mir einfach so rausgerutscht. Aber irgendwie war die Frage berechtigt gewesen, oder? Wieso hatte Nyanko mir versprochen, wenn ich ein Kind bekäme, würden wir es behalten, obwohl er das gar nicht wollte? War das nicht irgendwie merkwürdig? Wieso hatte er gelogen?

Und wieder mal tat ich so, als würde ich nichts begreifen. Dabei war es doch ganz einleuchtend. Ich konnte mich ziemlich gut in ihn hineinversetzen. Er hatte es wahrscheinlich nur gesagt, um mir eine Freude zu machen oder mich ins Bett zu kriegen. Oder beides. Vielleicht hatte er es ursprünglich sogar aufrichtig gemeint und es bloß mit der Angst zu tun bekommen. Egal, irgendeiner dieser völlig lächerlichen Gründe hatte ihn jedenfalls dazu bewogen. Und aus irgendeinem anderen, ebenso lächerlichen Grund hatte er *jetzt* beschlossen, sein Studium abzuschließen. Ich hatte immer gedacht, sein Seelenleben wäre weitaus komplexer. Aber in Wirklichkeit war er offenbar ganz einfach gestrickt. Ich lehnte das ab. Normalerweise mochte ich es, wenn die Dinge einfach waren, aber wenn einen diese Einfachheit zum Mörder machte, dann war bei mir Schluss.

»Die Entscheidung liegt natürlich bei dir, Rin. Aber ich übernehme keine Verantwortung für das Kind.«

»Wie kannst du nur so gemein sein!«

Wieso tat er mir das an? Diese Grausamkeit! Irgendwo tief in mir war ich erleichtert, einen Grund für die Abtreibung zu haben. Nur um das vor mir selbst zu verbergen, machte ich Nyanko Vorwürfe. Ich stellte mir vor, wie ich daran starb, dass ich ihn so lange anschrie, bis meine Kehle in Flammen aufging. Daran, dass ich innerlich verdorrte, weil ich zu viel weinte. Dass ich vor lauter Fassungslosigkeit in einen Schockzustand fiel und verhungerte.

Meine Fantasien ließen keinen anderen Gedanken mehr zu. Ich nutzte die Gelegenheit und versank in Schweigen, um für eine Weile Frieden zu finden.

Nyankos Gesicht tauchte seitlich in meinem Blickfeld auf. Weil er sich beim Sitzen nach vorn gelehnt hatte, war sein Kopf der einzige Teil von ihm, den ich sehen konnte. Noch ein abgetrennter Kopf. Die ganze Welt bestand aus abgetrennten Köpfen. Sogar die Bäume hatten, wenn man sie ausgrub, an ihren Wurzelballen Köpfe hängen. Autos waren aus den Schädelknochen Enthaupteter gefertigt. Nagellackentferner aus geschmolzener Hirnmasse. Bücher gebunden aus Kopfhäuten. Weshalb glaubte ich, dass die Dinge aus abgeschlagenen Köpfen bestanden? Was hatte ich davon? Wollte ich damit zum Ausdruck bringen, dass die ganze Welt nicht mehr wert war als ein abgeschlagener Kopf? Aber wenn dem tatsächlich so war, was *nutzte* mir diese Vorstellung? Wenn ich wirklich daran glaubte, war es dann überhaupt noch möglich, so weiterzuleben wie bisher?

»Ob du das Baby zur Welt bringen willst oder abtreiben lässt, du musst auf jeden Fall zum Arzt.«

Die Worte eines abgeschlagenen Kopfes. Ich zuckte zusammen. Als ich mich umdrehte, war Nyanko auf einmal wieder ganz. Ich war ziemlich perplex, denn so was erlebte ich zum ersten Mal. Quatsch, ich tat nur so. In Wirklichkeit wunderte ich mich kein bisschen, sondern fand alles vollkommen selbstverständlich.

Wir gingen runter ins Wohnzimmer und teilten Mama, die in der Küche Geschirr spülte, mit, dass wir ihr etwas zu sagen hätten. Nyanko gestand ihr die Sache mit der Schwangerschaft. Mama saß da, die Ellbogen auf den Tisch gestützt, und verdeckte ihr Gesicht mit den Händen, um ihre Verzweiflung zu verbergen – oder ihr teuflisches Grinsen. Sie hatte sich aber sofort wieder gefasst.

»Da kommt nur eine Abtreibung in Frage!«, verkündete sie. Dann rief sie nach Papa.

Nein, bitte sag Papa nichts! Er soll nichts davon mitkriegen. Wenn er von meiner Schwangerschaft erfährt, dann … dann macht er nur wieder so ein trauriges Gesicht wie neulich, als ich so rumkrakeelt und er mich deswegen angeschrien hatte.

»Sie sagt, sie ist schwanger. Da kommt nur eine Abtreibung in Frage.« Mamas Stimme klang hell und klar. Sie schien förmlich zu strahlen, als hätte sie ihr Lebensziel erreicht. Bei ihrem Anblick wurde mir speiübel. Ich verspürte Angst und gleichzeitig Erleichterung, dass jemand anderes über meine Zukunft entschied. Ich musste etwas sagen. Meine Meinung kundtun. Ihnen klarmachen, was ich wollte. Oder wenigstens meine Sicht der Dinge mitteilen. Irgendwas *musste* ich sagen, selbst wenn es nur ein einziges Wort war. Ich musste etwas zu meiner Schwangerschaft sagen. Sonst würde es genauso sein wie früher, als sie mich, ein kleines, unschuldiges Baby, für ihre Zwecke missbraucht hatten. Ich wäre nichts weiter als das willenlose Geschöpf von damals, ein Mittel zur Ersatzbefriedigung für meine Eltern. Ein billiger Gebrauchsgegenstand. Ich bin nicht euer Ei und Sperma! Ich bin eine eigenständige Person, die jeden Monat ihre eigenen Eisprünge hat. Sonst hätte ich wohl nicht schwanger werden können. Ich bin nicht mehr bloß ein Ei-und-Sperma-Komplex!

»Tja. Etwas anderes bleibt uns wohl nicht übrig.«

Papa schien weder traurig noch wütend zu sein. Offenbar machte ihm die Sache nicht sonderlich zu schaffen. Er runzelte bloß ganz leicht die Stirn, als er seine Entscheidung verkündete. Warum, Nyanko? Mama, warum? Papa! Warum? Meine Fragen blieben stumme Gedanken.

Also war ich doch bloß Ei und Sperma. Halt, falsch! Nicht nur ich. *Alle* Menschen auf dieser Welt waren Ei und Sperma. Ich war genau wie alle anderen. Ich unterschied mich in nichts von ihnen. Ein Ei-Sperma-Komplex wie alle. Aber trotzdem war ich offenbar noch minderwertiger als sie.

Nachdem er sein Machtwort gesprochen hatte, verließ Papa das Wohnzimmer, ohne mich noch eines Blickes zu würdigen.

»Morgen fahren wir in die Klinik.«

Mit diesen Worten meiner Mutter endete das Gespräch.

Ich saß mit untergeschlagenen Beinen auf dem Stuhl und starrte auf die Tischplatte. Am liebsten wäre ich für immer hier hocken geblieben. Die Maserung im Holz brannte sich in meine Netzhaut. Die runden schwarzen Astlöcher sahen aus wie Tieraugen oder wie Sonnenfinsternisse. Warum versuchte ich meine Abtreibung zu einem universellen Problem hochzustilisieren? Mama und Nyanko sahen mich an, während ich mit gesenktem Kopf vor mich hinstierte. Ich sollte in die Klinik gehen, aber ich stellte mich stur.

Schon als Kind war ich ein notorischer Dickkopf gewesen. Tag für Tag hatte ich geheult: »Ich will nicht in den Kindergarten, ich will nicht!« Und als sie mich dann gewaltsam hinschleppten, fühlte ich mich wie ausgesetzt in einer fremden Welt. Ich hasste alles, was mir im Kindergarten unter die Augen kam. An meine tränenreichen Trotzanfälle konnte ich mich noch gut erinnern. Jeden Morgen, wenn ich Papa mit einem Kuss auf die Wange verabschiedet hatte, sah ich ihm nach, wie er winkend aus dem Haus ging, und heulte los. Wenn ich im Kindergarten weinte, dachte ich dabei immer an meinen Papa. Sobald ich wieder zu Hause war, fand ich, dass mir der Kindergarten durchaus Spaß gemacht und ich mich mit den anderen Kindern gut verstanden hatte, aber schon am nächsten Morgen war ich mir wieder sicher, ich würde in die Hölle geschickt. Erst dachte ich an meinen Papa und heulte, dann fing ich an, Spaß zu haben. Immer dasselbe. Wie war es denn nun wirklich gewesen? Schön oder schrecklich? Das wusste ich bis heute nicht. Vielleicht war die Hölle ein vergnüglicher Ort, oder ein vergnüglicher Ort war die Hölle, oder die Hölle verwandelte sich jeden Tag aufs Neue in einen vergnüglichen Ort und dann wieder zurück.

Ich war sehr halsstarrig. Ich dachte an das Gesicht meiner Mutter, während sie mich zum Kindergarten schleifte, weil ich mich weigerte, auch nur einen Schritt zu laufen.

Ich hatte sie damals so gehasst, dass ich sie am liebsten umgebracht hätte. Ich hatte mir vorgestellt, wie es wäre, ihr ein Messer in den Nacken zu rammen oder sie zu zwingen, Quecksilber zu schlucken. »Wenn du Quecksilber schluckst, stirbst du«, hatte sie immer gesagt, um mir Angst zu machen, bevor sie mir das Fieberthermometer unter die Achselhöhle klemmte, wenn ich wieder mal Unwohlsein vorgetäuscht hatte, um nicht in den Kindergarten gehen zu müssen.

Mit vereinten Kräften schleppten mich Mama und Nyanko zur Frauenklinik, aber zehn Meter vor dem Eingang brach ich schluchzend zusammen. Dabei schrammte ich mir das Gesicht auf dem Asphalt auf. Ich heulte und schrie, bis der Sprechstundentermin verstrichen war. Mama war sauer. Nyanko nahm mich in die Arme. Und die Pasta carbonara, die ich am Abend aß, war das leckerste Gericht auf der ganzen Welt.

Am nächsten Tag ging ich mit Mama dann noch mal zur Sprechstunde, wo ich untersucht und die Schwangerschaft endgültig diagnostiziert wurde. Mama beantragte an Ort und Stelle einen Abbruch.

Wieder zu Hause angekommen, zog ich mich gleich in mein Zimmer zurück. Ich setzte mir Dôma auf den Schoß und spielte mit den weichen Unterseiten ihrer Pfoten. »Hier ist ein Baby drin, hörst du? Ganz winzig, viel kleiner als du, Dôma. Vielleicht so groß wie deine Pfötchen.« Während ich in Katzensprache mit ihr redete, legte ich mir ihre weichen Tatzen auf den Bauch. Dôma kringelte sich ein und schnurrte. Ich streichelte ihr weiches Fell, während sie in meinem Schoß einschlief, und lehnte mich dabei aus dem Fenster.

Auf das Dach von Satô-sans Haus gegenüber fiel, *klatsch!*, ein abgeschlagener Kopf. Mist, dachte ich erst, aber dann besann ich mich darauf, dass all diese abgeschlagenen Köpfe eigentlich gar nichts mit mir zu tun hatten, und atmete tief aus. Seltsamerweise war der Kopf nicht das schräge Ziegeldach runtergekullert und auf der Erde gelandet, sondern blieb aufrecht oben auf dem Giebel stecken. Schon wieder wurde ich von einem gefallenen Krieger angestarrt. Ich spürte, wie meine Selbstbeherrschung flöten ging. Während wir uns gegenseitig beobachteten, fing ich an zu weinen. Ich weinte und weinte und hatte das Gefühl, meine Tränen würden niemals aufhören. Dôma, die von meinem Schluchzen wach geworden war, schaute mich verstört an und sprang von meinem Schoß. Die Arme um die Knie geschlungen und mit bebenden Schultern weinte ich immer weiter. Hin und wieder riskierte ich einen Blick auf den Kriegerkopf gegenüber.

»Das Herz schlägt.«

Als der Doktor das sagte, warf ich unwillkürlich einen Blick auf den Ultraschallmonitor. Erst jetzt wurde ich mir bewusst, dass das Pochen nicht zu mir, sondern zu dem Baby gehörte.

Der mit dem Abbruch betraute Arzt sah sehr nett aus. Irgendwie deprimierte mich das.

»Bitte vor dem Eingriff nüchtern bleiben. Gehen Sie am Vorabend früh schlafen und trinken Sie keinen Alkohol. Ach, Sie sind ja noch minderjährig«, fügte er lachend hinzu.

Ich versuchte zurückzulächeln, schaffte es aber nur, einen Mundwinkel nach oben zu ziehen. Alles, woran ich denken konnte, war, wie abscheulich die Krankenschwester war, die neben mir stand.

Mit gesenktem Kopf ging ich ins Wartezimmer zurück, wo Mama auf mich wartete. Ich brachte es nicht über mich, ihr ins Gesicht zu schauen.

Auf dem Heimweg schickte ich meine Mutter weg und ging ins Kaufhaus, wo ich mir in der Babyabteilung eine Rassel aussuchte. Ich hätte gern noch mehr Sachen gekauft, aber ich konnte mir nicht vorstellen, dass sich ein Baby so kurz vor der Abtreibung darüber freuen würde – und ich mich genauso wenig. Ich wusste selbst nicht, was mich zu dem Kauf veranlasst hatte, aber die Rassel war mir irgendwie notwendig erschienen. Für das Baby oder für mich? Völlig klar: Sie war für mich. Mein Baby hatte sich bisher noch mit keiner Willensbekundung bemerkbar gemacht. Die Tatsache, dass ich ständig Hunger hatte, obwohl ich aß und aß, war wohl ein Beweis dafür, dass es leben wollte, aber selbst wenn dem so war, konnte ich nichts … An dieser Stelle brach ich den Gedanken ab. Ich hasste mich selbst dafür, und zwar so sehr, dass ich mich am liebsten umgebracht hätte. Aber das hätte ich natürlich niemals fertiggebracht. So war ich eben. Ich wollte sterben. Nicht das Baby sollte sterben. Ich. Aber obwohl mir solche Gedanken durch den Kopf spukten, würde es nicht dazu kommen. Erbärmlich! Ich würde sterben. Ich würde nicht sterben. Wieso waren die Menschen nicht so konstruiert, dass sie in dem Moment, in dem sie den Willen verspürten, sich das Leben zu nehmen, auf der Stelle explodierten? Es wäre nur anständig, wenn ich jetzt starb.

Ich schüttelte die Rassel und sprach mit meinem Bauch. Ich gab dem Kind einen Namen und schrieb ihm einen Brief. *Du* hast es verdient abzukratzen, machte ich mich selbst runter, obwohl ich wusste, dass das meine Qual nur noch verschlimmerte. Aufhören wollte ich trotzdem nicht.

Nyanko war jeden Tag bei mir, aber ich fühlte mich ihm nicht mehr nahe. Es war mir unmöglich, mich ihm anzuvertrauen. Wenn sich unsere Blicke begegneten, dachte ich mir wie sonst bei Fremden absurdes Zeug aus, um meine wahren Gefühle zu verbergen. Insgeheim flehte ich dabei unentwegt: Bitte begreif doch, was wirklich in mir vorgeht! Versteh mich doch. Bitte, versteh mich! Ich sah ihn an und mit einem Mal kam ich mir total albern vor. Also lächelte ich bloß schief, wann immer unsere Blicke sich trafen, und widmete mich ansonsten weiter meinen Tarngedanken.

Ich dachte daran, dass ich keine Wassermelonen mochte wegen der Kerne. Außerdem rochen sie irgendwie komisch.

Ob es besser schmeckt, wenn man Schinken drauftut?, fragte ich mich, und dann stellte ich mir eine Frau mittleren Alters vor, deren Brüste aus irgendeinem Grund mit Paketklebeband beklebt waren. Ich empfand das als störend. Hatte sie das mit Absicht gemacht, oder war das Klebeband nur durch einen dummen Zufall da hingeraten? Trotzdem sagte ich nichts, sondern lächelte höflich, während wir uns unterhielten. Sie redete und redete, aber hinter uns war der Ozean, und wegen der lauten Brandung bekam ich nicht alles mit, was sie sagte. Redete sie allen Ernstes über die mir verhassten Wassermelonen? Warum? Weil sie mich nicht leiden konnte? Solche und ähnliche Gedanken gingen mir durch den Kopf.

Als Nyanko und Mama mich zur Klinik gebracht hatten, wurde ich in ein Einzelzimmer geführt, wo ich mir das OP-Hemd anzog. Dann musste ich auf den Gynäkologenstuhl klettern, damit mein Gebärmuttermund untersucht werden konnte.

»Die Ultraschallaufnahme wollen Sie bestimmt nicht sehen?«, fragte mich der Arzt.

Ich zupfte an dem Vorhang, der die Sicht auf meinen Unterleib verbergen sollte. »Doch, will ich.«

Der Arzt zögerte einen Moment, zog den Vorhang dann

jedoch beiseite. Da war es, das Baby. Es war wirklich da. Mir kam es vor, als stünde meine eigene Existenz auf dem Spiel. War nicht ich es, die gleich abgetrieben würde?

Schließlich sagte der Arzt: »Das reicht jetzt«, und zog den Vorhang wieder zu. Dann wurde ich nach hinten geführt und legte mich auf den OP-Tisch.

»Sie bekommen eine Narkose«, teilte man mir mit. Der Arzt machte sich an meiner Hand zu schaffen, und ich konnte zusehen, wie die Injektionsflüssigkeit durch die Nadel in mich hineinsickerte. Die Krankenschwester nahm meine andere Hand und forderte mich auf, mit ihr zu zählen, also zählte ich:

»Eins, zwei, drei …«

In wie vielen Sekunden würde ich mein Bewusstsein verlieren?

»Vier, fünf, sechs …«

Die Neonlampe über mir begann zu flackern.

»Sieben, acht …«

Ich spürte, wie meine Stimme nur noch in meinem Kopf widerhallte.

»Neun.«

Nein, nicht! Tränen rollten mir über die Wangen. Ich behalte das Kind!, wollte ich der Krankenschwester, die immer noch meine Hand hielt, zurufen, aber im nächsten Augenblick war ich weg. Der letzte Eindruck, der haftenblieb, war das Neonlicht, das sich an der Kante des OP-Tischs spiegelte.

Ich erwachte in einem Einzelzimmer. Ich lag im Bett und wusste zuerst gar nicht, was geschehen war. O nein, mein Baby! Als ich die Hand auf meinen Bauch legte, fühlte es sich an wie immer. Vielleicht hatten sie mich ja gehört, als ich geschrien hatte, und der Abbruch war gar nicht erfolgt.

Ich schaute mich im Zimmer um und versuchte, mir

über meine Lage klar zu werden. Ist da ein Baby in meinem Bauch oder nicht? Was ist passiert? Was ist mit meinem Baby? Beim Aufsetzen spürte ich, dass ich einen Schlüpfer trug, obwohl ich vor der Operation keinen angehabt hatte. Als ich ihn anfasste, ertastete ich eine Binde. Es war also wirklich nicht mehr da. In meinem Bauch gab es kein Baby mehr. Mein Baby war tot. Ich wälzte den Gedanken hin und her. Es war doch eben noch da gewesen. Vor ein paar Minuten war es noch hier!

Völlig benommen entdeckte ich Tee und Gebäck neben meinem Kopfkissen. Weil meine Kehle ziemlich ausgetrocknet war, goss ich mir etwas von dem Tee in den Becher und trank einen Schluck. Sofort krampfte sich mein Magen schmerzhaft zusammen, und ich krümmte mich vornüber, die Hände auf den Bauch gepresst. Ich stand auf, um zur Toilette zu gehen, schaffte es aber nur bis zum Waschbecken, wo ich mich übergeben musste. Ich würgte, bis nur noch Magensäure rauskam. Mein Herz hämmerte so wild, dass meine Schultern bebten. Die Krankenschwester kam ins Zimmer und fragte aufgeregt, was denn los sei. Als ich ihr erklärte, ich hätte von dem Tee getrunken und mich dann übergeben, brachte sie mich zurück zum Bett.

»Schlafen Sie noch ein bisschen«, sagte sie, als sie mir die Decke über die Brust zog. Was ist mit meinem Kind?, wollte ich sie unbedingt fragen. Ich brauchte dringend eine Antwort, fürchtete mich aber gleichzeitig davor. Es half nichts, ich musste die Frage stellen:

»M… mein … Ba…by …«, stammelte ich.

Die Krankenschwester schien mich verstanden zu haben, denn sie schaute mich mitleidig an. In dem Moment, als ich ihr Gesicht sah, begannen bei mir die Tränen zu fließen. Durch mein Schluchzen hörte ich, wie sie sagte, ich solle so etwas nie wieder tun. Ich schlug die Hände vors Gesicht und nickte immer und immer wieder. Nachdem sie das Zimmer verlassen hatte, wimmerte ich weiter ganz leise vor mich hin. Der Leichnam des Kindes war bestimmt noch irgendwo hier in der Klinik. Es durfte mich auf keinen Fall weinen hören. Ich hatte es schließlich getötet. Meine Gedanken verschwammen und ich schlief wieder ein.

Seit einer Woche war ich wieder zu Hause. Ich war heilfroh, dass alles überstanden war, und zugleich noch immer leichenblass vor Entsetzen, weil ich fortan in dem Bewusstsein leben musste, einen Menschen getötet zu haben.

Den größten Teil des Tages verbrachte ich damit, den abgeschlagenen Kopf gegenüber zu beobachten. Wenn ich ihn von meinem Fenster aus nicht sehen konnte, weinte ich vor mich hin. Leben ist Erdulden. Mein Baby konnte froh sein, dass es diese Erfahrung nicht würde machen müssen. Kaum hatte ich das gedacht, wollte ich mir schon wieder das Leben nehmen. Was rede ich da für einen Mist? Man sollte jeden, der so was denkt, und sei es nur zum Spaß, sofort kaltmachen. Für jeden, der so was denkt, soll die Welt zugrunde gehen. Verreckt doch alle!

Kaum hatte ich das gedacht, sah ich meinen eigenen Leichnam vor mir.

Ich musste vernünftig an die Sache rangehen. Ein ungeborenes Kind konnte man streng genommen nicht als Leben bezeichnen. Ich hatte mein Baby also gar nicht getötet. Bei diesem Gedanken hätte ich mich am liebsten gleich wieder umgebracht. Verdammt noch mal, was soll dieses Scheißgetue? Jetzt bring dich doch endlich um! Dann sah ich erneut meinen Leichnam vor mir, und das ganze Gedankenkarussell ging von vorne los. Ich würde ja doch keinen Selbstmord begehen. Was machte ich für ein Theater? Ich war bloß eine Heulsuse, eine Memme, die nicht mal den Mut hatte, sich selbst um die Ecke zu bringen. Also, wozu dieses Hin und Her? Ich sollte wirklich abtreten. Ich klapperte mit der Rassel und stellte mir zum x-ten Mal meinen eigenen Tod vor. Ich heulte und jammerte und schrie, bis ich irgendwann, kurz vor meinem allerletzten Atemzug, so schien es, einschlief.

Zwei Wochen nach dem Schwangerschaftsabbruch kam Nyanko und sorgte dafür, dass ich endlich wieder mal aus dem Haus ging. Bestimmt sah ich total fertig aus, nachdem ich mich Tag für Tag mit Selbstvorwürfen gemartert und Visionen von abgeschlagenen Köpfen nachgehangen hatte.

Draußen sah alles aus wie immer: die Spielhölle, in der wir oft gewesen waren, der Schnellimbiss am Bahnhof, der Kreisverkehr. Aber die Menschen hatten tote Augen – nein, sie hatten nicht bloß tote Augen, sie *waren* tot. Sie hatten Augen wie Fische. Stanken nach Fisch. Als ich das Nyanko erzählte, lächelte er gequält und versuchte mich zu beruhigen: Nein, hier stinke niemand nach Fisch. Gut, wenn nicht nach Fisch, dann vielleicht nach Tintenfisch? Nein, das konnte auch nicht sein, ich hatte schon so lange keinen Sex mehr gehabt. Nicht ein einziges Mal, seit ich schwanger geworden war. Stank vielleicht Nyankos Hand nach Tintenfisch, weil er sich einen runtergeholt hatte? Ich schnüffelte an ihm, aber er roch bloß nach Schweiß. Woher kam dieser fischige Geruch? Was stank hier nach Tintenfisch?

Eine Welt, die nach Tintenfisch stank, hatte keine Existenzberechtigung. Der Untergang. Mein Tod. Ich tat mein Äußerstes, kein Wort von diesem inneren Monolog über meine Lippen dringen zu lassen. Aber nach einer Weile erschienen mir meine verzweifelten Bemühungen albern. Ich regte mich darüber auf, dass ich mir solche Zwänge auferlegte. Weshalb sollte ich meine Gedanken nicht äußern?

Schließlich plärrte ich los, dass ich es in dieser nach Tintenfisch stinkenden Welt nicht länger aushalten würde, woraufhin Nyanko mich nach Hause brachte.

Inzwischen hatte ich nicht mal mehr die Energie, meinen Frust an Nyanko auszulassen, sondern war ganz und gar auf den abgeschlagenen Kopf fixiert. Meine Zigaretten waren alle, und als ich mir aus dem Karton, in dem ich meinen Vorrat aufbewahrte, eine neue Schachtel rausholte, bemerkte ich, dass es die letzte war. Ich stellte mir vor, wie ich, nachdem ich die Packung aufgebraucht hatte, das Zellophan von einer neuen Stange runterfummeln musste, und allein der Gedanke daran, wie umständlich und nervtötend das sein würde, machte mich ganz fertig. Während ich vor mich hinqualmte, fragte ich mich, ob mein Unterbewusstsein vielleicht auch eine rauchen wollte. Ich rauchte also und versuchte gleichzeitig, mir einzureden, dass ich eine rauchen wollte. Ich will eine rauchen, dachte ich, und langte nach der Schachtel, um mir eine Zigarette rauszuholen. Aber als ich sie mir zwischen die Lippen klemmen wollte, fiel mir auf, dass dort bereits eine steckte. Die Luft im Zimmer war verqualmt und stickig. Wenn ich noch lange hier hocken blieb, würden eines Tages meine Atemorgane versagen und ich würde sterben. Das war doch mal ein Plan.

Als der April näher rückte, begann ich nervös zu werden. Am ersten April sollte ich aufs Gymnasium wechseln. Ich hatte überhaupt keinen Bock. Das Telefon klingelte. Keine Lust ranzugehen. Aber dann nahm ich doch ab. Mir war klar, dass ich irgendwas tun musste. Mir einen Ruck geben. Mich an den eigenen Haaren aus dem Sumpf ziehen.

»Hallo?«

»Rin? Endlich erreicht man dich mal!«

»Hiro?«

»Wir haben uns so lange nicht gesehen. Was war denn los?«

»Ach, nichts. Alles prima.«

»Wie, alles?«

»Ja.«

Ich konnte mich nicht verständlich machen. Na und? Hatte irgendjemand ein Problem damit? Ich konnte nichts dafür. Bei mir war Hopfen und Malz verloren. Ich würde es niemals schaffen, mich aus eigenem Antrieb zu ändern.

»Bist du auf Drogen?«

»Hä? Was soll das denn?«

»Er meinte, du wärst neuerdings immer so weggetreten, und es wäre ziemlich nervig, mit dir zusammen zu sein. Ich hab mir irgendwie Sorgen gemacht.«

»Wer ist *er*? Nyanko?«

»Natürlich. Und, bist du auf Drogen?«

»Hm.«

»Im Ernst?«

»Hm.«

Das war eine Lüge. Aber ich hatte mich mit allem abgefunden. Mit Nyankos Verhalten. Dem Tod meines Babys. Mir selbst. Mit der Tatsache, dass ich nicht in der Lage gewesen war, selbstständig die Entscheidung zu treffen, ob ich das Kind bekommen wollte oder nicht. Mit dem Umstand, dass ich immer noch am Leben war, obwohl ich ständig meinen Tod herbeifantasierte.

Man hatte mir gesagt, dass ich nach der Abtreibung vier Wochen lang keinen Geschlechtsverkehr ausüben solle. Auf den Tag genau einen Monat später – gewissermaßen in Gedenken daran – hatte ich Sex mit Hiro. Mein Seitensprung kam sofort raus und ich trennte mich von Nyanko.

Ich lehne mich aus dem Fenster und denke nach. Ich werde nicht sterben. Ich werde ganz bestimmt nicht sterben. Solange ich lebe, werde ich nicht sterben. Ich bin unsterblich. Der abgeschlagene Kopf wird nicht runterfallen. Ich kann mir nicht mal mehr *vorstellen*, dass ich sterben werde. Ich werde mich ändern, aus eigener Kraft. Ich weiß, dass ich das kann.

Jo Nesbø

SCHNEEMANN

Kriminalroman

Aus dem Norwegischen von Günther Frauenlob
496 Seiten. Gebunden mit Schutzumschlag
ISBN: 978-3-550-08757-8

Harry Hole jagt ein Monster

Ein Serienmörder verbreitet Angst und Schrecken, seine unschuldigen Opfer: junge Mütter. Kommissar Harry Hole irrt durch ein Labyrinth aus Verdächtigungen und falschen Fährten. Als seine Freundin Rakel ins Visier des Killers gerät, entwickelt sich ein mörderisches Duell.

»Ein Roman für jeden Bewunderer anspruchsvoller Kriminalliteratur.«
Süddeutsche Zeitung über *Der Erlöser*

»Der 47-Jährige schreibt nicht einfach Krimis – unter einem Epos macht er's nicht, und immer haben seine Geschichten gesellschaftliche Relevanz. Nebenbei lesen sie sich großartig.«
Brigitte über *Der Erlöser*